慶力

銷

節行

性收略

來營策

未牌值

具品加

最的

王福闓 ◆ 著

看見一本
饒富新意又實用
的好工具書

先勢行銷傳播集團
執行長

黃鼎翎

王福闓老師在行銷傳播業擁有著非常豐富的資歷與經驗，在眾多傳播院所或管理學院擔任講師的他也總是傾囊相授，更因他持續出版的幾本書如《獲利的金鑰》、《品牌翻轉與數位再造》等著作獲得好評，累積了許多學術論述與獨特觀點，可以看出王老師在品牌管理的專業領域上始終充滿了豐富的熱情與動力。

　　很高興今年我們又看到他的新書要出版，這一次特別選在後疫情時代推出了這本新書──《節慶行銷力》，新書規劃的切點饒富新意，不但談到了如何洞悉大環境、解讀行銷契機與市場預測能力，更同步帶領大家進行年度規劃，並協助大家思考如何善用節慶及促銷來攻佔消費者的心；我認為這是一本充分運用學術基礎來進行實務規劃的工具書，非常實用。

　　值得一提的是，作者提出品牌的營運要先規劃出「品牌耶誕樹」理論，樹立中心思想的大樹，繼而發展枝幹，讓行銷不再亂槍打鳥，我相信對於行銷圈在職朋友或是相關科系就讀的學子們都有莫大的幫助。這本書融合實務與理論，深入淺出，淺顯易讀，相信在這仍充滿變數的後疫情的時代中，我們能透過此書掌握更精準的市場策略與培養專案企劃能力，結合數位新工具做全方位的整合行銷，打造全新的行銷大未來。

推薦序

給品牌經營者
帶來
希望與方向

食力 foodNEXT

創辦人暨總編輯

童儀展

最茫然的時代，該如何持續前行，尤其在疫情依舊的年代，人類至今都不曾面對過這麼大規模的世界封閉與未知。

　　交通能封、社交能封，但，社會運作不能停，這當中，對品牌的經營者而言，絕對是史無前例的挑戰，而或許沒有人可以給出肯定答案，但是，這本書我相信能指引一個方向，一個讓品牌業者更有希望的方向前進。

推薦序

在喧囂中
找到理論與
實務兼具的
節慶操作系統！

國立臺中教育大學

文化創意產業設計與營運學系

教授兼系主任

拾己寰

節慶活動一直是世界各地各種地域、組織、機構、公私部門所最常運用來創造議題、塑造特色、吸引目光、凝聚共識……的手段，不論是新創或是持續，節慶活動確實也發揮了它們應有的功能，達到許多的組織或是機構的目標。

　　也因此，大大小小、層出不窮的節慶活動，就充斥在你我周遭，大到世界級、具有千百年歷史的各種宗教、文化活動，小到你家社區旁的宮廟社區節慶，甚至於為了彰顯特色的行業、產業促銷活動，也都搬出節慶活動之名。從古至今，以節慶之名行促銷之實，喧囂的不得了！

　　然而，喧鬧中需要冷靜的心，每年在臺灣從年初到年末、幾百億至千億經費預算的大大小小節慶活動，要如何完成各部門以節慶活動之名達到規劃目標的任務，那就需要一套理論及實務兼具的操作系統，否則喧囂就會變成資源的浪費，努力辦理活動就會變成勞心勞力卻達不到任何目標的活動煙火秀！

　　王福闓老師出版這一本「如何利用節慶與假期來創造財富」的專書，探討分析，同時明白揭示節慶活動的操作理論、技術及實務案例，以整合行銷為主軸，結合企劃、組織目標及任務、品牌規劃、消費者心理等理論來說明節慶活動的系統性操作理論及技術，就如同本書所強調的「在繽紛的節慶中找到未來」，對於老師的心得與心血，本人全力推薦！

作者序

努力的
走得更遠一點

中華品牌再造協會　理事長

王福闓

還記得多年前第一次幫當時的任職公司寫企劃書時，當開始執行的時候就如同自己的孩子一般，雖然長得歪七扭八但仍然感到開心。後來從單一專案到年度規劃，從促銷方案到大型節慶活動，越來越多的專案在自己手上從開始到結束，但卻也有了更多「身不由己」的感覺。

　　而這份感覺來自於具備行銷專業的人員，說服不了外行領導內行的高層，又更多的不論促銷、節慶甚至年度規劃都是需要相當專業知識與經驗的專案，卻沒有完整提及全面的書籍來整合分享。

　　但是最大的無奈，其實是許多企業、非營利組織甚至政府單位，為了短暫的眼前效益，卻在發展的過程中離品牌建立的初衷與理念越來越遠。

　　作為聯繫品牌與消費者之間的節慶活動，遠比我們認識的有更多的功能及意義，品牌必須找出跟自身相關也對消費者有意義的來持續經營溝通。但是為了達成品牌生存的目標，作為經營績效達成的促銷工具，也就成為了必要之惡，但經由完整的年度規劃，以及堅定的品牌發展方向，最終能達到平衡後帶來成長。

　　或許在這次書中為了更聚焦於提出「品牌耶誕樹」的概念，以及通盤的整理了促銷方案及節慶活動的類型，以至於部分案例及細節上必須先放下捨棄沒有放入書中，只能等待下一次再來補強，但至少希望本書能幫助那些仍在年度規劃、節慶活動及促銷方案等專

案中奮鬥的行銷人員獲得一些新的想法，更能幫助品牌的經營者與擁有者能夠找到，在最初的理念與持續的發展的路上得到平衡。

也再次感謝我的父母親支持、妻子的鼓勵、協會成員與合作夥伴相挺，以及協助編輯校稿的孟臻和一路已經三本書支持出版的貓

耶和華作王！他以威嚴為衣穿上；耶和華以能力為衣，以能力束腰，世界就堅定，不得動搖。

—— 詩篇 93 篇 1 節

王福閻
2021.04.

姊，畢竟在這因為疫情後劇變的年代，只有與志同道合的一起往前
走，才能走得更久。最後，將一切榮耀歸於上帝。

CONTENTS

+7 誘惑人的促銷工具有錯嗎？

+8 數位整合行銷傳播才是未來的王道

+9 如何洞悉消費者的內心戲
並善於利用

　　疫情過後，品牌的經營者越來越不知道該怎麼在這個
世代往前進，更多的變數導致原來辛苦的一切可能失去，
只有做好更周全的規劃與洞察先機才能存活。

如何去適應
讓人不安的
的年代

+1

1.1

疫情帶來
的改變

劇烈的改變持續

　　或許誰也沒想到，2020 年的一場疫情影響了全世界的人們，不論從生命、生活到國與國、人與人的關係，當然也對商業環境的運作造成了巨大的變化。許多品牌因為對於所得到的情報有所誤判，加上本身管理和組織制度及策略調整沒有跟上，造成了龐大的損失。儘管在如此重大的環境變動下，仍然有許多的品牌能快速的調整因應，讓自己存活下去，那中間的差異是什麼很值得探討。

　　當環境面臨可能更大幅度的改變時，品牌應該以什麼標準看待未來會發生的事，也常常是相當困難的決定。很多經營者倚靠直覺判斷，來決定品牌今後的發展，或是參考不完整的數據與報告，就訂定了隔年甚至更長久的目標。明知品牌有更長遠的理想和發展期望，卻不願投入更多的行銷資源，只是期望用以往的模式不斷重複與消費者溝通。許多曾經在品牌形象上沒有周全溝通策略的品牌，也必須更謹慎面對隨時突如其來的危機。

　　疫情及政府政策更讓不少品牌必須重新思考與抉擇，如何掌握品牌的擴張機會，如何避免因為特定議題而讓自己陷入困境僵局之中。就以旅遊業來說，兩岸關係的改變加上疫情影響，導致不少旅行社、飯店甚至餐廳都有一波波的倒閉與轉型潮，但台灣本身的島內旅遊風潮其實早就慢慢興起，許多的城市節慶活動都舉辦多年，這時當品牌本身就具備一定長期年度規劃方案時，至少可以從整體環境中還存在的訊息中找到轉機，作為因應調整的基礎。雖然疫情的影響甚至讓有些節慶都必須停辦或轉型線上，但是隔年還有機會再次舉辦，只是已經造成的影響要怎麼調整才是重點。

　　其實只要稍微檢視一下就可以發現，過去的決策可能當時是正

確的，但現在已經與時代脫節，甚至很多消費者在意的事情已經改變，例如消費者關注品牌形象的議題溝通，多過於只是為了提升業績在促銷折扣。環境的改變確實讓人感到焦慮，尤其是企業經營在考慮虧損及獲利的條件時，維持現狀和投入新產品、新通路開發之間，若是沒有一個中心思想及專業的評估依據，甚至嘗試以不同角度看待問題範圍，就會變成了保守與風險的對立。

就像過去許多從事醫療材料的品牌，在疫情爆發之初要決定是否投入新的資源去增加產能，還是維持既有生產量避免之後過剩，這個策略的判斷就影響了許多品牌後續的發展。有的因為本身品牌的優勢及產品品質不錯而一飛沖天，形成消費者的搶購熱潮，但也有些品牌因為自身條件不佳，或是對於疫情的發展情勢誤判而錯失良機。在商業的環境中，經營者有時會對自己的預測過於自信，常高估或低估未來的可能性，甚至因為缺乏檢視的每個階段的機會和危機，而讓品牌的發展舉步維艱。

所以當品牌一年過去後發現，業績達不到目標時就只會大量降價促銷，或是只想倚靠重大行銷事件的影響，為自己帶來高成長的業績，卻忽略了可能產生的副作用。像是每年的大型促銷節慶「雙十一」，很多製造商品牌期望能一次創造爆款大量銷售，只在乎自己的商品當下是否能一次帶來好業績，卻沒有思考在這之後，品牌是否會因此造成傷害。傳統的零售業比較關心賣場整體營業額，所以有一定規模的連鎖品牌多半都具備年度規劃的基本能力，卻也常常因為對於未來的不確定，及公司對於「創意」的運用過於謹慎，所以常常每年就是固定幾個節慶，也很少看到突出而且有創意的促銷方案。

找到問題的重點

　　在讓人不安的年代中，看見問題、問對問題和解決問題，是品牌都必須具備的能力。問題解決的方式，通常分為立刻解決、延遲解決、側面解決以及迴避解決。許多品牌都在焦慮著該怎麼一年撐過一年，因此對於該怎麼解決問題以及優先順序，常常都會選擇最急迫的而不一定是最重要的。當疫情的突然出現，很多品牌急著解決眼前當下的問題，卻忽略了可能重要的問題，或是病急亂投醫而造成新的危機。

　　消費者不上門的時候，馬上推出促銷套餐組合，再不行就降價打折，但可能根本的問題是品牌形象不佳，社群媒體上一堆負評。有的問題是可以快速而容易解決，有的問題卻是很久之後才看的到答案，會發生問題都有值得探究討論的原因，通常也不只一種解決方案。像是業績不好，可能是訂價過高、競爭力不足、也可能是知名度不夠，這些問題不是立即性發生或可以解決的。相對來說在解決問題之前，品牌的自我檢視反而更為重要。

　　比較有趣的是很多經營者明明知道問題的存在，也知道處裡的方式卻因為怠惰而造成了更嚴重的影響。例如曾經賣的很不錯的本土零食品牌，在市場上也曾經擁有相當的知名度與市占率，但是當國際品牌進入台灣後開始蠶食鯨吞市場，甚至消費者因為之前出國很方便，所以就容易接觸及直接購買國外的知名零食品牌。這時該本土零食品牌負責的行銷人員，因為害怕嘗試新的行銷溝通的方式，也不願意接納其他人的建議，甚至對於外部環境的改變不夠積極因應，導致失去了守住市場的機會，也錯過了品牌數位轉型的好時機。

有的問題則是可以事前因應卻錯失機會，就像有的品牌過去是以陸客為主，但因為兩岸關係及疫情發生，事實上可能從兩三年前就可以推估，消費客群應該會發生變化，但卻沒有及時性的規劃新的產品及服務品牌，作為後來可以因應的機會。過度的品牌自信及低估問題的影響力，忽視了已經出現的問題跡象，以及解決問題時需要短、中、長期不同階段規劃的重要性。因此在進一步解決問題之前，就是要判斷問題解決的急迫性，與解決問題需要多長的時間。問題是一個接著一個，就算一年再怎麼努力也不一定能解決，但有些問題就是突然發生，這時只好微笑冷靜的分析原因。

　　也有因為內部團隊或創辦人，個人因素導致品牌形象受損，但是公關部門或是相關人員並未能妥善處理，導致原有的合作關係受損甚至影響到員工生計。曾經有企業發生過創辦人的負面形象問題，經歷了三、五年後品牌形象始終受到影響。雖然最簡單的方式就是創辦人離開公司，但這是他經營多年的品牌，怎麼可能說放就放。直到多年後看似問題緩解，但因為沒有在過程中監控可能被翻舊帳的危機意識，以及社會大眾對於事件發展的反應超乎預期，連從合作對象的態度上來說，也沒有力挺表態甚至站在對立面，最終造成了原有市場機會的損失，以及品牌短時間一蹶不振。

　　畢竟沒有整體性的思考及策略，很可能前一個問題沒解決，後一個問題又出現。為了立即提升來客數所以只考慮到價格促銷，卻可能因為服務品質出問題更傷害的品牌形象，當創造一時的話題與聲量後，卻因為亂搭配時事反而導致更多的負面形象。社會公眾中本來就存在著一些容易去攻擊挑釁的少數酸民，沒有釐清問題就貿然的去執行計畫，所造成的失誤卻可能讓本來的美意也打折扣。包含之前非營利組織、企業負責人財務危機、藝人外遇或是言行不

當，甚至是品牌巧克力事件，都可以說是對於問題理解及處理方式，造成了一定程度的二次傷害。

就像有的品牌認為自己的料理很具水平，需要足夠的時間來製作，於是沒有經過市場評估及溝通就推出了促銷方案。但是當講求快速出餐的消費者，受到吸引上門用餐後覺得速度太慢時，就可能發生爭議。真正的問題在於其中一方將事件放上社群媒體後，引爆了更大規模的爭論。這時檢視問題可以發現，到底應不應該規劃這個促銷方案？吸引新消費者時應該做什麼溝通？甚至當負評已經擴散到社群時該怎麼因應？這些都是可以事先去思考的。

有的問題則較為複雜，例如當品牌的創辦人發現，社會當中有某個族群過去都是倚靠政府補助生存的弱勢對象，但是他希望透過培訓及專業協助讓他們可以自力更生時，到底要跟誰溝通這個社會問題、自己為什麼有這個品牌理念，以及可以達到什麼結果，都變成了必須問題的一環。因為若是有人曲解或是溝通有落差時，背上壓榨弱勢圖利自己的罪名，就扭曲了本來的好意。但是要花多少時間、溝通的順序為何，以及掌握可能的負面反應，這就必須有更具體的策略來達成了。

品牌應該從存在的問題中去描述及分析，瞭解每個問題的來龍去脈和問題之間的相互關係，從中發現最根本的原因並找出解決辦法。包含行銷人員、行銷推廣方法、行銷資源問題、部門協調及組織體系等，考慮到問題的關聯性，從整體的角度系統性分析，才能幫助品牌整體長期發展中找到最根本的解決方法。尤其是具有高度理想性的品牌，願意在那些花俏的行銷手法背後，從消費者的需求出發，找到品牌與消費者之間更好的溝通方式與互動，甚至讓社會公眾可以監督與檢視，這不但是取得消費者信任的方式，更是品牌

真正有價值的原因。

因此品牌內部要清楚自己組織、產品及服務的優勢與劣勢，較佳的組織溝通效率、優良的產品及服務品質、擁有持續創新的技術、龐大的忠誠顧客資料，這些都可以是品牌的優勢。但像盈利能力太差、可運用資產不足、品牌形象曾經受損、沒有跟消費者溝通的能力、經營者有法律或道德糾紛，這些都是品牌的劣勢，也就是要解決的問題，要讓品牌發展得更長久，理解本身自己的資源和條件，並且正視問題可以說是重要的一步。

作者習慣用最基本的「人、事、時、地、物」來思考，例如原來開服飾店的經營者發現，以往過年期間都會有相當高比例的消費者來買新衣，以及外地的批發商來批貨，但今年卻兩者都少了很多。這時問題要先針對末端消費者解決還是批發商（人）、是本身的產品問題還是環境問題（事）、問題是年節這時候才發生還是之前就已有跡象（時）、是我們這邊的區域受到影響還是別的地區也有（地）、是今年的設計跟不上潮流還是價格太貴（物）。

剛開始做這樣的問題分析時會有些辛苦，因為許多問題是否真實存在我們並不確定，但當第一年、第二年知道有哪些既有存在的問題時，就可以提前規劃因應策略，推出符合市場需求的新產品及服務、設計更合適的節慶活動議題增加品牌曝光及記憶點、運用理想的促銷方案強化購買者的意願，卻也能降低對品牌的傷害。有些潛在問題因為已經有了好的策略提前因應，所以在幾年後真正發生時，就能降低對品牌的影響甚至逆風而上。

經過分析後擬定策略，訂價過高可以透過改善成本來降低，競爭力不足可以經過創新研發或服務提升來增加競爭力，知名度不夠則可以經由品牌形象的建立與傳播工具的應用，帶來市場的認識機

會。因此我們要釐清是因為品牌本身的還是外部環境造成，只解決當下問題會不會有更大的危機與風險，再思考能用什麼方式來解決問題，以及解決後期望達到的理想結果。就像是品牌當在規劃如何運用中長期的策略解決問題時，也可以同時評估運用促銷折扣換取立即性的業績提升的必要性，或是透過議題創造一些能見度時，也檢視這些議題對品牌的發展會不會有負面影響。

1.2

不同面向
的瞬息萬變

產業競爭激烈

　　早在 10 多年前,獨立書店、連鎖書店跟網路書店,就發生過幾次激烈的商業衝突,而起因就是對於末端折扣的可接受度有著明顯差異。早期書店被歸類為「品類店」,也就是販售的商品較集中於單一的類別,但之後連鎖書店崛起時,以金石堂為主的則是大量增加禮贈品、卡片、文具周邊甚至影音娛樂,而以誠品為主的則更是轉型為百貨型態,大量讓餐飲、服飾配件甚至電器產品都可進駐販售。在生存空間越來越不容易的情況下,單一品類為主的品牌生存就更為嚴峻,雖然不少獨立書店的存在不完全是為了追求高營收,但基本的生存也必須倚靠足夠的消費者支持。

　　而電商為主的通路因為相對庫存壓力較低,而且更重視大型節慶活動及促銷方案,所以就發生了與實體通路的矛盾立場被激化的事件。因為電商推出大規模的促銷方案,有的出版社品牌願意衝一波折扣轉現金,來舒緩 2020 年疫情造成的經營壓力,也有人一開始就不加入這場折扣遊戲。關鍵是 momo 購物網電商平台推出了 66 折,因此促銷活動開始後就有出版社從電商平台撤架的事件發生,出版社經營者認為書籍要有合理的定價,以及對促銷價格有底線才能長期經營。

　　除非作者突然大紅、書籍議題擁有討論熱度,不然上市一段時間卻沒有持續銷量的書籍,通常只是停留在書店架上或倉庫庫存,造成作者、出版社及通路品牌的損失。價格折扣可以說是最常見直接運用的促銷方案,只是當 66 折這個價格折扣已經打破了博客來、金石堂甚至誠品多數網路及實體書店的常態折扣,更遑論長期以原價銷售的獨立書店。當消費者在平常對於 79 折的反應都不是很有

感，更低的降價促銷方案就成了最快讓消費者買單的方式。

　　作者擔任過連鎖書店的行銷、出版社的企劃主管，也是出版書籍的作者，對於整個生態鏈其實有著蠻深刻的體驗。對於一般作者來說，只要本來談定的版稅是以「牌價」來計算，其實就算末端怎麼打折，作者拿到的版稅還是一樣的，雖然近年來有的合約改成「末端售價」，但若是有設最低折扣的底線，也還是有一個基本的標準。雖然電商會補貼出版社折扣差額，但多數出版社相對於書店通路來說還是相對弱勢，所以當單一通路「破盤」時，其他沒有更好促銷方案因應的通路，等於暫時阻斷了銷售的可能，因此惹惱其他通路品牌，認為這樣的促銷破壞了市場的規則。那時後來延伸的事件，就是部分獨立書店的暫停營業抗議，以及社會大眾檢討電商品牌的促銷方案設計是否得當。

　　雖然以往有出版社因為庫存壓力，也會自己辦促銷展售活動，但多半是有一定時間的回頭書或是庫存書。若是過度破壞市場，仍然會得罪其他通路品牌，甚至造成作者的反彈，認為自己的作品被賤賣。當初漫畫產業知名的「大然事件」也跟這個作法有關，而且得罪的還是日本最大的出版集團集英社。也因此多數本土的出版社對於促銷方案的設計雖然願意接受，但是針對新書、暢銷書或是國外版權的書籍，也都在尋找更好的推廣方式，而不願只是低價的折扣促銷。

　　說真的很多品牌也不只出版業，每逢週年慶、雙十一這類大型折扣檔期，只要沒有應對措施的品牌，其實都只能被動受到影響。尤其是疫情發生至今，非急迫性的消費像是書籍、文具或玩具，消費者會更謹慎挑選自己偏好度較高，而較少去雨露均霑。對消費者來說，一本書應該多少錢是可以接受的範圍，這話沒有一定，就像

暢銷漫畫一本超過 100 元而且不做促銷也很有市場，但若是那種網路就可以找到大半相同內容的「大眾書」，可能到了二手市場幾十塊錢也銷售不掉。

　　而這時候推出能夠符合疫情後消費者需求的新書雖然是好事，但在已經有的龐大庫存的情況下，結合消費者感興趣的議題並搭配合適的促銷工具，至少能幫助品牌度過眼前的難關。就像在兒童節針對繪本或是玩具收藏類的書籍做促銷，或是搭配餐飲業的展會來促銷烘培烹飪類的書籍，至少能增加銷售達成的機會。

消費型態轉變

　　品牌的生存通常最終一切都是由消費市場來選擇，不論是找到合適的議題營造社會討論熱度，或是設計節慶活動增加消費者的興趣，只有積極創造機會並且增加市場需求，不然就算再用心的作者及出版社，也還是要面對未來更加挑戰的整體環境。還記得 2001 年左右，台灣最大的連鎖書店金石堂曾達到百店，創下台灣書店紀錄外也舉辦了百店慶的活動，見證了當時消費文化對於上書店買書的風潮，有幸作者當時也躬逢其盛。而那時店數仍然較少的誠品，則是選擇了其他流通事業的發展，並積極的規劃符合品牌及消費者期望的新店型。除了兩大連鎖書店系統外，還有專攻校園書店的敦煌書局、車站附近常見的諾貝爾書局及墊腳石圖書文化廣場，都可說是各占一方。

　　那時並沒有普及的智慧型手機，連筆電及高速上網都是較為奢侈的資訊接受方式，像是許多生活類、旅遊以及設計的實體書籍，都是相當炙手可熱，甚至暢銷小説與漫畫也是書店的熱門商品。透

過實體書店接觸消費者成了出版社最重要的機會，也導致連鎖書店與出版社之間的權力關係形成不對等的結果。其實那個時期的連鎖書店，書籍的銷售金額雖然仍佔大宗，但毛利率卻不及像是文具周邊、進口玩具甚至公事包、書包這些品類。

金石堂曾經在忠孝店還擁有專門的文具館，過去因為廣設大學及高普考風氣興盛，只要能穩住高中到大學的目標族群市場，就有一定的獲利空間。再加上若是有暢銷商業書籍的帶動，就能讓書店的營收有相當不錯的表現。可是實體書籍佔據相當大的店內陳列空間，同時許多書店的分類方式及空間應用也過於擁擠，導致消費者除了功能性購書外，並不太喜歡在書店停留太久，直到像是誠品及部分改裝後的金石堂，因為擁有較大的閱讀及停留空間以及文化氛圍，才讓消費者更有在店內停留的意願，但卻也造成了許多人只看不買的窘境。

近年來新科技的發展改變了消費者閱讀習慣，數位化過程造成文具用品的銷售下滑，而少子化及大學生學習意願降低，都使得實體書及教科書的銷售衰退。連鎖書店的獲利其實一直在逐年遞減，許多曾經記憶中的書店也陸續消失，像是金石堂城中店、之前的忠孝店或是誠品台東故事館。雖然誠品書店敦南店是因為改建因素，但更現實的則是以書籍為主的實體專門店，在消費者需求以及競爭激烈的環境中，整個零售產業的發展趨勢而調整營業模式也是必然的結果。

搜尋網站提供了大量的免費知識，甚至過去不少暢銷書籍的內容，相關類似的知識都可以在影音平台、社群網站上獲得，更導致了難以出現如同以往大賣的暢銷作品，連帶實體書店必須透過促銷減少庫存，以及關閉無法獨立獲利的店面來存活。進駐學校的書店

雖然尚有教科書的支撐，但不少學校取消了統一訂書的規定，許多校園書店常常門可羅雀，僅為了服務開學初期的需求而存在。當實體書店大量引進許多非文化類的產品來銷售時，從生活小物到節慶道具，甚至糖果餅乾還有玩具，甚至有些書店的書籍區域降低到少於一半或三分之一，這時實體書店已經快成了生活雜貨市集。

在疫情的影響下，複合書店的營收也較過去更倚賴進駐的餐飲品牌收入，以及店中店的租金補貼。現在的誠品其實不論是松菸店還是信義店，都是以類似百貨公司的型態在生存，而金石堂的信義店則大幅增加伴手禮區域來提升業績。在消費者閱讀習慣改變及數位時代的演化下，網路書店解決了多數單純購買書籍的需求，實體書店的空間再應用，以及未來銷售品類的選擇上，勢必需要繼續思考如何重新調整。對消費者來說，書店品牌仍被賦予文化承載的意義，如何在市場生存與品牌價值中找到平衡才是關鍵，不然最後只會有更多長得像大賣場或百貨公司的書店出現，而失去了品牌的初衷與理想。

環 境 的 改 變

許多問題不是一下子才發生，疫情的影響只是催化劑，人們的生活習慣改變、整體政策及商業環境的變化，以及企業本身的發展能力才是關鍵。社會經濟狀況及國家的政策，常常導致直接而且強制性的產業變化，像是 2021 年開放進口美國豬肉的政策，就影響了許多餐飲業在成本的考量上，有了不同以往的選擇。消費者的經濟條件這幾年雖然沒有顯著成長，但是花費在餐飲上的支出卻逐年提升。當有了新的產品及服務可以選擇時，必然會有不同的需求希

望被滿足，經濟條件的差異和對於品牌的信任度，都讓市場一直不斷的改變。

　　在競爭越來越激烈的情況下，要擁有較佳的獲利能力，就必須具備更卓越的競爭優勢，不論是從品牌的偏好度還是產品與服務的獨特性。像是很多手搖茶品牌因為本身的產品開發能力有限，只能等待領導品牌優先推出後再跟風。領導品牌雖然願意持續研發，但是必須投入的新產品及服務開發成本也相當高，所以要怎麼樣建立更長期的產品及服務品牌價值，而不是只是曇花一現，就成了品牌年度規劃時的重點項目。當消費者就算在沒有在促銷方案的時候，也會願意關注及購買成了品牌能否長期發展的重要關鍵。

　　根據主計總處統計，台灣整體服務業占 GDP 比重為超過六成，平均就業人數占總就業人數比重的 60%，顯示服務業已成為台灣的經濟主體。國際連鎖服務業品牌因為早年就進入市場，這些國際品牌在外國發展的時候，對於年度規劃、節慶活動結合以及促銷工具的設計，就都有了一定的經驗與運作模式，因此也讓台灣的消費者當時感覺耳目一新。像是餐飲業的肯德基、麥當勞，便利商店的統一超商、全家超商，量販店的家樂福、好市多。不論是有系統地推出節慶活動炒熱議題，或是運用折扣及贈品吸引消費者上門，都讓這些品牌在知名度以及業績上快速成長。

　　而品牌帶來的優勢，就是消費者的指定購買機會。當我們詢問一般社會大眾時，許多人都是先想到麥當勞叔叔、肯德基爺爺這樣的品牌象徵物，或是星巴克的品牌標誌與故事。當我們要點星冰樂時，只能去星巴克、想吃麥克雞塊時只能去麥當勞，想喝思樂冰時就去統一超商，這些就是建立產品及服務品牌的專屬優勢。這些品牌透過長時間的與消費者溝通，將品牌願景、品牌理念及品牌形象

傳遞出去,再透過專屬的產品及服務品牌名稱,讓消費者能夠產生清楚的記憶點。

　　國內的連鎖品牌轉型發展較慢,直到像是大潤發、全聯福利中心的崛起,才開始讓人對本土的通路品牌有了新的認識。本土的連鎖餐飲品牌發展雖然持續進步,但是要能追上麥當勞、肯德基這些相當成熟品牌的營運及行銷模式,只要努力還是有機會達到。像是鼎泰豐、王品集團、路易莎這樣具規模的本土品牌之後,消費者也越來越願意支持本土品牌。

　　台灣的服務業在品牌發展上,尤其是完整的品牌知識與建立還有相當的成長空間,多數中小企業對於不論是品牌形象的建立、品牌溝通的的策略及工具,以及新媒體的運用,都處在持續理解接受的階段,但若是缺乏專業的教育訓練及輔導,可能會錯失了許多進步的機會。開餐廳、早餐店甚至飲料店時,很多經營者忽略了要去跟消費者溝通組織品牌的名稱及意義,以及塑造出可以被記住的產品及服務專屬品牌的重要性。

　　因此要讓服務業的品牌能更長久的被記住甚至喜愛,並不是靠促銷方案就可以達成的。回歸品牌理念而落實的年度計劃,並且用節慶活動強化消費者的關注,最後會到會員關係的建立,不論是透過 APP 的集中服務,還是大面向的數位溝通,讓消費者覺得自己就是「喜歡」這個品牌,也願意持續支持,這才能讓無形的服務更轉化為品牌的價值。

認知的差異

　　品牌常常認為自己具備與眾不同的差異化，但是到底要差異化到什麼程度，作者認為這就是品牌對於問題解決的關鍵。就像烤鴨這項餐飲，十個有十一個都會說自己的品質好，但有的在店內販售還有其他茶水餐點，有的街邊販售但價格實惠，有的外帶盒子設計精美而且地點好，有的老闆人親切還很會交流。最終消費者也不會永遠只吃一家，但對於哪個特性偏好多一點，就會多上門幾次，甚至也會推薦給親朋好友，這也就產生的差異性及結果。

　　很多時候我們身邊會看到非營利組織或社會企業等團體，可能以開店、工場製造、街邊販售等形式，提供產品讓消費者可以選購。而當中又以服務身心障礙朋友為主的機構最為常見，例如餐廳及喜餅的「喜憨兒基金會」、禮盒及異業合作餐廳的「育成基金會」，或是麵包販售的「瑪麗亞基金會」。中華品牌再造協會將台灣的主要身障服務機構全面盤點整理後發現，除了有特定對象像是自閉症協會以及唐氏症基金會之外，多數的非營利組織所服務的對象大部分為身心障礙者。非營利組織品牌覺得自己的服務對象和服務理念很重視，所以常常覺得自己是獨特的。

　　當然有的單位為了讓產品更具備市場競爭力，有庇護工場具備符合 ISO 等級的中央工廠，然後在不同的環節上，仍有庇護員工來進行工作。最常看到就是擔任設備操作、紙盒及隔層的折製。餐廳部分像是外場的服務員，當然也有能直接從事烹調的庇護員工，但在工作能力及安全考量下畢竟是少數。尤其這些年，中央及地方都有針對庇護工場的產品做品質與品牌的提升，像新北市就有「庇護好禮」，第一屆的優選就是育成基金會及作者的團隊合作，而近

年來還有分不同類型的產品，所以像喜憨兒基金會也是 2019 年的禮盒代表之一。漂亮的包裝設計、跟設計師跨界合作及或是找明星代言人，都對不同品牌的庇護工場有品牌形象提升的作用。

　　作者自己多年從事庇護工場的輔導和教育訓練，其實也常常有機會品嚐到餐廳的餐點、手工製作的餅乾糕點。有些因為在製作時還抱著更高的社會理念，所以還選用台灣在地食材，或是以天然養生訴求，要說都很美味或許見仁見智，但是基本也有一定水準。除了餐飲類之外，庇護工場和身障朋友還有從事的服務很多元，像是忠孝橋下的洗車服務、羊毛氈的製作、衣物送洗及印刷，也都有不同的庇護工場品牌在經營服務。

　　當庇護工場的品牌意識越明確，社會對於身障朋友的了解及機構的差異越有認知時，當然在商業環境中只靠「憐憫行銷」是有限的。作者之前提出「品牌再造十字架」概念，品牌形象的塑造來自於明確的溝通及定位。因此就像新人要選禮盒送禮時，價位及漂亮包裝自然是重要的選擇，但當加上了能幫助身障朋友的美意，自然更好。或是朋友聚餐，同樣是選餐廳，但是抱著期待而且支持的心情去庇護工場的單位用餐，當中所獲得的體驗是更讓人感動的。

　　但從實際層面來看，其實同業間品牌的競爭比想像多更多。庇護工場不只要在消費者間取得認同與了解，在符合「優先採購」的原則下，至少有超過 300 家以上不同類型的單位提供產品及勞務，以供政府機構、國營企業及學校等，作為在採購時的選擇。因此就算是餐飲或其他類型的服務，像是印刷、環境整理，也都相當競爭。另外像是立案的財團法人中，服務項目包含「身心障礙者」的就有 195 個，成立宗旨是服務身障者的社團法人也有 129 個（含已解散），可是真的專注於單一服務對象的財團法人只有 11 個。

一般的身心障礙服務機構也因為資源不同，比較基本的是成立協會型態的非營組織並取得募款資格，而進一步資源較多的可能以基金會或社會企業型態來運作。而庇護工場的專屬性則是由地方政府同意籌設，中央管轄的情況下運作，在人事、行銷及營運上給予補助。庇護工場歸屬勞政單位主管，定位為具勞雇關係之庇護性就業職場，並為使身心障礙者就業權益受到保障，所以適用勞動法規。以勞動部資料看，全台的庇護工場近140家，但從102年至今，可說是年營業額均在減少，扣除政府補助後虧損更是逐漸擴大。

　　而從庇護工場營業類型來看，「餐飲類」及「勞務服務類」最多。「餐飲類」約50家上下占總數的35％左右；其次為「勞務服務類」約40家上下占總數30％左右。這些數字或許不能代表所有其他服務類似的品牌都是對手，但至少非營利組織品牌必須思考，當有社會大眾想捐款、購買品牌推出的產品及服務，或是願意對有需要服務的對象給予幫助時，甚至是有心投入社福領域的從業人員，對於品牌的認同與了解程度，都可能作為擇一選擇的原因。像是「財團法人陽光社會福利基金會」則是因為之前的八仙樂園塵爆事件，在特定的議題和服務對象上有相當明確的標的，所以就獲得大量的關注及資源。

　　以服務身心障礙者的非營利組織品牌「財團法人育成社會福利基金會」，事業部包含了洗車中心、忠孝庇護工場、集賢庇護工場、慈育庇護工場、慈惠庇護工場、永和自然食堂、復康部、資源回收部，所提供的商品及服務品牌其實也很多元，但常常因為在組織名稱上社會大眾其實會不太了解背後的涵義，所以縱然支持理念及服務但卻還是在品牌認知上，稍微落後了有清楚識別的非營利組織品牌「財團法人喜憨兒社會福利基金會」。

非營利組織的成立其實立意甚佳,幫助病友或是關懷弱勢都是很正面的,當然不論是所販售的商品以及募得的捐款,也都多半是能對社會公益有幫助。但要是只從交易的角度,消費者捐款縱然是因為公益,但仍然有可能是為了避稅、良心安慰等,這時公益單位只是一個完成消費者心願的角色,若是購買品牌的產品及服務,就希望至少能夠跟市場當中的商業品牌一樣,獲得理想的使用體驗。公益品牌為了社會福祉的長期有更遠大的目標,就應該要把品牌自己的願景、規劃都說清楚講明白,並且透過更具有策略的方式,來長期跟消費者溝通互動。

習慣的改變

在華人的飲食習慣中,過去因為區域的不同,所以有些地方盛行燒餅夾油條、蛋餅、饅頭花捲、水煎包,或是港式飲茶等各種不同的型態,飲料也從豆漿、小米粥到茶飲,有著豐富的組合。然而因為台灣較早受西方飲食的影響,速食業帶來的漢堡、咖啡、牛奶也廣受消費者的親睞。雖然早期不少從外省眷村開始擁有支持者,甚至因為觀光客揚名海外的阜杭豆漿,在地特色的永和豆漿、青島豆漿,都是不少消費者的早餐選擇,但從連鎖的新式早餐店開始出現,提供包含漢堡、鐵板麵、西式麵包及吐司夾餡,以及咖啡花茶等飲品,快速的成長也影響了消費者的飲食習慣。

根據台灣連鎖加盟促進協會提供的數據、中華品牌再造協會整理後發現,光是前幾大的連鎖早餐店品牌就超過 7000 家以上,像是以加盟為主的美而美餐飲集團就有 3000 家、早安美之城公司也有 1250 家,而近年來積極品牌再造轉型的麥味登公司及拉亞漢堡

也分別有 770 家及 520 家。比較有趣的是，雖然傳統的早餐店較少販售漢堡咖啡這類餐點，也不少連鎖的中西式早餐店卻願意同時販售，也讓消費者在單一店中可能就有機會選擇燒餅油條配咖啡這種新鮮組合。

更多新式的連鎖早餐店則是將店面及產品線，都更往精緻化及風格化，使消費者也願意在早午餐甚至下午茶的時間，仍然有機會購買到餐點。雖然若是跟前幾大的外國連鎖速食店比較，台灣消費者從過去對中西式連鎖早餐店認知，離真正的品牌偏好建立仍然有一段距離，但確實因為從企業接班品牌再造、到新店型及餐飲服務的推出，翻轉了不少消費者的刻板。另外許多品牌也運用多角化品牌的經營模式來增加競爭力，像是揚秦集團旗下的炸雞大師、美而美集團旗下的康青龍，都可以發現這些品牌在強化消費者認同度的野心。

就像麥當勞每逢特定節慶時，就會推出新產品因應市場，甚至透過廣告、公關及數位整合行銷來吸引消費者注意。國內品牌除了既定的促銷方案外，卻較少從年度規劃的角度來思考，如何更創新的強化品牌形象溝通，以及運用節慶活動與消費者互動。品牌建立的基礎之一就是標準化，在連鎖加盟產業上可以看到，如何從一家店到一百家店，一致性的餐點口味、一定水平以上的店面裝潢與設計、標準而不僵化的服務態度，品牌的建立來自於可複製的元素，但又能維持服務品牌的特色。

就像鼎泰豐餐廳，可以在每家店吃到一樣口味的小籠包，合宜的服務流程，卻又無法讓經爭對手容易模仿，以及建置中央工廠擴大消費市場的購買機會，這些都讓品牌的價值提升，也成為了台灣品牌走出國際的關鍵。但是怎麼學循序漸進地讓社會公眾及消費

者，都能對於品牌想做的事情接受而且支持，就需要更完整的規劃與策略。

結 構 的 改 變

　　時代的改變還影響了組織品牌的結構，以往的經驗使的年輕一輩的創業家、接班人甚至是工作同仁，都在持續挑戰產業中的傳統規範與習慣。產業類型及定義越來越模糊，消費者與工作同仁的身分重疊度也越來越高，當高階主以還是以既有邏輯與方式，來設計行銷活動甚至定義品牌，或是中階主管只是求安穩、試圖用安全的方式來因應環境的變化時，造成的問題也更多。願意創新挑戰，滿足消費市場及自我實踐的人，不再只是用單一思維決定工作的形式。以往服務零售業在快速發展時，許多品牌為了將產品及服務，更快更多的提供給消費者，因此需要大幅度的增加工作同仁。

　　很多大型連鎖品牌選擇不只以直營的模式，而是希望招募更多願意跟品牌一起打拼的加盟主，這時兩者的關係其實已經不在是二分法，加盟主的身分既是工作同仁、企業端，但也是從認同品牌的消費者基礎開始。在疫情影響下，對於連鎖品牌來說，不論是直營為主或加盟的企業，都承受了比以往更為劇烈的營運壓力。連鎖加盟的創業型態在台灣算是相對成熟，包含餐飲、手搖飲甚至咖啡，加盟者投入資源和總部品牌建立關係，透過品牌經營與管理、行銷等面向，形成利益共同體的關係。

　　相對獨立開店來說，連鎖加盟的經營方式可以降低一些不確定性，最明顯的就是當市場的發展性仍趨於保守的形況下，有知名品牌的支持、完整的原物料供應系統，以及管理營運的專業導入時，

都可以降低失敗的風險。但成功的加盟總部是否具有創新的商業運營模式和獲利機會，更是加盟後是否能成功的重要指標。連鎖品牌要如何適應環境條件和形勢的變化，並且有效的滿足加盟主及消費者需求，就要考慮及評估在不同的環境下，面臨不同的經濟發展變化、消費心理和購買行為，實施應對的獨特策略。

消費者因為無法出國，所以更專注在台灣的本土市場消費，也會更認真檢視連鎖品牌的商品及服務。疫情對於核心能力不佳的連鎖品牌有相當大的影響，也因此不少品牌在疫情期間遭遇重創時，就是沒有適當的應變能力。有些則是因為沒有通盤思考品牌的定位，也找不到更好的重新溝通方式。當加盟主認為品牌不夠具有吸引力時，帶槍投靠競爭品牌或自立門戶的也大有人在，就像之前就有加盟主們集體抗議品牌總部的營運有問題，也不夠具有市場競爭力，就集體出走成立新品牌。

像是中高價位的餐飲集團、重視品味的連鎖居家產業，以及持續成長中的咖啡連鎖品牌，都面臨核心能力的再次提升需求，當消費者願意付出較高的費用來購買產品及服務時，更期待能夠物超所值而且持續推陳出新。連鎖總部必須更努力的自我提升。而連鎖總部的組織結構也必須適度調整，才能更全面的幫助店面的成長。新型態的商業模式也在許多連鎖品牌中發酵醞釀，甚至已經有些進入了實際提供服務的階段。

過去許多連鎖品牌在發展的過程中，連鎖總部的功能與專業知識尚未有相當程度的獲利能力及風險控管，就開始了連鎖加盟體系的建立。連鎖品牌的核心能力在相同產業中競爭者的差異化非常大，同樣是提供茶飲的品牌，可能在成本控管、包裝設計及店面陳設上都有不同。長期的產品開發創新、服務流程提升及傳播溝通能

力，更是品牌生存下來的關鍵。品牌在提升加盟總部的市場因應能
力時，前期評估以及核心能力建置就最重要的基礎。

前期評估	核心能力建置
· 現階段的資源與規劃是否適合開展連鎖經營？啟動條件與時機為何？ · 是否團隊具備瞭解行業特性又熟悉連鎖經營運作的複合型人才。 · 指標品牌旗艦店是否已經成熟，本身的獲利模式是否具有獨特性及差異化。 · 連鎖品牌計劃的發展時間表如何進行？加盟或合作的對象是否有明確輪廓。	· 市場的研究和分析 · 整合行銷知識和技巧 · 年度規劃的思維 · 設計或導入知識管理系統 · 供應鏈的控管機制 · 品牌意識與再造能力 · 具有競爭力的商業模式 · 成熟的人員管理標準 · 數位化的資訊導入 · 危機處理能力

　　一個有機會成功的加盟品牌，除了前面兩個重點的總部能力評
估與建置外，還要落實包含物料供應的品質，連鎖品牌總部負責訂
貨、採購，再統一分配到各分店的標準化流程。進一步運用差異化
的品牌策略，打造有競爭力的特色產品及服務體驗，使消費者產生
明確的記憶點，並且能與其他品牌產生對比區別。強化服務品質與
顧客溝通，創造新的消費需求空間，提高連鎖品牌的經營能力，提

升和擴大競爭優勢，從服務品質、商品特色、節慶與促銷等各方面著手，誘發消費者潛在的需求並給予滿足。

經由品牌識別系統運用的規範與一致性標準，改善服務同仁不必要的工作內容，幫助加盟主更容易上手及獲利，甚至是將連鎖品牌的作業流程，作成簡明扼要的操作手冊，方便新進同仁快速進入狀況。持續讓品牌能夠因應環境，品牌經營者與工作夥伴一同努力，不論是內部溝通、會員機制的建立，只有不斷長期的持續創新，才有機會在變動不安的環境中找到新的契機。

記憶點的建立

服務本身透過行動來達成消費者需求的滿足，價值就在於過程及達成的結果，同樣得是可以作為品牌，但是必須從門店的名稱與服務的內容來分別，例如曼都就是門店的品牌名稱，但若是他想推出一種消費者能記得的專屬髮型設計，就要針對這種髮型取一個品牌名稱。這種觀念過去並不常見，但其實只要仔細想想就可發現，如果今天消費者對於組織品牌就可以有深刻的記憶，確實不必每項服務都取名字，可是消費者若是對於組織品牌也沒有記憶點，服務也沒有專屬性的名稱，到底要如何讓消費者記得就是很大的問題。

很多台灣的服務領域其實都具備了相當不錯的經驗，像是餐飲、旅遊導覽、甚至按摩養生，但比較少發展出完整的成功溝通策略。很多時候對於該怎麼建立品牌的專屬性，還是不夠理解，也不知道有什麼元素是品牌自己以及消費者都在意的。疫情改變了許多國內消費者的習慣，尤其是因為戶外環境能讓人比較安心，也更容易幫助像是上班族紓壓，休閒農業的發展成了現在相當重要的內需

旅遊的一環。相對一般城市觀光的旅遊型態來說，不少休閒農場或農業區的所在地較為偏遠，因為處在自然環境較原始的地方，所以當消費者要從都市開車或是搭乘大眾運輸工具到達時，常常距離成了一個考量的重點，但更重要的是包含是否能在當地過夜住宿或露營，也讓消費者會納入是否前往的評估範圍。

另外因「非都市土地」容許使用項目不包含露營場地的使用，更不能經營民宿，所以全台超過 1,700 個露營場，有高達七成在農牧用地及林業用地上是違反土地利用法規。而相當多的休閒農業發展區域正是高度重疊在這些地方。依《休閒農業輔導管理辦法》成立的休閒農場，雖然能合法設置露營設施，但相對能使用範圍相當有限，若是面臨大量觀光客的需求時將不敷使用。若是消費者花很長的時間到達後，因為能夠觀光體驗的範圍有限，設計的主題及內容無法支撐至少一個整天到二天以上的行程，就會降低消費者前往的意願，或是前往後產生了認知落差的失望感。

其實在疫情爆發前，不少消費者就對於休閒農業的農業體驗，以及可以透過實際採收甚至料理的戶外娛樂空間，有著相當高的興趣。戶外開闊的場地甚至像是露營等型態的觀光方式，消費者仍然保持一定的熱度的興趣，但在機會來臨的同時，管理和品質上的挑戰也會浮現，最重要的是如何有策略的建立品牌記憶點。休閒農場的價值，可以說是保存了農業行為與特殊在地文化，而對於經歷了疫情的消費者，或許會認為戶外的旅遊方式比較安心，也希望能認識更與自身健康有關的事情。因此除了傳統耕作農場外，畜牧或是漁業養殖都可能會讓消費者產生興趣。

但是消費者也會評估整體的旅遊行程，當中願意付出的時間精力及支出等為重要考量。另外台灣休閒農業的規模，多半為小而美

的經營型態，雖然可以符合「觀賞」以及「體驗」的基本需求，但多半是以一天為主的行程。兩天以上包含住宿或是可供露營條件的休閒農業場域就相對較少。場域的精緻度與豐富性上，也有不少進步空間，能讓前往的觀光客擁有高滿意度及回訪意願的仍然不多。

　　從多元就業方案、農村再生條例等計畫支持下來，雖然扶植了不少經營休閒農業的品牌，但必須依靠政府資源才能生存的比例仍然不少。現在的地方創生計畫，雖然對休閒農業的品質與整體發展提升有所助益，但是在體驗的活動不容易創新、場域大小的限制，以及只有極少數品牌能整合其他在地資源一起成長。作者接觸到的休閒農業品牌中，對於市場發展、競爭者分析跟行銷策略的規劃，不少都還處於成長階段，只有少數業者具備農業、休閒觀光以及品牌管理的能力。以產業發展趨勢來看，越來越多經營主題相近的業者快速增加，而許多體驗的設計、餐飲內容甚至伴手禮的規劃，也開始有相當的部分雷同。

　　當國內消費者只能在島內旅遊時，一直看到類似的休閒農場或是農業區，以及跟過去精緻國外旅遊的體驗認知落差後，能維持多久的內需爆發式成長成了值得思考的問題。一般消費者很容易在幾次休閒農業旅行後，就失去了新鮮感及期待。過去因為觀光工廠的大量通過評鑑，以及同質性的產業主題及體驗模式，導致了部分消費者逐漸不太積極的前往觀光工廠消費。疫情帶來的休閒農業旅遊熱潮，或許短期可以提升內需幫助觀光產業帶來生機，但要做到長期吸引觀光客遠道來訪，就必須更有整體性的建立服務體驗的差異化及品牌特色，進而串連城市節慶活動一起來發展規劃。

1.3

品牌面臨
的危機

危機風暴的降臨

對品牌來説危機並非立即發生的，有時是因為是整體環境的演進，以及消費者的習慣逐漸造成。以零售產業來説，從最早的消費合作社、百貨公司、郵購，到超級市場、便利店，甚至直到今日的數位購物網站、購物 APP，以及可預見的智慧無人店，但沒有跟上時代以及因應措施，就會造成了品牌危機。經營品牌時，碰到危機或是策略失誤是很難避免的事情，但若可以防範未然或是有預先擬定處理方案，不但能將低傷害甚至能避免重蹈覆轍。了解品牌危機發生的原因，就可以盡量避免。

但是有些危機則是自找的，台灣這些年雖然食安問題一直層出不窮，也不乏知名品牌仍然犯錯，但從一個很根本的層面來看，就是有些經營或管理者為了獲利而觸法外，對於品牌經營的「良心」，也就是品牌社會責任的意識是相當模糊的。當有人靠著這種方式致富時，自然就會有其他人模仿甚至更逾越道德與法律的尺度。這樣的問題並非因為疫情發生後才出現，類似的情況常常重複上演，但是當不論是因為總體環境更加險峻，還是品牌自身本來就存在問題，危機的出現都會造成經營以及形象上的傷害。

部分品牌經營者，尤其是企業對企業端的組織品牌，對於經營品牌的投資總是覺得必要性不高。但是在背後卻可能反應出三個原因：經營方式不能被檢視、與社會大眾溝通意願不高，以及不願意面對可能發生的危機。當中最明顯的就是，例如少數時品原料品牌已經是使用有問題的食材、竄改有效日期、製造過程未達法規要求，甚至更糟糕的欺騙行為時，自然不願意再被社會大眾檢視。其實多數的企業都是願意誠實經營、也能接受消費者監督及社會檢

視，但是總體環境的危機依然存在，有時當經營壓著品牌喘不過氣時，怎麼堅持底線就很重要。

　　作者不斷的在推動品牌的重要性時，真正的起點不是當作行銷或營利的目的，而是更期望經營者從根本的良心來做事。若是知名品牌都認為改標造假不嚴重時，又如何讓消費者相信這樣類似的事件，發生後品牌就會悔改然後誠信經營？或許有但是必須更努力的重新讓消費者相信，他們是真心改變。當社會大眾更具備品牌意識時，不論是什麼樣的品牌，在經營的過程和手法上，就能更有意願具備誠信與良知。

品牌危機發生原因	經營團隊誤判整體環境或趨勢，方向錯誤或過度擴張，導致財務槓桿失衡。
	管理者失德、內部溝通不良或商業機密外洩甚至衍伸員工集體離職、罷工。
	品牌沒有保護商標、形象、及資產的監測調查與管理機制，導致競爭者挑戰的或反對者的攻擊。
	品牌形象或產品及服務品質出現問題，當下處理失當，甚至把品牌推入危險困境。

　　雖然了解品牌危機發生的原因很重要，但事前為因應危機可以做的準備更重要。

避免品牌危機發生的方式分成以下幾個層面	1. 從品牌文化與理念就提高品牌的道德標準，不誇大不實以及欺騙。
	2. 決策者是否有能力管理整個品牌，並適度授權團隊達成任務。
	3. 品牌擴張時謹慎小心，隨時確認財務槓桿的操作是否可控制。
	4. 經營團隊的專業能力、產業經驗、以及決策能力等強化及提升。
	5. 隨時監測消費者對商品價格的反應與通路現況，掌握競爭者的變化。
	6. 面對環境變化及自身危機時的壓力處理的演練。
	7. 商品及服務品質的持續提升與要求，並以做為產業標竿的方向來努力。

　　危機管理團隊主要的功能在於提出危機處理方案，以及排定處理及資源投入的優先順序，在最短的時間內掌握情況以應變。團隊成員可能包含組織內外部的單位，包含定期監測品牌可能發生的危機資訊並加以蒐集、安排定期品牌危機處理的演練活動、擬定品牌

危機管理計畫並執行危機處理，最後則是品牌形象修復。針對不同的品牌危機型態，應有不同的偵測指標及方式，例如新聞媒體的資訊蒐集和關係建立，或是競爭者的攻擊或可預期的環境變化。當發現異狀時則應立即通報團隊的負責人進行判斷。負責人必須明確指揮團隊依照品牌危機處理的演練和經驗做出判斷，並作出危機處理的執行決策和止血時程。

　　品牌發生危機後，組織同仁的心理壓力是極大的，要是突然品牌負責人發生醜聞，或是產品被檢驗出有害物質、服務人員情緒失控，品牌內部也應該要有溝通的機制與流程，否則一旦危機擴大到內部的危機信心，導致無法執行因應措施時，將對品牌造成毀滅性的影響，也有品牌因為發生危機後無法繼續生存。而對於品牌來說，一般並不會將危機處理當作年度規劃的重點，但是當我們每次要推出新產品及服務，舉辦節慶活動及促銷方案時，都要將危機的因應作為專案企劃監測的項目。從長遠的品牌發展來說，主動去自我檢視可能產生危機的原因，逐步克服並且持續與社會大眾溝通，更是品牌發展的重要策略。

1.4

危機入世
的品牌轉型

看得到希望

　　當市場上的品牌都只有七十分時，有的品牌希望能做到九十分甚至一百分，有的品牌則認為只要七十五分就可超越對手。不同的決策沒有絕對的對錯，因為對於消費者來說並不一定都能判斷差異甚至有明顯感受。同樣的有的品牌認為必須教育社會大眾更多自己在乎的觀念與理想，卻也有的品牌只想提供最合適消費者的產品及服務，那也是各自的選擇。但是不變的就是必須先能在環境的改變、競爭的壓力中存活下來，而那些出類拔萃的品牌必然擁有能因應環境及滿足消費者的條件，可能是因為專業技術、龐大的規模、品牌獨特性甚至貼心的服務。

　　創新包括了產品、服務及品牌的創新，針對消費者和市場當中缺乏的部份來填補，像是提出獨特的商業模式創新，來滿足市場當中尚未普及或未知的需求。有的早餐店發現很多消費者希望早上能吃一些方便但美味的食物，研發了義大利青醬口味的飯糰外帶，這是屬於產品和服務創新，有的消費者因為長期作息不正常導致身體不健康，透過消費者授權經由穿戴式裝置設計每日餐點來改善體質，並且固定送餐到指定地點，還會在一定期間後提供改善後的報告給消費者，這就是商業模式的創新。但有的品牌透過不同的溝通方式讓消費者對於品牌的形象有更深的認識，甚至在不同的節慶活動、社會議題上發聲，建立強而有力的消費者認同與連結，這就是品牌創新。

　　就算領導品牌已經讓消費者持續購買支持，要維持競爭優勢就更要從持續的社會認同度來著手，就算獲利能力高於其他所有品牌的平均獲利率，但要能持續性的卓越績效，甚至除了獲利之外還能

得到更好的社會聲譽以及公眾認同，在投入行銷資源的時候就必須更全面性地去思考。像是許多大型連鎖通路品牌，包含統一超商、全家便利商店或是全聯福利中心、家樂福，都會在一定的行銷資源中針對公益項目投入，甚至結合節慶活動及消費者參與來提升正面的品牌形象。當然這些專案企劃要落實，所投入的資源以及規畫都必須具體而且有創意。

　　由上而下的策略思考雖然可以確保品牌總體目標的一致性與達成，也就是品牌領導者們決定方向，中階主管與同仁規劃執行。但是現代的社會環境持續改變，品牌必須接納更多由下而上的聲音，像是年輕消費者的需求、社群媒體中的建議，甚至是加盟主及年輕同仁的意見，組織內更多元的意見被採納接受，才能讓策略不至於偏離實際市場需求外，甚至能正面的影響品牌長遠發展方向。讓工作同仁自願擔起品牌與市場的溝通橋樑，找出真正的問題、思考更好的答案，為品牌塑造具備價值的核心競爭能力。只有找到品牌中最重要的關鍵價值，以及更了解環境中的變化並看見問題，才能做出更理想的策略決定。

　　事實上就作者身邊的品牌，從中高級餐飲、機能性衣著服飾或是抗菌訴求的居家用品，業績在疫情期間反而都有相當幅度的提升。可見只要品牌能堅持下去，並利用環境的特殊議題找到機會，還是能讓危機成為轉機。不論是企業品牌還是非營利組織，只要持守信心並持續創新，就算疫情仍要持續一段時間影響，反而之後能站的更穩。重新檢視原有品牌資源，利用作者之前提出的「品牌再造十字架」的概念，結合台灣在地的能量。在資源尚可的條件下，強化媒體傳播的運用，不但能提升較廣泛的曝光，更能在疫情過後成為消費市場中，比較有記憶點的品牌。團體戰更能持久，與同業

合作降低開放及生產成本，或是尋求上下游的技術應用，不但現在能提升產品因應市場的需求，更對未來也是助力。

　　思考疫情過後可能持續產生需求的商機，而不要一窩蜂的投入門檻較低的市場，避免之後反而需求過剩產生新一波的品牌營運危機。不論是一般企業品牌或是非營利組織品牌，甚至近年來興起的微型及個人品牌，針對品牌在規劃新年度的發展時，能夠掌握「品牌理念溝通」、「危機反應能力」、「資源最佳化利用」以及「數位行銷影響力」，才能在疫情過後甚至品牌中長期的發展上，重新站穩腳步找到發展機會，進而強化品牌在轉型或是再造後帶來的實質效益。

一、品牌理念溝通

　　疫情期間最明顯的影響，就是品牌只是持續希望從消費者身上獲得利益，還是願意進一步去溝通自身的獨特性與價值。當消費者雖然曾經購買該品牌，但卻沒有對品牌產生偏好，很可能就是過去並沒有在品牌理念上去進行溝通。而更明顯的是，企業對企業交易類型的品牌，雖然並非直接將產品或服務提供給消費者，但是品牌的理念卻可能影響包含投資者信心、加盟主認同、員工忠誠度甚至供應商及購買產品的對象，對其品牌的認同度。再者像是許多包含品牌願景、社會責任等品牌的更高層面價值觀，當消費者開始更在乎的是這些品牌是否願意承諾或是達成，甚至就算疫情影響仍願意堅持下去，例如堅持照顧員工、避免消費者權益受損，或是高層願意共體時艱來幫助合作夥伴一同度過難關，都比以往更受公眾及消費者關注。

二、危機反應能力

多數品牌在過去服務客戶的模式相對來說較為固定，但從疫情發生後所產生的危機來看，不少品牌就產生了生存與品牌之間的矛盾，例如原來訴求設計風格與體驗氛圍的餐廳，卻推出毫無特色的便當，甚至連餐盒都是公版的採購。或是原來是強調照顧員工的企業對企業交易類型的原料製造商，卻在尚能營運的情況下就開始大量裁員。當品牌好不容易累積的品牌文化在一夕之間就崩塌時，就算疫情緩和想要重起爐灶，卻也讓人產生質疑與擔心。而若是原來就強調創意或創新的品牌，卻在疫情中能持續表現出創新的成果及面對疫情無懼而有作為的表現，自然能在社會公眾中獲得正面評價與再次支持的機會。

三、資源最佳化利用

許多品牌因為業績衰退，導致用於品牌行銷的預算大幅降低或調整使用方式，但仍有需多在疫情期間表現良好甚至業績成長的品牌，能更善用行銷資源的投入來擴張品牌的佔有率及支持度。尤其是當中包含會議展覽、實體公關活動等資源，轉換成線上策展、防疫議題與社會關懷，甚至是適度的廣告投放都有幫助。

從品牌的年度規劃、與消費者連結的節慶活動和促銷方案設計，再運用數位整合行銷傳播達成品牌溝通的目的。過去品牌要找到具備資源運用與效益評估的專業整合行銷人才已經不容易了，在更多元的資源運用及品牌競爭情況下，能掌握實體及虛擬的行銷資源調配，並在維持品牌長期形象經營的前提下來發揮最大效益，取

得生存的收益及形象維持，成為重要的課題。

四、數位行銷影響力

　　台灣的品牌過去已經有經營自媒體及社群的觀念，但對於整體性的規劃以及投入程度，都還有些認知上的落差。個人品牌與微型企業品牌的創辦人或經營者，除了產品及服務的提供外，本身已必須更有社會理念及議題溝通價值，像是透過自媒體、社團經營或是與傳統媒體合作並透過新媒體曝光，都比過去倚靠品牌官網的關鍵字被動搜尋，更能產生品牌在社群上的聲量與品牌理念的傳達。

　　單純透過 Facebook 的粉絲專頁貼文已經對消費者的吸引力大幅減少，而品牌的經營者與員工在社群媒體當中的分享提升公眾認知，或是透過與經營自己個人 Facebook 的 KOL 合作，以議題的方式來增加消費者的認同度，才能更有效的達到品牌的溝通目的與影響力。

　　品牌的營運策略必須先有
明確的中心思想，一棵大樹、
七條樹根、十二分支，讓品牌
從新產品開發到社群營運，不
再亂槍打鳥毫無頭緒，但也保
持了發展的靈活性。

品牌耶誕樹
當然不只是
一棵耶誕樹

+2

2.1

品牌
定位

發 展 的 方 向

　　從實際營運層面來看，怎麼進行年度規劃、設計促銷方案甚至結合節慶，不但容易搞混在一起，最大的問題還是在於品牌整體發展的過程中，該朝什麼方向以及該成長成什麼樣子。還記得作者在一般職場時，任職在具有一定規模的大公司，那時對作者本人來說最重要的不只是薪資待遇和工作內容，還有品牌未來的發展及期待可能性。那些能夠在國際上發展到龐大規模，或是國內的產業領導者，多半經歷了夠長時間的考驗，通常也都形成了消費者及社會公眾都認識的形象。但是發展時間越久，若沒有系統化地去持續檢視，發展方向是否正確、面臨的危機與挑戰是否跟以往不同的話，還是有一定的風險因為沒有與時俱進而被時代淘汰。

　　就以餐飲產業來說，餐本身的名稱當然是品牌。開設餐廳前設立的公司，和擁有多家不同名稱餐廳的集團總部，屬於組織品牌，而這些餐廳若只涉及服務的區別，則是屬於服務品牌，而要是餐廳還有特別設計的餐點有專屬的名字，甚至還有去註冊商標，就屬於產品品牌。但是不少餐飲業的經營者對於這樣的觀念，還是不夠理解甚至模糊，這時就發生當要進行品牌的行銷推廣時，不知道什麼才是跟消費者溝通的主體。雖然同樣的問題像是新配方的洗髮精，就算兩家都同時推出，但至少消費者能從品牌名稱上就區分開來，這是兩個不同的產品品牌，以及這兩家不同組織品牌推出的原因，但服務業卻常常失去了產品及服務這一層的品牌專屬性。

　　再來的問題就是，許多的服務業品牌雖然也有進行年度規劃，進行節慶活動的舉辦甚至提出促銷方案，但是因為沒有建立與品牌自身的專屬性，就很容易讓消費者沒有更進一步的記憶點，以及對

品牌差異性的認知。主要的原因還是來自於，當品牌的經營者不知道怎麼界定自己的品牌理念以及找到品牌願景時，就很容易年復一年的重複以往的行銷經驗，只為了能夠生存下去。當競爭者推出了生火腿披薩時，自己就跟著推出，當競爭者規劃耶誕節的促銷方案時，自己也就跟著模仿，卻沒有想清楚這樣的產品到底適不適合自己的品牌發展。

　　在作者《獲利的金鑰：品牌再造與創新》一書中清楚指出，品牌定義應該是「組織、產品及服務及任何獨立個體等主體，透過具像化及差異化的過程，使消費者能認知的結果」。有些品牌誤解了結果的重要性，以為只要一堆空口說白話的品牌理念、品牌願景就可以建立，但卻沒有具體的策略去達成目標，也無法讓同仁持續產生認同感，那麼其實就跟詐騙集團沒什麼兩樣。品牌要得到社會普遍認同，最重要的就是有策略的溝通。而沒有品牌理念、品牌願景，不論是公司還是非營組織，其實都只是在「求生存」，而失去了能夠長遠的發展，以及創造更大社會價值的機會，就像周星馳電影《少林足球》裡的那句：「做人如果沒有夢想，那和鹹魚有什麼區別？」

　　從作者之前提出的「品牌營運與價值全貌圖」中，清楚指出品牌理念是品牌建立的宗旨與起點，希望得到社會公眾的認同，就要透過品牌使命、品牌願景與承諾、經營哲學、道德行為基準等規範來實踐。不論是企業品牌還是非營利組織，不斷的推出新產品、新服務甚至是社會公益推動，不只是為了賺錢或不斷的吸收會員，而是有真正想讓品牌達成的目標，品牌使命就是品牌貫徹理念所要完成的特定任務或要實現的特定目標。

品牌營運與價值全貌圖

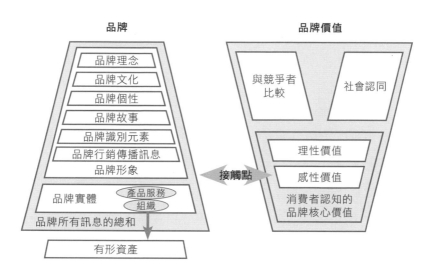

資料來源：《獲利的金鑰：品牌再造與創新》（王福闓。2018）

　　「我做了 30 年的品牌，你不懂啦！」這是作者有時在輔導品牌再造的時候，會聽到經營者說的一句話。而當正要好好跟對方說明品牌真正的重要性時，卻總是會聽到第二句：「有好的產品就好了，能賺錢比較重要！」多年前作者還在中藥產業任職的時候，那時有品牌除了經營科學中藥、保健食材以及一般保健品外，還決定要進軍手搖飲市場，當時手搖飲市場還不像現在這麼豐富多元，有不少品牌加入但仍在成長階段，可以說是充滿了機會的時候。當時的經營者對品牌的認識，只是停留在取個好名字的階段，但是對於建立完整的產品及服務、獨特風格的店內裝潢，以及品牌溝通的方式，都只有概念而沒有好好去落實。最終辛苦經營近 10 年後，還是因為營運不理想，以及組織品牌對該專案的發展看不到前景，不

願再投資而劃下句點。

　　為什麼這麼多品牌，不斷的努力也每年都有在推出新產品及服務，卻還是競爭得相當辛苦？因為當品牌侷限於過去的思考方式時，把自己限制在舒適的生存經營當中，卻忽視消費者趨勢當中的重要議題，也輕忽了競爭者的成長速度。其實策略規劃該怎麼做才能讓品牌成功，並沒有公認的唯一標準，嘗試探索不同事物之間的因果關係，可以將許多看似無關的事物之間找出某些關聯。就像是當品牌要思考有什麼是每年重覆一次可以帶來營收，而且也是消費者生活中最重視的事情之一時，節慶活動就是一個很好的選項。它既是品牌常常運用的行銷元素，更是消費文化的具體投射，如何能運用得當而且能夠幫助品牌成長，就需要有更多的評估與理解。

　　當消費者想在生日時選家好餐廳用餐，或是中秋送禮需要有一定水平的禮盒時，就去尋找有針對消費者自身相關，又有節慶氛圍布置的品牌來詢問。我們從來都不能只用一種角度來看待消費者怎麼理解品牌，所以就算當初不需要去溝通那些品牌故事、品牌理念，品牌就已經被消費者記住，但卻不代表消費者真的喜歡。品牌究竟什麼時候，適合跟消費者溝通這些屬於品牌自己的事情，其實就像我們過生日一樣，利用品牌週年慶、創辦人生日，或是生肖星座中跟消費者及品牌有關的連結機會，都是合適的時機。

　　像是有些品牌，可能剛開了兩三家賺錢的店，正面臨了要做什麼才能讓品牌更被消費市場青睞的時候，或是希望尋找志同道合的加盟者時，透過節慶活動傳遞堅持創立品牌的原因及故事，在此時就更顯得品牌有溫度而且真實。品牌也可以結合與自己理念相近的國際節慶舉辦活動，讓議題及品牌的高度都能夠被提升。但是結合了節慶溝通就一定有效嗎？若缺乏了消費者參與的誘因，可能是買

產品及服務的優惠、體驗活動的參與，甚至是會員服務的延伸，這些議題既如同曇花一現，依然少了消費者與品牌之間的關聯性。

品牌的角色

透過社群經營、店面的獨特設計以及有話題的品牌識別包裝，都是建立品牌形象的方式，這些也從來都不是大品牌才該做，而是任何品牌從一開始就可以努力的。但是一整年的社群貼文沒有系統及主題，店面及包裝設計也沒有持續創新，在競爭激烈的環境中就會很容易被超越。就像有些網紅產品或是網紅店，因為沒有能夠持續發展的策略來支撐，半年一年就消失的現象常常可見。創新的獲利產品、讓人記住的獨特服務品牌、持續發展的組織規模，以及富有社會公益意義的品牌理念，每個項目都對品牌發展很重要，但是怎麼評估投入支援的優先順序，並且有系統的營運及獲利，就必須從品牌的整體發展來看待。

品牌在內外部環境發生變化時，應該先進行評估診斷。診斷的面向可能包含品牌形象、品牌定位、產品及服務以及組織本身。通常出現警訊不一定是品牌本身的問題，例如銷售衰退有可能是新的競爭品牌進入市場，消費者流失也可能是整體景氣衰退。但若是曾經成功的品牌認同開始降低，或是品牌形象老化導致失去吸引力，那就是品牌必須面對的部分。作者之前輔導的廠商，有一間就是正從不到 10 家店準備邁向規劃的 20 甚至 30 家加盟店，就因為員工背叛以及加盟主不信任，一下子只剩下兩家，那就是品牌文化與經營都出了問題。

也有只開 3 家店的餐飲店，因為接受了建議在創新過程中替自

己的產品及服務品牌 ，取了好名字，做了好的服務流程及菜單設計，後來投資人就是因為記得品牌，而且有高度的認同，而幫助他的公司快速成長。怎麼做好營運生存下去，從來都不是一件容易的事情。一間有品牌價值的店，需要的是機會，但一間沒有品牌理念但賺錢的店，維持下去要靠運氣。要是只想取個品牌名，設計個品牌包裝，或是靠爆紅的網美裝潢來維持下去，然後失望了就怪經營品牌沒用，作者只能說「您太小看消費者了」。

當競爭者出現，市場環境改變，甚至是消費者心態的變化，都可能喪失了現在擁有的市場一席之地。畢竟新世代的消費者比過去更重視在地化、理念檢視、社會價值，而品牌並不是想要營運一帆風順，就都能如願以償。品牌從成立到持續發展，必然會有許多事情發生改變，不論是外在的因素導致的結果還是內在的問題，像是疫情造成許多老店品牌失去了國外觀光客的生意而面臨倒閉危機，或是接班人能力不足、犯法，都有可能影響到整個品牌的聲譽。

因此透過長期的發展策略並結合中短期的年度規劃，不斷的去檢視調整是否讓品牌走在正確的道路上。很多時候行銷人員所在意的年度規劃，只是針對當年度的發展，但是從品牌成長的角度來說，經歷了五年、十年後的發展很有可能已經讓品牌的成長越來越緩慢，甚至因為沒有從更具競爭能力以及公眾溝通的角度去思考變局，反而只是重複了去年、前年的作法而已。

從品牌的角度，人事、行銷及營運成本的費用是無法避免的基本支出，也是獲得整體體利潤的基礎，所以對於在編列非直接帶來營收的行銷預算與支出時，常常會有些矛盾與保守。當品牌在合適的議題上，不斷地與消費者增加連結，甚至結合促銷工具讓消費者下手完成交易，才能讓品牌長期發展下去。同時從支持者的認知來

看，品牌形象的建立影響心理層面的認同感，感人的母親節品牌形象影片、品牌九十周年的奮鬥歷程，或是全體同仁與消費者一起參與國慶升旗典禮，都是重要的溝通元素。

溯本根源的探究問題後就可以發現，真正能走得長久的品牌，具備了明確而可被檢視的品牌理念、品牌願景，以及對社會大眾及消費者持續的溝通，同時將業績目標透過年度規劃的策略及不同主題來達成。至於品牌該用什麼等級的團隊來做規劃、當中的節慶活動與促銷方案，又該用什麼層級的同仁來推動執行，甚至整個計畫中牽涉到新產品及服務品牌的建立、新通路的開展的跨部門工作，以及數位傳播工具的應用可能需要合作對象的協助，這時品牌的團隊是否有能力因應就成了執行是否能成功的關鍵之一。

品牌目標的達成最終就是落實品牌理念，而品牌理念包含了使命與願景。品牌願景的達成是組織品牌的長期目標，常常需要花五到十年以上才能達成，但是過程漫長而且容易發生變數。因此組織品牌必須將階段性目標設定為一年期，再以品牌願景為導向和依據。品牌使命則是將在達成目標時，不讓組織品牌偏離初衷，同時規範了組織品牌的發展行為，不能超過和必須符合範圍。就像製作燈具的品牌，品牌願景是「讓世界上的人都能得到光明」，而品牌使命就是「讓消費者買的起好燈具」。品牌願景與使命組成了品牌理念，並與品牌文化、品牌個性、品牌故事、品牌識別元素及品牌行銷傳播訊息，組成了品牌形象。

好的品牌願景與使命，能夠吸引和激勵更多志同道合的工作伙伴，而現實層面中，品牌發展過程會有越來越多的消費者、社會公眾認同，甚至願意進入品牌工作或成為義工。而就算因為同仁自己的生涯規劃或理念，與品牌不能繼續一起同行，但至少不會對品牌

過多怨懟及攻擊。而當品牌內部逐漸形成品牌文化時，才能真正的達到更長久的品牌發展。品牌文化認同的重點在於組織品牌成員間的良好關係，經營管理者、與社會公眾接觸的同仁、支援服務流程的義工甚至合作夥伴，都能抱持著一定的認同感。

　　品牌文化認同的概念在於同仁所組成的內部環境與外部市場的消費者，因為品牌發展而更趨向一致性。為了能夠鼓舞與強化同仁與消費者的連結，對內部經由專案的溝通與對話，讓同仁能理解其他部門及專業的想法與需要，並且建立資訊流動的管道與互動回饋機制。讓同仁知道且接受品牌為什麼要發展這些新產品與服務、新的行銷溝通方式，甚至為什麼要規劃跟品牌有關的節慶活動及促銷方案。同時將品牌內部與外部關係建立的必要性，以及良好互動能帶來的效益，皆能有效的溝通說明。

　　品牌文化的內涵來說，創辦人、經營管理者、同仁以及消費者，當要去描述到底那是什麼的時候，可以從社會文化的角度及管理方式來描述。而將描述的內容讓更多人了解、並且賦予值得被傳遞的價值時，就形成了品牌故事。被賦予了更多值得被記憶的品牌故事，讓內部同仁、消費者甚至是社會公眾，都能夠更認識記憶品牌。但畢竟最初的故事只有一個，而要說出更多創新而有意義的品牌故事時，必須師出有名。因此品牌與節慶活動的連結，也將品牌內部同仁與消費者及社會公眾連結在一起，也是創造新故事的理想時機。

2.2

品牌
耶誕樹

品牌耶誕樹

　　有時進入新市場、跨足新的產業領域、甚至是併購其他品牌，都要在品牌長期發展的考量上去思考。就像許多的投資機構喜歡品牌透過路演的方式，將理念想法提出，而且可以被公開檢視。當品牌越有理想時就越需要資源，也必須想得更周全，尤其是品牌的長期發展，並且一步一步地去落實及因應變化。因此以年為單位、節慶為主題、促銷為工具，作者提出了「品牌耶誕樹」觀念，試圖幫助仍在許多迷霧與問題中打轉的朋友們。

　　對於品牌的長期發展策略、怎麼落實在不同階段的行銷規劃方案，以及達成規劃的重要思維邏輯上，「品牌耶誕樹」就像一棵大樹的成長，成長方向的指引就是「品牌核心發展策略」，而能夠讓品牌按部就班逐步成長茁壯的七條樹根，就是「環境解讀與預測能力」、「專案企劃能力」、「年度規劃架構能力」、「節慶主題企劃能力」「促銷活動設計能力」、「數位整合行銷思維」以及「消費者需求認知思維」。每年固定依照 12 個月份以及可變動的搭配主題，發展出「12 分支」來與社會公眾連結，因應不同的品牌特性來選擇合適的節慶活動作為與消費者連結的主軸，必要的節慶可以再搭配促銷工具的應用。

　　最後依照主題的需要而搭配能夠吸引人的數位行銷工具當作「耶誕飾品」，來增加消費者及社會大眾的注意力。「品牌耶誕樹」的概念能夠讓品牌發展既有的方向，也有足夠的力量及合適的思維架構去支撐目標及業績的達成，最後再透過外顯性的傳播工具來增加被注目的機會。而品牌發展過程的新產品、新服務甚至會員關係管理的應用，都可以結合到每個節慶活動當中，大到組織品牌的品

牌形象溝通，小到單一的產品品牌及服務品牌，都可以從這個概念
出發。當組織品牌發展到一定規模時，在自己的品牌森林下會有更
多不同的需要，也就有了許多品牌耶誕樹可以團結發揮達成綜效。

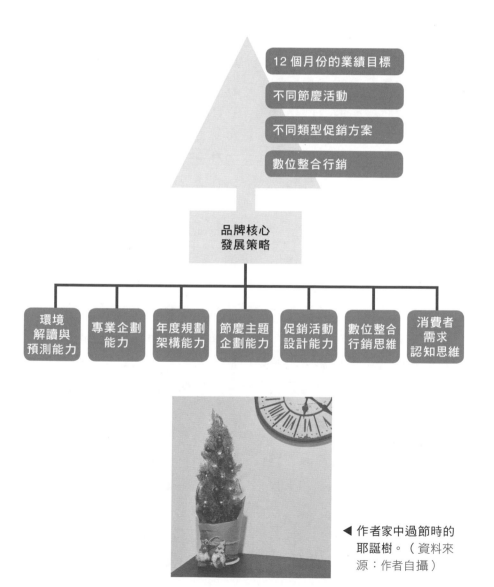

12 個月份的業績目標

不同節慶活動

不同類型促銷方案

數位整合行銷

品牌核心
發展策略

| 環境解讀與預測能力 | 專業企劃能力 | 年度規劃架構能力 | 節慶主題企劃能力 | 促銷活動設計能力 | 數位整合行銷思維 | 消費者需求認知思維 |

◀ 作者家中過節時的
耶誕樹。（資料來
源：作者自攝）

針對品牌核心發展策略，很多品牌的經營者其實不知道怎麼著手，尤其是專門針對企業間交易的產業別，像是原物料的製造廠商、大型工具機械設備的生產商，甚至知名的台積電也是屬於這一類的品牌。但事實上不論是國家城市品牌、企業品牌甚至公益團體品牌，在面對自己的發展策略時最重要的並不是考慮對末端消費者還是企業端，真正的關鍵是在於「自己想發展成什麼樣子」，才能達到品牌永續經營的目標。

　　若是要將策略的方向具體實現執行，就必須透過專案企劃形成可被執行的具體方案。策略的擬定影響整體的品牌發展，了解品牌所處的行銷環境可使策略的方向正向發展。如何把理想變成品牌內部的全體共識，在透過外顯的方式讓社會大眾瞭解認同，前提就是要有明確的方向。

　　對內的成員甚至投資者，當瞭解品牌能夠在每年逐步達成一定的成長，並且具備可以被衡量的標準，對於品牌的支持與忠誠度也會提高。同樣的這些指標對於品牌的購買者、支持者甚至是監督者，也會去檢視發展過程中所提出的做法和實質內容。

　　因此當有了品牌發展策略作為「品牌耶誕樹」的核心時，更高的決策單位就可以從品牌的長期發展上去思考，判斷是要微幅而緩慢的成長，或是激進而強烈去進化。當經營者能夠更完整的去思考整體性的策略時，行銷同仁就能以專案的方式去規劃一年當中不同月份的節慶活動及促銷方案，也更能在考量新產品、心服務甚至新通路的發展，以及數位整合行銷的傳播工具應用。

CASE

品牌耶誕樹應用
A 品牌品牌年度目標概述

・・・

責任者	項目	具體目標
經營者	品牌願景	・提供消費者讓生活美好的事物，透過每次的用餐體驗得到幸福。
	品牌理念	・提供優質而穩定的服務及餐點。 ・讓消費者感受到溫暖的體驗過程。 ・讓員工也能肯定自我價值的工作。
專案管理者	年度品牌目標	・品牌知名度調查維持第一。 ・規劃兩項以上有獨特賣點的新產品及服務。 ・兩項新產品及服務消費者質化意見在「認同」及「具有創新性」各超過 100 則評論。
	年度業績目標	・營業額達到 5 億元。 ・營業額較去年上升 10%以上。

因應問題的策略

　　品牌發展過程當中，會發生什麼問題以及怎麼解決非常重要，若是一直都在因應臨時發生的變化，就很難有時間做更多的長期溝通，那些雖不是急迫但必然會造成影響的問題，又很容易被忽略。因此我們可以透過三個層面來思考問題：問題的成因、問題本身的描述、解決方法，而「品牌耶誕樹」的應用正是將行銷相關的問題做了重要的分類，例如知道少子化會對文具產業在校園的銷售造成問題，但是要以促銷的方式先獲得當下的營收來維持企業的生存，還是運用節慶增加家長對於小孩在文具上的興趣與需求，或是在年度規劃中將新產品開發做為重點發展項目，並運用數位整合行銷來創造新的消費市場。

　　當問題明確之後，決定做什麼來解決問題的過程就是決策。像是我們決定運用新產品來開發新市場，而不是原有產品促銷來維持原有購買意願，這兩件事情的選擇就是依據獲得的資訊、本身的條件以及未來的可能發展性來做出判斷，並且提出怎麼落實的策略。若只是決定二選一或是兩者同時進行，但卻沒有足夠的依據，這就只是帶有風險的賭博，但決定後沒有落實的策略，那也只是放任問題繼續發生。

　　大多數的情況下，經營者與行銷團隊都是在有限的資訊下，盡量做出最好的選擇，因此從長期來看，只要發展的方向是符合品牌理念和願景，進行階段性調整是可以被接受的，但如何降低在短時間內一直去修正決策以及階段性目標，就必須在做出決策前盡量取得更多足以支撐判斷的資訊，以及透過專業的經驗來做最後的選擇。現實層面中一直去修正短期策略及目標，只因為部分階段性的

成效不理想，事實上從長遠來看是沒有太大幫助甚至是有害的。

作者曾經在輔導廠商時，檢視了一家開業近 10 年的公司，每個年度所規劃的年度規劃方案，發現常常因為當下成效不夠理想就去修改下個月的方案，但常常最後到年底也不一定達到一開始的預設目標，甚至因為對外的行銷溝通常常沒有連貫性，而讓消費者感到困擾，行銷部門的同仁也因為挫折而頻繁離職，惡性循環後更導致品牌的發展已經更最初的理念有相當大的距離。很多品牌做年度規劃時，也都會分析前一年度的總結，但往往在產生問題的原因上沒有找對答案，或是對當時的策略、投入資源及成本的實際情況上沒有更好的紀錄，沒有落實專案企劃監測的功能。

策略包括品牌對未來發展方向的思考，年度規劃中最重要就是洞察市場後，做出對應的決策。例如生產食品製造機械的企業品牌，除了了解採購機器的客戶需求外，還近一步延伸到末端市場，洞察消費者的需求。因此當提出年度規劃時，不只是為了將產品銷售給企業，更是幫助需求企業一起規劃未來。像是可能 2022 年生機飲食的風潮更甚，許多早餐店需要能製作餐點的因應設備，而生產食品製造機械的企業品牌就可以提早規劃，協助早餐店經營者在下一個階段的需求因應。

回到「品牌耶誕樹」的架構概念，當今天我們要開始思考年度規劃的時候，從一開始的「環境解讀與預測」，含包品牌再造十字架的品牌盤點：「本身的資源與條件」、「環境的需求分析」、「競爭者」、「消費者」四個主要的面向都必須加以分析了解，而貫穿在年度規劃這個主要項目，以及子項目的節慶活動與促銷方案的，則是「專案企劃能力」，從計畫的前提及目標、考慮品牌限制因素、決定優先順序、制定策略、選擇及設定行銷目標，以及預算和效益

的確認，運用「起、承、轉、合」的原則來完成。

　　作為一年期可達成的品牌發展目標，「年度規劃架構能力」讓不論是產品及服務品牌、企業品牌、非營利組織品牌甚至是國家城市品牌，可以有明確規劃方向及概念，更在既有的框架下來提升更有效益的年度規劃。而為了使品牌與消費者能更高度的連結，「節慶主題企劃能力」讓品牌不再受限既有的思維來設計與消費者連結的節慶活動。

　　「促銷活動設計能力」則是讓品牌在最後達成消費者誘因的一步時，有更多元的創意可以被應用，甚至就算會對品牌價值多少受到影響的情況下，還有更多為品牌帶來幫助的機會。從以往龐大而完整的整合行銷傳播中，因應新環境的「數位整合行銷思維」為品牌帶來的發光點綴的效果，也創造了與消費者互動的機會。從整體的面向來說，消費者不在只是消費者，「公眾需求認知思維」讓品牌能看清楚，必須更了解跟自己有關的利害關係人。

目 標 的 達 成

　　品牌的經營畢竟牽涉到了利益，不同的利益訴求導致了不同的做法、不同的發展方向，並最終導致品牌當中不同時期及不同單位的目標不一致。品牌的發展過程包含許多的影響因素，但是品牌自己的理念因為是屬於看不到的目標，需要透過組織品牌的每個部門、每個同仁一起努力，而且有一致的方向與向心力才能達成。有時產品部門為了創新，可能會開發出有趣又符合消費者喜愛的餅乾，但是若在品牌理念的大方向中，這是被允許的就沒問題。但若品牌理念中堅持，必須所有的產品與服務都要跟水製品有關時，可

能這樣的提案就算是好的也不適合該品牌。

　　品牌理念的目標讓組織品牌的成員可以清晰明白「組織品牌的未來面貌與發展」，並且與成員的利益緊密扣連。當品牌理念化為年度規劃，結合了有形與無形的目標時，實質的效益帶來好的營收，讓成員有更好的工作收入、升官升職的機會，甚至上市上櫃配股配息。而無形的效益讓品牌在社會中有更好的聲譽，讓組織成員更有榮譽感、滿足感和自我價值觀的實現感。進一步能使組織品牌與成員更緊密的結合在一起，實現品牌每個階段目標的達成，最終達成品牌願景。

　　從「品牌耶誕樹」的概念來説，品牌理念不論是從最初的創辦人、夫妻、朋友到家族，還是因為越來越發展後加入的經營者、共同管理者，甚至是一直到最基層的同仁員工，品牌理念並非一個食古不化也不可修正的概念，反而會因為所有在這品牌當中付出的同仁，可能在一個階段後產生調整，但也可能從不改變但卻吸引了更多認同者進入品牌，來達成品牌目標。因此品牌理念的調整，或是新創品牌在制定時，必須考慮經營管理者的理想、組織內成員可以接受的方向、讓組織品牌成員能獲得更好的生活及榮譽。很多人會問，那外在環境的影響重要嗎？作者認為雖然也很重要，但常常品牌理念也包含了改變這個環境中，不夠理想的地方，因此就算可能與現在的環境與趨勢相違背，但如何達成改變的目標反而更重要。

　　因此在設定品牌願景時，對於未來和夢想描述、現況的的改變甚至是全新可能性的達成，都相當重要而且讓人興奮，品牌使命則是達到的事情上描述，讓品牌不再只是空想而是更體的實踐。像作者公司的品牌使命就是「華人的品牌行銷知識正確的建立與塑造」，可以透過像是理論的建立、實務的應用等方式來達到，最終

的品牌願景則是「成為華文化品牌能普及而擁有價值的輔導教育單位」。但畢竟品牌必須生存，所以品牌的年度規劃就會依照每年的進程來規劃，例如開課班次及學員數、出刊書籍文章數量，以及輔導廠商的實際營收和效益達成。

作者將「品牌耶誕樹」的觀念，設定為一個讓品牌能夠長期發展而且創新的概念，透過新產品及服務的推出與既有市場的鞏固和提升作為基礎，運用環境分析及預測，結合專案企劃的專業能力，設計出年度規劃、節慶活動及促銷方案來，來達成品牌與消費者感性與理性地同步溝通，最後再用數位整合行銷的元素點亮品牌，進而創造品牌價值和成長持續的過程。

基於消費者的真實生活，品牌行銷的模式也在逐漸改變，從真實生活的場景、個人化的需求滿足，到品牌形塑出來的美好願景，不在只是單方面的去傳播品牌經營者自己想要創造的那些利益，而是更貼近彼此都能接受而且認同的結果。

不論是更多消費者在社群上的參與、尋找並聚集同好，更直接的傳達對品牌的期望與可以進步的空間。同樣的品牌不再只是貨架上的一個商品、一間門市，而是消費者的資訊提供者，更直接而且快速的經由自媒體的經營與會員機制管理，傳遞訊息並滿足消費者，也更能看到真實的消費者需求。

從「品牌耶誕樹」的特性來說，將年度規劃及長期發展結合，達到連續而且能夠被檢視效益」，節慶活動與促銷方案的設計則是每個單一性的工作項目，能夠具體執行達成任務。經由環境分析與問題預測，讓品牌的發展走在正確的道路上，而現實發生的情況，仍然保留調整或改變的空間。同時從消費者洞察以及品牌文化的建立之間，產生的更高的關聯性，也讓組織品牌所推出的新產品、新

服務都更切合消費者需求，也讓品牌在自我成長的過程中，能夠在有形與無形上達成預設的發展目標。

環境解讀
與預測能力
絕不是
講神話
+3

社會環境、競爭者、消費者的變化，都對品牌在發展過程中，
產生的許多不同的影響。從線索中找到希望、避開危險，更近一
步找到自我成長達到卓越的機會。

3.1

趨勢走向
預測

預測可能的變化

　　品牌的長期發展，可能會受到影響的層面相當廣泛，但是從年度規劃的角度來看，規劃當下可預見的未來當中，不論是外部環境的變化或是競爭者可能操作的議題，大致有基本的脈絡及資訊可以取得。就算有可能會有突發的事件，但至少從已經可以取得的資訊當中，仍能夠做出一定程度的判斷與解讀。例如 2021 年已經可以預見，疫情對於生活環境的影響造成的改變，所以當品牌要規劃這一年的現場實體活動時，就可以先預判是否合適，以及針對疫情提出執行活動時因應的相關規範。

　　例如非營利組織需要透過募款才能獲得更多營運的資金時，基本上一年需要 100 萬的目標才能生存、300 萬才能有更多的資源溝通品牌理念。那品牌把 100 萬或 300 萬當作目標都不完全正確，而是應該先分析新的一年當中，在達到品牌發展的過程中，預測環境對於捐款的可能產生的變數、有什麼議題合適或不合適、其他非營利組織的競爭者可能動態，再根據過去經驗推論出應該達到什麼目標、可能達成預設目標的機會，以及必須提出的因應行銷措施。

　　太過長期預測的效益其實也不大，超過 5 年以上的市場變化及趨勢，牽涉到的層面太廣之外，就算用科學的大數據來分析，仍然多數比不上數個累積的預測，以及實現與否的修正。就像多年前就預測電動車能取代傳統汽車，但現實就算知道有更多的人開始買電動車，也不代表傳統汽車廠商都會在未來放棄生產汽油或柴油車。這時若是説 100 年後會怎麼樣，那就不要預測叫做幻想了。品牌不都是產業工會，無法對整體產業的發展或市場銷售總量進行預測，但若是屬於國家城市品牌的管理者，或是具有一定社會高度的

公協會，這時對於更長遠的預測確實需要做出分析。

　　對組織品牌來説，太複雜的環境資訊並不會帶來太多立即性的有用訊息，就像趨勢當中可能消費者會更注重環境保護，特別在意節能減碳或降低資源浪費的議題，但是畢竟要一個長期以生產汽油動能為主的品牌，就去立刻開發電動車也是極不合理。這時從「品牌耶誕樹」的角度來思考，我們品牌當下可以做什麼、一年後可以達到什麼、三到五年後品牌會成為什麼樣子，直到品牌的理念和願景能因為一直往前走而實現。這時再將環境當中不同的資訊加以分類，從國際整體影響、區域細分市場先做基本解讀，再從年度計畫的架構來思考，至少隔一個年度可以達到的目標，去預測可能發生的結果。

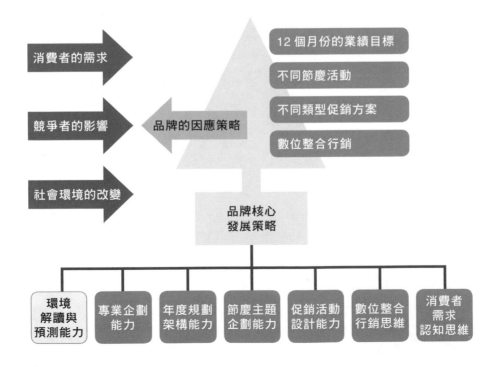

　　多數的策略分析工具，不斷強調行銷環境機會和威脅對於品牌
產生了多大的影響，只有持續地監控發展和適應環境變化，才能讓
品牌好好發展下去。但更多的時候，導致品牌發展出現問題的原
因，更是來自本身的問題，組織品牌的整體經營策略、產品及服務
品牌的競爭能力，甚至從上到下的人員規範與道德操守問題。一個
傲慢的態度，和不當的危機處理就可能造成組織品牌整體形象受
損，甚至倒閉。組織品牌的管理結構、體制和企業文化發展可能因
為溝通緩慢而且官僚，錯失了需多機會，但同樣也可能避免了風
險。像是針對銷售的預測方向就包含：

- **外部環境預測**：國際、國內、產業之經濟環境預估、市場結構
  分析，作為評估整體市場需求及擬定市場佔有率的決策參考依
  據。
- **內部環境預測**：依據內部的歷史銷售資料來擬定計劃，可以從
  產品及服務類型，以及上市期間來分析。

　　預測針對未來可能發生的事情，預先看出重大的趨勢與變化，
而這樣的依據來自於過去的環境發展、自身品牌的業績，以及競爭
者的動態。像是因為消費者的自我意識抬頭，小眾市場的發展需求
比以往更為明顯，消費者偏好個性咖啡店、精緻手搖茶店、養生型
的早午餐店甚至為了運動者而訴求的餐廳，都有一定的市場成長空
間。同時也有重視品味的消費者對於具有像是米其林認證，以及必
比登推薦的品牌更有信任度。

　　而線上購買知名連鎖品牌的料理包在家自己煮，或是更大量的
運用外賣外送的服務，也是很符合疫情後的發展趨勢。市場調查研

究可以幫助決策者獲得的經過整理而且較為有整理結論的參考資料。但畢竟要做預測就多半會有不完全正確的可能，對於品牌來說想要達到什麼樣的長期發展，對於在做預測時的可能性就會不同。例如是針對整體產業別而進行的預測，還是特定產品及服務類別未來會發生的事情，或是消費者心理可能會產生的變化等等。

市場潛力指的是在有限的資源與環境發展下，品牌可能的最大發展空間，若我們假設銷售量是根據行銷資源投入增加來決定獲得的成效，那麼當行銷費用超過某一水準後，就算再增加也無法刺激需求增加，這就是品牌的市場需求上限。總體市場是否能維持高度的成長率，決定於產業當中的各個品牌，如何維持現有的銷售量，並逐步吸引更多潛在消費者，使他們成為顧客，因此潛在消費者的數量越多，則產業的成長空間越大，越值得單一品牌投入資源、擬定策略去發展。

轉 型 後 的 機 會

回頭檢視台灣觀光主體的節慶與會展產業，這些年雖然常常有大型活動的舉辦，像是書展、食品展或是燈會，從人流量來說似乎都有不錯的成績，但真正帶動民生消費和地方經濟的實質幫助，卻不見得等比例增加。

2021 年的台灣燈會停辦以及可能連帶影響後續這段時間的大型展會及觀光節慶活動，都讓人感到惋惜。台灣燈節的經濟效益影響，從交通、住宿到餐飲，當大家都無法前往特定區域觀看展示及表演時，本來已經投入的資源也就無法回收。更重要的問題是對於燈節如何運用其他方式來創造商機，尤其是透過新科技的運用，像

是將議題透過社群媒體的擴散，以及主燈及煙火影像的展示，或許可以帶來觀看的流量，也有機會獲得廣告贊助的收益。

再以國際書展來說，疫情造成不可逆的影響導致國外採購無法進來，但光靠消費者現場購買來支持參與展覽的廠商營收就能回本，不但困難而且也不切實際。節慶與會展產業的發展在台灣也有數十年，但在疫情前就因為許多買家到其他國際型的展會，而減少來台採購的機會，負責承辦大型展會的公司及培養出來的人才，在需求沒有增加的情況下，也有過剩現象。而台灣的大型活動因為資源集中，所以有能力承辦或是接案的單位有限，但因為政府經費支出而產生的政策導向，很多時候看到單一大型活動在某縣市舉辦，但該縣市的整體觀光產業在活動後卻沒有持續性的發展。

而反觀電商平台運用節慶活動主題，以及展會主題來發展的促銷方案，去年帶來相當不錯的收益，連電視購物、社群直播銷售，都因為消費者的習慣改變而受惠。也有很多區域商圈因為沒有機會參與大型活動，但也能從其他計畫進行數位與品牌轉型，撐過疫情的影響。可見不論是大型展會或節慶活動，真正的目的還是在於帶動產業發展、廠商商機，也能滿足消費者參與的互動性局娛樂性。政府部門要建立人民的信任，必須長期的提出合適而且有幫助的政策，再透過行銷溝通的方式來達成信任與理解，但若只是靠著大筆的費用開標單，找小編來做一些無關緊要的宣傳曝光，最終只是招來民眾的厭惡感。

從實際層面來看，政府在展會及燈會上扮演的角色，一是經費的主要贊助者，二是帶動相關產業發展的推手。就算今天燈節停辦，甚至後續大型展會及活動可能也會重新評估防疫需求，但過去大量的經費因為一層又一層的外包執行，以及這些活動最終目的到

底是為了讓社會大眾開心看看燈會，還是能藉由政策的資源投入帶來產業幫助，這在現在有了新的選擇機會。至少就算無法舉辦，線上燈節、線上展會都能達到消費市場的刺激，規劃得當還是能達到政策的美意。

　　經營者與行銷人員必須注意與品牌息息相關的各種科學技術，應用在幫助品牌發展新產品及服務，以及與消費者溝通上。例如過去要花費較高的成本才能知接接觸品牌的關注者，現在可以透過社群品牌來跟消費者對話，或是以往上架實體通路時成本不低，還要投入更多的廣告資源吸引消費者去購買，但現在已透過網路廣告讓消費者看見，在直接引導消費者線上購物。甚至像是以往餐飲業必須要消費者排隊等待點餐、帶位及結帳，現在可以透過機器輔助或是 APP 設計，在在消費者手機上就能完成所有流程。

因 應 發 展 的 趨 勢

　　環境條件的變化對市場上的品牌有著相當大的影響，很多時候實體店就算過去消費者再怎麼喜歡到店裡用餐喝咖啡、逛街買衣服，政府已經告訴你消費者必須減少外出或到人多的地方，然後你的品牌還是堅持不做線上的溝通，經營品牌自媒體及網路購物的機制，當有一天發現自己的消費者減少了，消費者似乎覺得因為你的品牌沒有跟上時代改變，而且顯得沒有吸引力，那其實也是必然的結果。社會環境對品牌所要發展的策略有著相當重要的影響因素，同時消費者及社會公眾的反應，也讓行銷方案成敗與否有著絕對的關聯。大型品牌必須顧及的品牌長期發展面向較多，所以對於外部資訊的掌握就更為警慎，甚至願意付出一定金額提前作專屬性的調

查，以免造成行銷策略的誤判及投入資源的損失。

　　辨認有歷史意義的環境變化並且追蹤趨勢和尋找機會，是品牌經營者最在乎的事情之一。甚至是城市的管理者例如民選縣市首長，雖然任期一屆只有四年，但掌握了選民在意的話題、尋找能夠讓城市有更好發展的方向與機會，這些都可能在還沒有擔任縣市長時就已經在進行。但自己個人品牌的理念與願景，如何被選民接受而讓他可以擔任如此重要的職位，這中間的許多細微而重要的環境資訊就成了提出政策前的關鍵資訊。

　　專門針對企業端服務的品牌也是一樣，從原物料供應商、銷售對象的經銷商、末端客戶、競爭者，甚至社會環境當中會使用到末端產品的消費者和公眾，都在一個整體性的環境中運作而息息相關。品牌的經營者必須更了解這些主要的面向，包含社會人口結構、整體經濟狀況、文化知識傳遞、政治與法律環境、科學技術發展和自然環境影響。

　　尤其在「品牌耶誕樹」的概念下，年度規劃當中的文化知識傳遞和自然環境影響，對於節慶活動的設計有著息息相關的連結，社會人口結構與整體經濟狀況則可做為促銷方案設計的重點，科學技術發展則對數位整合行銷傳播的應用有關，政治與法律環境則是可能發生的重大變數監測指標。就像經營餐廳的品牌，可能未曾想過不到一年內，突然政府就開放了特定國家的進口豬肉，雖然一般品牌並沒有能力直接去改變政策或違背法令，但至少可以在隔年的年度規劃中提出，這個變數對於餐廳是否要堅持原有的食材進貨方式，還是因應可降低的成本改變選擇，甚至特別使用較貴的台灣豬，但前提是若從品牌整體面相來看這個決策的發展。

　　中小型的品牌因為能投入的資源有限，除了較常使用公開的市

場調查資料作為判斷依據，也常常會先分析領導型的競爭者過去的操作方式，做為參考的方向。例如不少小型的飲料品牌，在規劃方案時會先去參考分析像是統一集團、光泉公司或是泰山企業，前一年所操作的行銷時間點與結合的節慶，一來是做為自己規劃方案時的依據，同時也可以判斷是否避開那些自己可能會輸的戰爭。也有品牌因為已經具有領導地位，就算市場充滿競爭者，當經過仔細的評估後，依然會勇敢的投入戰場，像是 2021 的農曆新年前，可口可樂進入罐裝咖啡的市場，準備佔有一席之地。

　　基本上外部環境中必須被考量的因素就是三大類：總體環境、競爭者以及利害關係人。每個因素都可能造成機會與威脅的變化，也就是品牌可以從這些環境中去解讀出許多資訊，但這些資訊的完整性及實用性也相當重要，機會能替品牌甚至相關產業都帶來幫助，威脅卻可能影響甚至摧毀品牌及相關產業的長期發展。就像人口高齡化的問題，對於兒童教育、學校體系甚至嬰幼兒的生活必需品產業都可能造成影響與威脅，但卻也可能在當中找出機會，例如經營高價有競爭力的兒童美語品牌，都可能因為家長的心態而更願意投入資源在小孩身上，但同樣類似的競爭品牌可能都會受惠。

　　商品及服務的需求的預測，包含了企業對企業的購買力以及末端消費者的購買力，為了保障產品及服務能順利提供，必須針對所需要的人力、原物料、資源的供應狀況，及改變的可能性進行合理的預測。末端消費者需求的變化還必須人口變動、消費者行為的改變以及消費者支出在不同商品及服務之間的分佈比例，另外還應該競爭者的狀況及發展趨勢進行預測。

3.2

沙盤推演
有其脈絡

影響環境的因素

　　總體環境當中包含產業結構變化、人口組成結構、社會文化、經濟景氣、政府政策、科學技術發展。競爭者則是針對提供相類似的產品及服務品牌，而若是要具體的描述對於品牌發展上會造成的影響，利害關係人可以說是廣泛的說法，從外部層面的角度來看，包含了消費者、捐贈者與使用者、股東及投資人、供應商及通路商、工商團體及公協會、社會公眾、政府，從品牌內部來說員工、經營者及董事會成員。而畢竟行銷人員能溝通或是直接面對的相當有限，更多的只是去了解他們為何會去關注或在意品牌，以及在意的是什麼，但有一點卻是很明確的，就是任何一種利害關係人與品牌之間若是發生問題，就可能導致品牌危機。

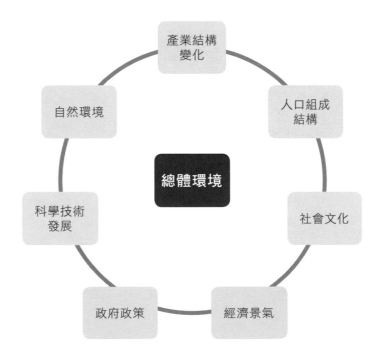

市場總體需求量的預測，是指業界在既定的行銷計畫下，和預估的行銷環境中，對一定的期間內消費者購買產品總量的產業預測。一般來説是政府及產業公協會根據過去的產業現況，提出可能的未來發展，像是台灣製茶工業同業公會 2020 年統計，國內包裝茶飲料市場一年商機達 250 億元以上，或是台灣區工具機暨零組件工業同業公會 2019 年統計，台灣工具機出口值下滑 16.2%。這時在產業內的組織品牌通常也是這些公協會的成員，所以產業的過去調查與未來推論，通常可以反映現實。

有時若沒有加入產業公協會，或是這個產業的發展並沒有真正具代表性的單位或組織，願意從歷年市場總需求量的增長狀況來做資料整理，這時所能得到與看到的資訊就更為表面而不夠真實。若是期望政府單位所提供的資料，也仍然會有相當的差距。畢竟政府並不是市調公司，統計資料的呈現是以整體經濟及產業結構面向，而不是專門作為單一產業或組織品牌應用。取得行銷環境中的有用資訊，一直是行銷人員相當重要的工作，有些產業的特殊性需要通過多元的途徑及累積的情報收集，才能推測出合適作為隔年市場總體需求量的預估。

例如台灣的碳酸飲料市場從 2017 年到 2019 年，逐漸從 51.22 到 50.65 億，以現有的品牌市場各自佔有率及消費者的偏好度來説，從可口可樂、百事可樂、黑松沙士、蘋果西打等品牌維持長時間的消費趨勢來看，必要的行銷資源投入當然需要，但若是想要靠增加大幅度的行銷資源，來改變自己的品牌現象就必須更謹慎考慮實際的效益。

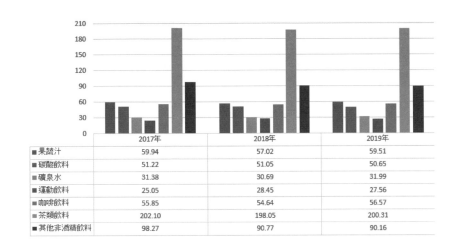

	2017年	2018年	2019年
■ 果蔬汁	59.94	57.02	59.51
■ 碳酸飲料	51.22	51.05	50.65
■ 礦泉水	31.38	30.69	31.99
■ 運動飲料	25.05	28.45	27.56
■ 咖啡飲料	55.85	54.64	56.57
■ 茶類飲料	202.10	198.05	200.31
■ 其他非酒精飲料	98.27	90.77	90.16

資料來源：經濟部統計處（單位／新台幣億元）

　　但消費者真的就對碳酸飲料沒興趣了嗎？碳酸飲料的氣泡感在天氣熱的時候，仍然是眾多人選擇消暑飲料的原因。雖然糖分及口味仍然重要，但環境中可看到的有限條件，卻沒有足以讓企業願意在口味上開發新產品品牌，並且投入大量行銷資源的足夠證據。直到環境必須發生具體可看到的變化，才可能讓企業品牌重新對這項產品產生興趣，並投入資源來溝通新品牌。

　　像是從國外紅到台灣的「氣泡水」，消費者健康意識抬頭，逐漸以零卡路里、無糖概念的氣泡水取代同樣具有刺激清爽、解渴感受的含糖碳酸飲料。根據台灣區飲料工業同業公會統計，2020 年第一季原味的氣泡水銷量較去年同期成長 48%，加味的氣泡水更較去年同期倍增，包含可口可樂、可爾必思、泰山、味全、悅氏、金車、維他露等企業品牌都透過開發新產品品牌，或增加行銷傳播預算的投入，爭取在氣泡水這個新興市場的市占率與品牌知名度。

　　就以每年庇護工廠的相關調查來說，原則是從勞動部的角度來進行，根據中央社 2020 年 7 月報導內發布的統計資料，全台有149 家庇護工場、人數達 1,980 人，其中前 3 大類別以餐飲業約占 35%、勞務服務類占 31%、商品販售類占約 12% 為較多。但若是其中的庇護工場想要了解餐飲業的發展趨勢，還是必須參考一般餐飲業的調查分析資料，結合各地方政府及同業提供的資訊，但現實層面卻是相當困難。

　　消費者的人口的性別、年齡結構、家庭人數甚至出生率及死亡率的變化，對品牌在解讀上都具有個別的意義。例如出生率的降低，會威脅到以嬰兒、兒童為主的產業及品牌，而人口結構中銀髮族群的增長速度，則會提升像是長照、老化醫學的產業及品牌。以奶粉市場來說，隨著嬰兒出生率的逐年降低、市場日漸縮小，相反地銀髮族群的人口逐漸增加，有的奶粉品牌像是克寧，就推出了更多針對長輩營養補充的產品。另為像是以前學生對於文具用品的需求相當大，包含原子筆、立可白這些，但究竟流失消費者的速度有多快，是真的不需要還是針對特定品牌不感興趣，這些資訊都成了環境當中的重要訊息。

　　經濟狀況的好壞，關係著消費者的購買力，實際經濟購買力取決於現在能獲得的收入、現有儲蓄的金額、負債及貸款的情況，以及對於後續整體景氣的客觀或悲觀程度。若消費者可支配的實際收入相對減少的情況下，一般非必要性的購物就會更為謹慎或是暫時停止。像是對於公仔收藏或是看電影這些娛樂，會更保守的去購買或是等待有節慶或促銷的時侯才會消費。但若是因為特定心理因素的影響，反而會增加支出，例如因為疫情對於外出用餐有所擔憂，叫外賣外送的需求反而提高。

政治的決策事實上在台灣，扮演了很大程度上的干預或管理的角色，而法律則是訂定標準的最重要基礎。就像因為疫情所以規定很多地方必須戴口罩、量體溫，有些因為是屬於製造商品牌，並不具備自己的通路，這時若是因為消費者進入實體通路的意願降低時，就必須提早開發數位通路。但也因為政策改變而帶來機會，例如開放特定產業的投資或是鬆綁限制條件時，會鼓勵更多的競爭者進入市場，但也可能帶動整體產業的成長。另外像是電動車的補貼政策，讓許多因為價格卻步的消費者提升購買意願，當然也造成了傳統車輛產業的不公平競爭。

　　而常常影響外來的環境因素的，更現實的是執政者的立場及價值觀，像是有的執政者認為可以開放博弈產業在國內發展但必須在外島，卻也有可能在下一任執政者的政策中，開放本島的博弈產業發展或是全面禁止。這時政策的影響就有階段性而且不連貫的現象，但就算再怎麼解讀也只能做好因應的方案。還有像是法令曾經修改過節慶假日是全國放假，還是只紀念不放假，甚至每年在排定連假及補班的時間上，也是屬於政策法律的一環。

對手可能的變化

　　預測競爭差異可從品牌將產品或服務，提供到市場上的服務流程來分析，若是環境中不斷增加大量的競爭者的行銷傳播訊息時，也會讓消費者容易產生混淆。有時都是通路品牌在推出集點兌換贈品，但消費者還是可能會跑錯家去購買，我們對於競爭者可能會採取的行動時，是屬於預測的範圍，對於自己品牌的未來發展，則是界定為預設目標。原因在於我們通常是可以對於自己品牌的下一步

可以控制的。有時還有一些對品牌來說不應該屬於預測的範疇，例如產品及服務的銷售量、品牌生命週期、市場佔有率，因為這些應該從策略規劃時就做為目標，而運用具體作為達成。因為無法達成就當作預測的話，那不論是企業、非營利組織甚至是從業人員，都無法持續前進甚至看不到未來。

　　競爭者的行動是環境中的重要因素，有時當競爭相當激烈時，直接以比較性的行銷傳播訊息來針對對手也是很常見的方式。像是外送平台間針對對方的代言人或是促銷方案挑戰，或是百貨公司的週年慶日期故意比對手早幾天開始。有時產業內的精爭會帶動整體市場的正向發展，像是當個各品牌都針對雙11的節慶活動推出方案時，會引起社會大眾更多的關注討論，但資源較少或聲勢較弱的品牌，也因此容易被忽略甚至處於下風。除了分析競爭者的短期行銷策略，還可以更進一步去觀察競爭者的整體行銷策略。

　　分析競爭者時可以先從競爭形勢描述，包括市場總體競爭特點、競爭對手界定、主要品牌市場占有率、主要品牌區域表現、主要品牌年度銷售對比、主要品牌行銷費用對比等。再進一步從主要競爭者的品牌發展策略、產品、價格、通路及消費者輪廓等各方面來描述，對其策略與行銷方向做出分析，並針對可能產生的變化做出預測。

　　品牌的資源，能分成有形的資產與無形的能力。有形的資產大多是可以量化的、具體存在的，例如廠房、設備、自有資金、銷售人力及據點等。無形的能力多半不能量化，像是品牌文化、品牌聲譽、創新能力等。因此品牌自己本身的競爭優勢建立，像是獲利能力高於同一產業其他競爭者的平均獲利能力，或是品牌偏好度維持在特定對象當中的第一名。就算是非營利組織品牌，為了能夠在眾

多公協會中脫穎而出，也必須有明確的社會認識程度及記憶點，而城市品牌則希望獲得更多的觀光客或是居住人口增加稅收。當品牌的特定資源具有專屬性而且難以被模仿時，就可能創造越強的競爭條件與能力。

從市場的競爭情況來看，現煮咖啡的主要三大提供者：超商、超市及連鎖咖啡店，各自有支持的消費者及購買習慣，但若是以便利性來看，消費者對於一站式服務的需要仍然存在，只是以往會想到要在加油時還要有人去旁邊買東西，除非是順便洗車的時間夠長，不然消費者還是會找尋附近的店家來購買。人們可能會對超商系統中外送咖啡服務與販賣精品咖啡的數量有明顯差異有所疑問，但其中原因很有可能是因目前現有的超商體系中都會有販售咖啡的服務，只是不會在門市系統上顯示出來，且不論是在市區或是偏鄉地帶，除了萊爾富及ＯＫ之外，其餘兩家超商都會有外送咖啡服務，讓人們在繁忙的工作生活中仍舊可以享受到現煮咖啡的小確幸時光。

而路易莎咖啡雖然開店數量超過星巴克，但因門市開立地點仍舊以市區為主，偏鄉或是離島地帶難以看得到蹤跡，故以數據而言雖然路易莎店面數量贏過星巴克，但因對手在偏鄉及離島地帶仍有開立店面，且也在外觀裝潢上有特色（例如台中麗寶鐘樓星巴克、花蓮貨櫃星巴克、嘉義民雄小木屋星巴克等），所以即便在店面數量略輸路易莎，卻仍能穩坐咖啡龍頭寶座。至於老品牌伯朗咖啡雖然門市數量不多，卻也因品牌本身的加持力量，加上門市皆設立在觀光景點，除了咖啡販售外，也有酒品及餐點類的複合式餐飲，故仍有不錯的販售成績。

值得注意的是，因應國人對於咖啡飲品的愛好，一些非營利組

織也跟著成立了以身心障礙店員為主的庇護工場咖啡館，包含了銀光未來館、YOUNG 記憶咖啡館等實體店面，而其餘非營利組織雖然沒有擁有店面經營，卻也有在販賣沖泡式咖啡包，味道其實並不會輸給市面上的品牌咖啡，若想要支持庇護工場的人們，也都可以在網路上以關鍵字搜尋看看。中油已有超過 120 家的複合式便利商店，雖然過去因為整體品牌的發展策略，其型態與商業模式雖然具有市場機會，但卻沒有能完全發揮。而相對來說最重要的功能，則是作為累積集點換贈品的兌換處。

從之前休息站經過外包與重新設計，不少消費者對於在旅遊過程中，能有地方加油甚至休息的需求是相當龐大的，但也因為休息站是屬於長途旅行的中繼點，要是到特定的風景區或是較偏遠的地方，除了便利商店外就只有加油站可以滿足特定的一站式消費需求。現煮咖啡的趨勢崛起、國旅的風潮影響，甚至是改變中油過去品牌形象，都讓這次的咖啡新品牌「cup & go」有了好的開始，而咖啡豆也是選用瓜地馬拉單品的莊園豆，至少是現在消費市場可接受的產品設計。雖然要讓中油這個品牌，從加油站到便利商店，甚至未來到咖啡店這樣的延伸，都讓消費者認同或是接受，還需要一定的時間，但若是能利用國旅的商機加上營運與服務的提升改善，甚至結合數位行銷的虛實整合，或許未來會有更多人願意專程到附近的加油站來杯咖啡！

產業內的各品牌被視為競爭者，而且為了生存同時在作決策，相對競爭能力的強弱，是依自己品牌所選擇的策略，以及競爭者選擇的策略而對應。競爭者的具體情況包括經營模式，像是直營連鎖還是開放加盟，只有製造生產還是有自營通路、線上線下的整合度如何、產品及服務品牌完整度、消費者對品牌認同度高低、以及公

司擁有的品牌數量及規模。預期競爭者會如何決定他們的策略，以及是否會持續過去的行動，對於品牌來說決定了應該對應何種策略以及行動。發展品牌特定經營模式，在產業中超越競爭者而獲得優勢，必須有足夠的資源及時間，以及分階段的策略來達成。

同樣的若是產業當中的競爭者，已經無法找到新的消費者市場，只能在現有的市場當中去競爭，這時針對最後末端的消費者溝通，就成了關鍵手段。例如在促銷的折數與金額上，直接去挑戰對方所能給予消費者的較差於自己的條件，像是買貴退差價、全國最低價等。而這個現象像反而在通路品牌端較為常見，因為消費者在品牌選擇上，若可以挑選的產品品牌大同小異，也沒有更為特別的服務可以增加通路品牌的價值，這時候要達成年度規劃的目標就回歸較為基本的價格競爭。

相對於差異化的競爭策略來說，過去雖然也有很多經營者明白，品牌忠誠度的重要性，甚至可以成為其他競爭者無法超越的無形優勢。但現實層面來說，要做到品牌忠誠度最大的挑戰就是何謂忠誠的定義，因為品牌很難長期做到在顧客眼中的「唯一」獨特性，通常只是「相對」的獨特性。就像今天消費者覺得這家品牌的洗髮精很好用，連續一年回購三次，但並不代表就不會嘗試其他競爭者品牌，甚至一直使用原來品牌五年十年的，還是占少數。就算是高價產品也一樣，買了 LV 的精品包後，可能下一個節慶還是會買香奈兒的。

與競爭者比較

現實環境條件的另外一個關鍵就是與競爭者比較，掌握彼此在

市場中的消長，及各品牌市場佔有率的變化。例如在產業逐年萎縮衰退時，仍然競爭者的市場占有率提高，可能就是是在行銷溝通策略或消費者經營上，有更創新以及符合環境需求做法，而產生的結果。在年度規劃時本身過去的過程與競爭者之間的比較，常常是重要但卻被忽略的，原因在於若過度重視過去的成功或失敗，就容易受限無法產生更多新的想法及創意。更重要的是問題的發生應該是逐年改變，已經解決的應該要持續維持，超過競爭者的更不必回頭模仿。

　　作者對於有些品牌的經營者，一直認為成本優勢是防衛產業中的競爭者的做法感到保留。有些品牌確實因為具有得天獨厚的優勢，例如很早就設廠生產所以土地及廠房設備取得成本較低，但同樣的就算今天新進品牌的成本較高但能提供給消費者的產品更優，更符合市場需求，一樣可以獲得一席之地。而同樣先進品牌因為早期的生產成本較低，所以長期訂價上也可能較低，但當消費者更追求理想中的品牌形象，不是要漲價就可以漲價，就算漲價也不一定消費者買單。

　　因此每個品牌雖然都有自己當下生存的能力，了解競爭者產生的影響和變化，對應到消費者的需求，以及堅持自己品牌的發展，才能在做出預測後轉化為合適的策略來應用。追逐競爭者的策略或對抗競爭者都不是最終結果，而關鍵還是在於市場中的消費者需求。就像很長一段時間手搖飲的品牌不斷推出，就算產品差異化有限、定價相近，甚至推出的促銷方案也大同小異，卻很少見到有品牌因為競爭者的挑戰而很快退出市場，這時因為消費者需求夠大而且仍然在成長，要是品牌為了更好的獲利而節省成本，卻可能導致消費者發現後導致市場流失。

但是有些每年都必須去檢視進步的項目，以及推演競爭者可能的下一步，就必須從過去的企劃書和結案報告來分析，甚至可以從合法的方式中，找到競爭者的規劃軌跡及效益結果，來判斷需要投入資源的增加程度。當然有時也可能是因為其中有競爭者發生的危機問題，導致市場的不信任。消費者看待我們自己的品牌與競爭者之間，知曉程度、品牌偏好度、品牌認同度誰勝誰負。過去小時候的印象，想喝可樂就是可口可樂、沙士則是黑松，而特殊的蘋果味就是蘋果西打。但前幾年的品管問題和內部經驗的困境，一度讓市面上的蘋果西打在消費者的心目中有些擔心。雖然市場上普遍認為碳酸飲料的消費，可能會隨著國人重視健康的議題而有所改變，甚至是衰退。但有趣的是，本來該買的人至少現在還是會買，只是選擇自己更信任的品牌，而蘋果味的碳酸飲料就是個例子。

從 2019 年開始，可口可樂的另一條產品線美粒果首先找到了切入的角度，推出了「蘋果蘇打」，在外觀有一定差異但名稱相近的情況下，夾帶著品牌光環開始搶佔市場。而後黑松則以連外觀配色都相似，再加上與美粒果相同策略的產品名稱，順手撿了一部分消費者。之後最近作者又在通路架上找到了同是飲料大廠的新作，走著復古風格的維大力氣水出的蘋果風味。或許以往，在品牌形象的差異上，大家彼此還能各據山頭，但當有一方失足時，就怪不得競爭者侵門踏戶的搶佔市場。但也看的出來，產品的特色容易被模仿，而品牌擁有的價值和消費者認同才是長久經營的關鍵。

有時組織品牌因為有多個產品及服務品牌，所以在不同的市場中會面臨不同的競爭者，像是王品集團的沐越和陶板屋，因為餐飲類型不同，所以各自面對競爭者也會有差異。從競爭者近幾年的品牌形象、產品及服務研發、銷售量及市場佔有率等資料，可以評估

▲ 競爭激烈的相似產品。（資料來源：作者自攝）

競爭者的發展策略的。從市場佔有率及銷售額的資料，能看出競爭者最近幾年的業績是在成長或衰退，是什麼原因造成的，我們自己的品牌在相同條件下表現的如何。競爭者的產品及服務的目標市場和我們自己的品牌異同之處在哪裡。競爭者的品牌定位、產品及服務類型和我們自己的品牌各有哪些優點與缺點。每個競爭者都有自己品牌的理念、願景，掌握住競爭者的品牌發展目標，就能預測競爭者的行動，策訂出更精確的反應策略。

　　原本在台灣佔有一席之地之地的惠康百貨股份有限公司，包含旗下了 199 間頂好 Wellcome 超市及 25 間 Jasons Market Place 成為國際品牌家樂福的一份子。家樂福在近年持續開展在地型的超市，除了鎖定重要競爭對手全聯福利中心外，更是打算以品牌的現有資源提升市佔率。整併 Wellcome 品牌全數轉為家樂福，這也是繼之前全聯福利中心併購松青超市，再一個快速品牌衝高市佔率的

案例。家樂福集團目前在台灣有 137 家分店，包含 68 家量販店以及 69 家便利購超市，併購案完成後將增至 361 家，雖然離全聯福利中心家數仍有一段距離，但可發現若是從電商到實體店的佈局，都會有一番新的競爭情況。

　　過去的零售業種業態分類方式，已經因為環境的變化以及業者的野心而導致界線越來越模糊，早期的分類包含超商、超市、量販店及大型購物商場。除了以往曾出現過的萬客隆量販中心，以及沒有進入台灣市場的沃爾瑪量販店屬於大型購物商場，以台灣的消費習慣及需求，便利但產品數量較少的超商已經達萬家左右，品牌發展成長空間相對有限。量販店包含像是好市多、大潤發、家樂福等因為需要較大的坪數，以及相對足夠的停車空間，在開店的速度以及區域的需求上，若是以疫情過後的發展，則相對需要保守，但過去曾被認為或許會被淘汰的中型超市，就在全聯福利中心及這次家樂福併購頂好的策略中，找到了新的契機。

　　相對來說，早期的全聯福利中心店型偏小而且較傳統，但併購松青超市後在維持一定日系風格及較充足的商品品項後，替品牌的整體形象帶來提升。家樂福併購 Wellcome 頂好超市後除了店數的增加外，Jasons 超市也是台灣少數較高品質及服務的品牌，也將幫助家樂福集團總體的品牌形象及服務，達到更完整的面向。這波變化可能對夾在中間的競爭者也造成了更大的壓力，包含美聯社、愛買以及 citysuper，也將對於在像是全家超商開設大型店的佈局上可能有所影響，但在市場有限、資源大者恆大的趨勢下，或許會看到等多併購或是品牌消失，但對消費者來說，能有更好的服務及值得信任的品牌，也是正面的發展。

需求的改變

　　對消費者行為的預測也是相當重要，目的可以供我們做行銷議題及資源投入時，是否變更策略的參考。就像 2020 年因為疫情的影響，許多消費者對於外賣外送及電商服務的需求大幅增加，部分原因在於恐懼到人多的地方，以及諸多政策也讓消費者改變習慣。就像我身邊不少人過去喜歡逛大賣場當作休閒娛樂，但因為多次跟疫情相關的新聞，多少影響了消費者的意願，以及部分的人對於戴口罩長時間逛街會認為是不舒服的感覺，這樣的結果也就影響了 2021 年的年度規劃中，必須考慮消費者心理等因素。

　　消費者的需求推論也是，若是我們想要預測三年後大學生對於新媒體的應用，事實上，不如先從一年後高三學生在進到大學時這段期間可能會產生的變化來進行預測。因為，就連從高一到高三都可能產生許多新的品牌加入戰場，造成消費者心理上的動機改變，甚至是有新科技出現，這時一年的預測推論應該是相對合適的時間距離。

　　就像很多時候，大家總說舊愛還是最美，不一定是因為現在不好，但也可能是過去的美好讓人更值得回味，畢竟得不到的遺憾總讓人酸酸甜甜而思念。尤其是近年來，可以發現許多代表性的經典品牌不但沒有被消費者遺忘，反而隨著以往的消費族群荷包漸長，有能力去填補過去的遺憾時，所重新燃起的心中一把火。作者自己就是個有點懷念舊時代的人，特別是對 1980 ～ 2000 年間的許多美日系動漫模型、影視作品，都有著特殊情感。這時許多品牌就在疑問，到底要往更創新才能吸引到消費者，還是一直堅持傳統等待機會來臨。

老城街、老店面、老故事，許多年輕的族群容易因為時代的改變而不認識過去的歷史，但卻在了解後更為著迷。從幾個老商圈的復興，大稻埕、海安路、迪化街到審計新村，都可以看到品牌從復古結合創新帶來的影響。事實上對於消費者來說，復古的元素可以存在於設計、節慶，但是在使用的便利性及服務體驗的過程中，創新卻也相當重要。到了百年老店去用餐，味道可以是經典的，但是透過會員 APP 方便叫號而不用大排長龍，更是現在消費者選擇上門的原因。

　　有人喜歡聽老歌，雖然歌手已經逝世了或是退隱了；有人喜歡穿復古服裝，或許那時正是青春少年的美好時光；有人喜歡收集品牌周邊或去觀光工廠，因為品牌背後的投射形象。許多品牌不但舊瓶裝新酒，更透過延伸的新產品及服務物，來吸引了輕一代消費者的注意。長期少子化及教育改革的影響，以及數位環境的影響，台灣年輕族群的思考方式及文化差異，開始改變了過去的消費型態。對於品牌來說，該怎麼從長期的發展來因應，以及解決當下的溝通困難，成了經營者必須認真思考的問題。

　　從品牌內部來說，因為新一代的年輕族群在個人需求、習慣與偏好上，更容易的主觀表現也比較不受拘束，影響了許多品牌在招募新人時的考量。當越來越多的新創公司進入、不同以往的產品及服務模式也導致了產業結構跟著改變。品牌不再只是單純地去考慮，滿足消費者的喜好就足夠，包含潛在員工、合作對象甚至議題的利害關係人，都必須納入未來溝通的範圍。

　　傳統業不能只是專注在生產技術上，連品牌形象的建立都很重要，因為有可能進入相關職場工作的年輕人，更重視自我認同與價值，而不是只想成為社畜。品牌在社群上的曝光也必須跟上時代，

思考運用什麼有趣的議題來增加社會關注度，但又不能讓品牌失去的原有的堅持與理念。

消費者的期待

很多品牌因為過去有國外觀光客的支持，或是在國際上發展連鎖加盟，公司本身的營收與品牌知名度本來都有持續成長的機會，但兩岸關係的變化以及疫情影響，許多品牌必須重新思考怎麼更著重在台灣市場的溝通，以及重新取得品牌認同度。之前作者到桂林路的家樂福採購商品時，發現許多過去的「觀光客專區」商品逐漸減少，而且剛好聽到台灣的年輕消費者在討論，像有些品牌就是專門賣給觀光客，他們根本沒興趣買這些品牌，這也是對於過去許多連鎖通路品牌發展時可能未曾想過的。

從疫情影響國際觀光客無法進入，以及在地客群的消費習慣改變，台灣的許多產業也都持續在發生變化中，不少連鎖加盟的餐飲業都有越來越明顯的持續尋找新的生存方式。品牌能夠存活下來的，不再能只是依靠那些外國旅客走馬看花的消費模式，而是必須更具獨特性及在地化的發展方向。有些連鎖加盟的手搖店或餐廳，曾經因為在倚靠相當高比例的國外觀光客，帶來的不錯的營業額及發展，但是在消費者減少之後，必須自己找出新的競爭優勢，以及建立更符合台灣消費者認同的品牌形象。之前也曾發生過因為政治議題而造成消費者抵制的現象，甚至導致了許多加盟主的流失。

陸客大幅減少之後，不少商圈試圖振興或轉型，但是不論是政府投入了部分補助，或是因為老店再造、連鎖店輔導，甚至是服務業創新，但仍難抵擋消費者流失的殘酷事實。這次疫情更是導致多

商圈及店家雪上加霜，不論是因為店租、人事開銷甚至是因為沒有觀光客而根本喪失基本收入。像是曾經紅極一時的的士林夜市商圈、饒河夜市商圈及六合夜市商圈，都面臨因為過去進駐的品牌所販售的產品，過於偏向滿足外國那些喜歡嚐鮮的國外旅客，以至於當現在沒有客源時，昂貴的租金以及過去的負面形象，也導致了國內的旅客前往的意願有限。

　　台灣的商圈數基本超過兩百個以上，不到四分之一是具有較大規模或是國際觀光客，多數仍然是小型地方商圈，甚至因為部分重複性質高，有時會在一個城市的不同商圈，卻發現類似的品牌及服務過度重複而產生高度競爭的結果。以作者身處的台北市永康商圈，可以説是許多品牌的一級戰場，有的店家雖然具高知名度但卻名不符實，在景氣好的時候靠觀光客也能高朋滿座。但附近居民或有較高消費能力的族群卻從不上門，直到面臨疫情的考驗，導致這些品牌逐漸離開或結束。但是也有像是具有特殊經營理念的單店品牌、在市場上獲得高評價的連鎖品牌，甚至是還在快速成長，想讓消費者認識的新興品牌，願意進駐商圈，看中的則是商圈品牌長期發展的潛力，以及對自己品牌的自信。

　　短時間開放國際航空的機會不大，但是在國內跨縣市及精緻主題旅遊越來越興盛的情況下，消費者到外縣市的時候，仍然有意願到當地的特色商圈去嘗試消費。像是台中的舊城區商圈、美術園道商圈、台北的南機場夜市商圈、寧夏夜市商圈，都因受惠於米其林的國際評選加持，而產生附近的連動觀光效應。但是一整年下來，這些商圈及夜市品牌要如何規劃，畢竟不能一直用重複的主題來吸引消費者，如何做到真正結合節慶活動，並且設計更有趣的促銷方案，讓消費者主動願意再次上門光顧，也是相當不容易的挑戰。

　　對於台灣本身經濟能力不錯的消費者，餐飲的消費仍然可以有
相當的支出，需要的是能符合水平的標準，尤其當生活型態改變，
假日在外縣市包含住宿、購物及用餐，傳統的「純夜市」思惟模式
並不一定能滿足這些族群的需要。商圈的發展若是要往國內中高端
旅遊的方向移動，除了連鎖餐飲外，結合附近的特色夜市小吃也是
不錯的選擇。不少商圈是跟夜市或傳統市集綁在一起，或是跟百貨
公司結合，所以在商圈能使用的區域和空間都相對有限，但若是針
對消費者感興趣的節慶主題來跨界合作，就能替商圈品牌甚至城市
品牌都帶來更大的效益。

　　作者正好前陣子出差時，所住的旅館就將附近可以逛街購物、
主題景點及特色小吃，包裝在一起，除了做成旅遊指南供遊客使用
外，甚至有專車接送及外購餐點的服務。而這些正好符合了將特色
商圈及夜市結合的作法，也代表在後疫情時代，商圈及夜市的 M
型發展會更為明顯。而這些創新的概念，從促銷方案的設計來說，
短期效益雖然可以達成，但畢竟還是少了一些能夠更常吸引消費者
常常回顧的元素。因為品牌不是一次兩次的促銷或活動就可以建立
消費者的認同度，商圈及夜市要建立真正的品牌形象，以及擁有消
費者更長期的支持度與忠誠度，就要有主體的去打造品牌，找出商
圈及夜市自己的品牌理念和願景，才能好好得去進行長期規劃以及
找到競爭力。

　　在地居民不論縣市，基本上還是會在離家或是工作近的地方消
費，自然需求可能偏向物超所值、物美價廉，店家也不可能只是因
為租金成本等緣故，把消費者當作一次性的對象來惡意銷售。當品
牌建立而且有特殊性時，國內旅遊的消費者就有機會願意付出更高
的費用，來換取理想的餐飲品質，以及支持自己喜好的商圈持續提

升體驗環境。擁有更好的收益能讓商圈及夜市內的品牌，也願意以實際行動支持像是商圈夜市發展協會這樣的非營利組織品牌，有更上軌道的組織發展及運作。許多商圈能夠創造的比較有創意的主題節慶活動、搭配耶誕節、農曆春節的布置展示，多半都有願意長期付出的非營利組織品牌運作，而正面的結果就讓消費者願意特別前往甚至重複消費。

在短期的溝通是無法達成目的的情況下，至少必須透過年度計畫的策略，以及對消費者更多的洞察才能達成。以新型態的商圈來說，一個有明確主題、特色品牌的商圈，並且結合有特色的節慶活動與促銷方案，再加上夜間表演藝術、沉浸式行銷體驗，就能達到提升商圈品質及重點區域特色的「消費場景」，也能幫助城市在行銷時，實現多個不同商圈的聯動發展。商圈的沉浸體驗式消費是指透過提高像是實體文化及展演等元素，並結合更多商圈成員商店的互動活動，以主題式的體驗形式吸引商圈輻射範圍之外的消費者，增加消費者逗留時間並改善銷售過程體驗，從而轉換為對特定商圈的品牌偏好與認同。

雖然疫情帶來商業環境的影響，不少 2020 年辛苦撐過去的業者也期望能扳回一城，但只有從商圈及夜市的品牌核心價值出發，找到適合的消費對象並重新建立品牌形象，以及適合的服務方式及流程，才能發揮商圈及夜市團體合作的理想效益。商圈品牌具有一定範圍可供消費者逗留，並且因為不少商圈都有管理的單位與合作組織，思考如何提升品牌形象，配套交通與行人行車指引，提升周邊設施建設，營造商圈街區發展良好的消費體驗環境。商圈經營的背後，是城市文化的置入和經發展的延伸，不斷豐富並打造商圈內容的店家特色及體驗區域結構，並且針對未來更合適的消費族群來

設計行銷溝通方案，才能讓台灣的特色商圈在疫情下更有競爭力及吸引力。

近年來年公布的米其林餐廳名單，每次都能讓業者及消費者有些期待，能在台灣品嘗到在地的美食。也讓北、中兩地的觀光可以藉由品牌推薦的光環，帶動當地的消費商機。若是以台灣過去的旅遊客群來說，對於國外旅客、陸客來說，觀光景點、交通選擇、住宿需求及餐飲品質，可以說是最重要的四個元素。但從國內的旅遊市場來看，餐飲的必要性可以說是更甚於其他項目。但從已經公布的必比登推薦名單可以發現，相較台北有不少入選的品牌是屬於夜市或即時性的美食，而台中仍偏向街邊店，甚至雖然台中擁有逢甲、一中、等眾多知名夜市，卻在推薦中很少看到。

或許我們可以說那是評選者的口味偏好，但以作者在台中生活過的經驗，台中近年來夜市或許是因為過度迎合國際觀光客的偏好，在很多夜市有越來越像的情況，雖然也曾有蠻多特色餐飲，但光是這十年間的消費經驗，退步變質的品牌也不在少數。國內的餐飲品牌因為在想是王品、瓦城甚至許多國際連鎖餐飲的進駐後，其實消費者對於基本的品味都有一定提升，而想是台北發跡的鼎泰豐、彰化的品八方，都可以說是就算其他縣市的消費者也會前往的品牌。

因此，想要更進一步提升國內觀光客「跨縣市、增加天數」的旅遊升值，那透過夜間經濟來填補晚上的消費服務，或是更在地化的餐飲才有創新的空間。畢竟若是以台灣許多連鎖餐飲品牌各縣市都有的情況下，消費者跨縣市的需求自然是以嚐鮮及獨特為重要選擇。其實台灣曾經相當強調「夜市經濟、庶民小吃」，當然對於不同縣市的消費者來說，若是能在獨特的氛圍及完整的主題規劃下，

去體驗各地的夜市氛圍，自是能創造新一波的國內旅遊商機，前提是即使為小吃或是銅板美食的品牌業者，也願意在餐飲的品質及品牌上用心經營，才能真正提升消費者的期待感，也才會降低失落感的出現。

生 存 的 機 會

有些時候品牌不一定是追求更低的成本與售價才能存活，思考如何改變產業中既定的定價方式，提供更好的產品及服務，甚至鎖定高端市場。提供更好的品牌給消費者，除了研發設計是關鍵外，對市場環境的觀察與消費者洞察更是重要。不以現有市場為唯一目標，透過年度規劃的達成逐漸提升品牌對於消費者的重要性，甚至讓更多潛在消費者認識暸解。當目光放在更龐大的整個市場獲是創造更獨特的專屬市場時，都必須對環境更多了解，以及做出預測的推論。

更現實的是現在環境中，「企業對企業」與「企業對消費者」之間的界線，越來越模糊。以往很多製造業是專門提供給企業產品或原物料，但是轉型做了觀光工廠後，也就增加許多面對末端消費者的服務與銷售。而原本是以製造產品給通路品牌販售的製造商品牌，也推出專門供應給企業的量販產品，甚至也幫同業代工但不掛自己品牌。很多傳統產業做生意的供應商、合作廠商，都開始由二代、三代接班，對他們來說願意合作的原因跟機會，都不在只是長輩介紹或單純的比價。

社會當中的數位化環境讓社會公眾有了更多的資訊，以及接觸不同品牌的機會，因此就算是原物料的製造商品牌，也必須有一定

的品牌溝通與形象建立才會被認同。在社群上公眾其實是不在乎你的品牌屬於專門服務消費者還是企業，但是對他們來說要建立品牌的記憶度，還是在於議題的運用以及跟消費者文化的關聯性。像是供應餐飲業為主的開元食品，八成以上的產品都是「企業對企業」，但因為積極地舉行末端與消費者溝通的品牌行銷活動，以及持續對餐廳端的業者釋出促銷方案及教育訓練的資源，始終都能維持一定的品牌知名度。

作者曾經輔導過一家割草機品牌，剛開始經營者對於是否要投入跟消費者溝通公司品牌名稱的資源有些掙扎。後來我告訴經營者其實很多國外的類似品牌，甚至是專門供應給企業的大型工具機企業，都有在投入資源溝通企業品牌的名稱與形象。之後經營者也採納了意見後就開始做電視廣告及數位行銷，也證明了不但企業對企業間的知名度增加，採購訂單的數量也提升，雖然末端消費者真的會購買割草機的機會不高，但成為家喻戶曉的企業品牌後，也提升了社會大眾的認識及好感度。

企業服務為主的品牌，像是金屬沖床代工、橡塑膠製造設備，這些品牌則是可以先從建立專屬的服務品牌上著手，幫助需要的企業進行客製化的生產、設計，並將獨特的服務流程取個品牌名稱。當其他企業也有相關需求時，有專屬性的服務品牌也就容易被指定詢問，之後再透過數位媒體讓更多社會公眾認識。等到品牌知名度建立後，也是有機會跨足末端消費市場，結合執行安裝服務、維修支援、物流運送，都能強化品牌的市場競爭力。數位整合行銷雖然必須投入資源，但是有規劃有策略地的去應用，還是能幫助品牌創造更大的收益，尤其是在疫情影響後，更多消費者對品牌的認識，比以往更偏重在數位環境中。

有時已經品牌本身已經找到了一群更適合自己溝通，而且競爭者尚未進入的消費者市場，或是明白自己資源有限，短時間無法再超越領導競爭者時，透過現有市場填補及差異化來獲得品牌的生存空間。

　　但年度規劃能夠解決的問題畢竟就在一年之中，是階段性任務還是接受了品牌在產業中的位置，以及消費者已經產生品牌認知後，要怎麼扭轉或改變，還是要從較長期的策略來看待。畢竟就算今年只是想安居一塊市場獲得生存，難保會有新的競爭者加入，甚至領導品牌打算贏者全拿。只有不斷的自我成長茁壯，讓自己的「品牌耶誕樹」成為參天大樹，或是一片有價值的品牌森林。

節　慶
行 銷 力 +3

培養
專案企劃
能力

+4

　　新時代的組織型態改變了品牌計畫與方案的進行，傳統思維不再都能適用於產生變化的新時代，專案企劃的概念從創意思維到具體達成目標，可以更靈活而且有邏輯的來幫助品牌。

4.1

策略謀劃

專案企劃的目的

　　不論品牌的經營者或是行銷專業人士，有時會遇到的問題就是專案管理好像是一門專業的學問，尤其是很多不常自己撰寫企劃案的人，容易被一些專有名詞給影響。但事實上多數的行銷工作都是在具備了專案的精神，以及運用企劃撰寫的概念來進行規劃。專案就是在非常態的情況下，因應需求來投入資源，從開始規劃到執行完成，有明確開始與結束時間的個案管理，因此多數的行銷企劃是都很符合這樣工作項目，例如新產品開發到上市、新門市籌備到開幕。年度規劃中有多個節慶活動與促銷方案，也都是以專案管理的原則來進行，達成當年度的某些特定目標，而集合專屬資源並採取行動來達成目的。

　　為了要完成一個預定的目標，專案企劃的執行對於任務和資源，進行規劃、組織和管理的程序的整合。通常需要時間、資源或成本方面的共同配合，協調統一管理之後便運用資源，像是百貨公司規劃週年慶方案時，就必須將常態性的促銷方案與行銷經費，與同時進行的專案結合，才能達成整體的最大效益。若是在進行特定目的節慶與促銷方案時，則會將主題產品與經費及一般性常銷品與行銷費用分開編列，才能評估專案本身的效益。

　　專案企劃的應用還包含在於人員管理，以及避免因為有人離職就讓工作有所失誤，同樣也可以做為維持組織的穩定性及培養人員的能力。尤其像是很多品牌的節慶活動因為壓力很大，不容易維持同一團隊及同仁重複執行，例如促銷工具的設計及運用，乍看很容易規劃，但是要如何產生理想的效益及更具創新性，也需要不斷重複及經驗的累積。當有一定經驗的專案企劃人員在熟悉執行，也對

品牌有高度認同時，就可以將過去專案企劃的經驗系統化的整理下來，做為未來品牌發展規劃時的參考依據。

自從數位時代開始，人人一台電腦、各種標準配備的辦公軟體，再加上各種投影設備及美輪美奐的發表場地，突然之間，如何製作一份「簡報」變成無比重要的工作能力，負責行銷的人員要是手上沒有參考十本八本的範本就不安心。不少人把「簡報」就當作了企劃案，雖然內頁充滿圖表和精美設計的內容，但還是顯得毫無說服力。關鍵在於專案企劃要能具有實質的執行性與達成效益的可能性，以及有邏輯能達成說服不同對象的能力，而不只是表面的文書工作。

企劃的關鍵在於系統與邏輯，若是仔細想想，這幾千年來有許多重要的建築、城市發展、大型節慶或是像基督宣教、戰爭，曾幾何時都要先寫個企劃書才能執行？所以真正的企劃，就是指「**能夠有邏輯的將企劃者想要執行的項目，透過有系統、有邏輯的方式，讓所有參與者都能發揮功能並達成目標。**「因此，有系統代表可複製、有邏輯代表可以被具體執行。簡報不代表企劃，只是一種工具，成功的企劃，在於預設目標是否能達成結果，所以古代要企劃一個偉大的建築，有建築的藍圖但不一定有建築企劃書。

另外像是舉辦一場大型慶典時，需要有能力的主事者及相關人員，共同討論並將細節記錄下來。但是過去也沒有簡報這種東西，依然能夠成就優秀的節慶企劃，像是巴西嘉年華、威尼斯面具節甚至自古以來的農曆節慶活動。就是因為那簡報只是因應時代而出現的一種辦公工具。一場有目的的演講、一段有意義的表演，只要運用得當，都能正確地傳達企劃的內容，當企劃的思維和能力已經提升到一定程度時，就算是給你 5 分鐘的時間闡述企劃的內容和重

點、或只用一張圖表表達，其實都能達到規劃、目標與效益。

　　作者也是受科班教育出身，所以年輕的時候多少都會在名詞上打轉，但多年後的歷練以及真正在實務上的應用，其實重點不是用詞，而是實質的意義。依據政府機構「國家教育研究院」的雙語詞彙資料庫資料，在不同學術名詞、辭書、公告詞彙，甚至不同的政府機構等對於「企劃」這個名詞跟他的兄弟姊妹和英文，並沒有絕對的一致用法和解釋。有趣的是不少老師、顧問甚至公司主管，只在意咬文嚼字然後去曲解名詞的差異化，把「企劃／規劃／計劃」硬是要過度解釋，或是在「畫與劃」的不同之間做文章，於名詞與動詞的差別打轉，其實應該回歸從專案企劃的精神來說啊！

　　有系統及邏輯的思維，符合需求的架構與內容，以及可以被具體落實執行，這些才是真正的關鍵。因此在本書中，作者不會刻意的統一所有的專案企劃專業名詞，也不去強調中外對名詞解釋的差異，只用中文以及讀者可以理解的方式來說明。不少人常常在做專案企劃之前，會先翻閱大量的理論書，或是把過去做過的成功 案例重新檢視，甚至尋找別人做過的例子來當作依據，但常常在產出企劃後，不是覺得稍嫌普通平庸，就是沒有解決到問題的核心。從經驗而生的過程與參考的範本，在未來的世代都只能做為參考，而無法單純的複製貼上，因此擁有創新思維的企劃者，才能不懼怕競爭者和抄襲者。

　　越是急著解決當下的問題，卻可能少了一些不同層面的思考機會，而這背後潛藏更大的危機就是，沒有解決到問題的根本，也失去了更多創新的可能性。對於專案企劃來說，專案是結構而且系統化，而企劃則可以創新思考，透過理性的任務導向以及感性的創意導向，讓品牌在不論進行年度規劃、節慶活動及促銷方案時，都可

以能有機會達成目標，而且為品牌帶來更多的機會。

創 新 的 思 考

　　思考不只是空想，坐在大安森林公園或許會有靈感出現，但有時腦中反而浮現更多問號。這些問號無法解決是因為對於「思考」這件事，缺乏了整體性及有效的路徑，思考的邏輯不但上課不太好教，在實務上更是不容易讓人有系統的去練習。而且在既有的問題解決方案中，直接做出選擇是比較容易的事，例如新產品上市要拍廣告，運用以前曾經成功的套路再做一次，通常是比較容易而且簡單的選擇。若在這個時候能夠增加，批判性思維的思考練習，像是「若今天不做Ａ項目，會發生什麼事？」或是「競爭者已經做過了，我們為什麼一定要再做類似的事？」

　　這類思維的練習，並非一次推翻過去做的事，而是把既有方案作為挑戰對象，要是能想出更好的方案，就能突破原有的模式，甚至創造更大的效益。在運用前項基礎思考的架構後，會進一步運用逆向思維這個創意發想的工具，例如：從「消費者付費的原因」進一步討論「若消費者現在沒有能力付費，我們怎麼做可以獲利？」通常人的習慣是固定的，可是就像這次碰到疫情影響，原有模式已經無法解決問題，品牌當下獲利衰退，就算增強原有的促銷，或維持原來的節慶議題效果也有限，那就可以從逆向思維來練習尋找新的答案。

　　很多時候，前面的思維練習產出很多不一樣的想法，但礙於跟過去的經驗不同，常常讓企劃者最終選擇放棄。而作者有時則會運用一些可以針對細節調整的工具，來強化專案企劃團隊的具體產

出，先找出可能變數並且具體描述後，再思考看看對應這些變數的
做法是否可以解決核心問題，這時就可以簡化且增加執行成功的機
會。例如思考「現在餐飲集團推出新的炸雞品牌可能會發生的變數
有 1、2、3……」的核心問題時，將問題分類整理後發現，只要先
解決其中一個問題，其他問題就可能不會發生或影響不大，像是取
得炸雞好吃的配方及製作流程。針對關鍵變數找出解決方案和其他
可能變數，就不會因為太多的不可預測及無法確認的因素，導致企
劃停擺甚至失敗。

　　台灣的人口老化趨勢已經不是新聞，邁向超高齡社會也是遲早
的事情。但對於過去在職場付出許多人生青春的長者來說，雖然人
生的下半場可以享些清福雖然是好事，但其實有更多的人在體力、
心力都還能工作的情況下，退休重回職場也是選擇之一。中高齡就
業和創業的比例逐步成長，作者也協助過一些單位在這方面提升銀
髮就業，卻發現因為疫情導致台灣的總體經濟成長趨緩，和世代競
爭所產生出的新問題。品牌原有的職務設計，多半都是以傳統公司
的營運模式來思考，所以就像所謂的實習制度，不但多半是以在學
學生為主，就算開放社會人士參與的機會，中高齡實際參與的機會
更是少之又少。

　　另外則是中高齡與身障者間的機會競合，很多政府專案像是多
元就業方案或是庇護工場，都在鼓勵支持身障者的就業機會與能力
培養，政府也有相當多的預算支持正在計劃中。但是近年來，包含
提案單位為了能獲得補助，調整就業對象或是在必須自雇的情況
下，有限的資源只能二者擇一。其實不論是身障者或中老齡就業，
都有必須被支持的理由。但是對品牌發展的需求性來說，想要溝通
銀髮族群就必須更了解他們，若是當更多同仁本身也就是消費者

時，就能幫助品牌設計的產品及服務，以及溝通方案更容易被其他銀髮族群接受。

創業環境的挑戰與艱難，讓台灣的新創公司其實能夠在 5 年內存活下來的比例相對不高，有的甚至是吃老本或靠補助的支撐，面對疫情的影響有時更是雪上加霜。但眾多具有專業知識或技術的中高齡人士，在年輕時期其實一樣面對過許多挑戰，若是能夠幫助新創公司或需要品牌再造的組織，就更能上彼此的需求產生互補。中高齡就業的發展對於台灣的整體經濟必然是好事，但是如何在現有職務設計上調整規劃就是重點。如何讓品牌更能夠結合不同年齡層、不同專業的人士，透過專案管理的工作設計可能會是一個好的方法。

因為當品牌在發展過程中，許多既有的工作與職務內容，已經讓同仁忙不過來，但若是透過專案企劃的概念，將年輕世代、中高齡就業以及中生代的工作同仁，因應需求來共同參與計畫，或許就能更有效幫助品牌與消費者連結。專案企劃的組織必須由內而外都應該具備一致且清楚的目標、整合與協調的能力。組織的整合使品牌在行銷與傳播上更有效率，費用與和預期結果在年度規劃中清楚的說明並讓各職能的同仁了解，並將行銷部門、商品及服務部門與業務部門間的目標整合管理，達成業績目標並建立品牌形象與忠誠，最後提高品牌權益，以創造同仁、投資者與支持者的價值。

結 構 性 思 維

或許在這個整合環境發生劇烈波動的時期，不論是過去的作法還是經驗都有些不太適用。倘若急著找出新的解決方案幫助品牌，

可能因為思考不周而發生更多的風險。無論是新的營運模式或是品牌的溝通，在正式執行企劃前以及執行過程中採用創新思維的方式來設計專案企劃，或許能迸發出不同以往的火花，找到一條更適合品牌的發展之道。作者在這邊對應「品牌耶誕樹」的概念，不論年度規劃、節慶活動及促銷方案，都是在專案企劃的架構下來發展，有專案管理的思維能避免這些企劃工作過度偏重於單一團體或個人的經驗與決策，降低在執行過程與結果產生失誤與危機的可能。透過系統性的資料管理與紀錄，作為執行與稽核的依據，達到預期的目標。

　　專案企劃管理的重要性在於當外部環境的變化越劇烈時，執行專案及明確的跟專案相關的利害關係人，都更容易在基本的框架下溝通。但專案企劃的結構與規模，也必須因應品牌本身具備的條件來思考，不然會導致許多行銷工作疊床架屋。作者曾經參與過某些公司的行銷工作盤點，發現有些職位為了管理不同層面的專案，導致工作量過多壓力過大，但是事實上很多專案的內容不但可以簡化，更重要的是專案的其他參與者也必須達成應該負的責任。

　　專案企劃當中對於行銷資源的投入，就是期望提升品牌競爭能力及營業目標獲利。因此從那些面向來進行效益的評估，就要從每個專案企劃的角度來思考。像是年度規劃是從品牌一整年可達成的效益來思考，而節慶活動是以單一議題來思考，促銷則是單一期間業績達成來判斷。因此在一開始進行年度規劃時，就要先將不同的專案企劃範圍給界定出來，在進一步的思考怎麼分配資源。從策略面來說，品牌從上而下的達成共識，建立投資報酬的評估標準，但在實際分配預算時需要就每個專案的目的與需求來進行彙整，因可以從下而上的來確認每個專案的預算後來再作整合。

專案企劃的主要架構包含確認專案的目標及範圍、專案內外會產生互動連結的對象，包含消費者、合作品牌、供應或通路品牌、內部同仁。確定產生互動的優先順序後，針對需要完成的工作項目，並估算每個項目需要的時間，以及找出專案企劃最關鍵的幾個工作項目，作為專案企劃的核心檢查點，以便判斷是否可以順利達成或是必須微調。建立完整專案企劃流程圖後，最後確認執行過程可能會發生的風險，以及能夠達成的預期效益。透過專案企劃的具體文字化及圖像化後，幫助專案成員們能夠識別並釐清各項工作的功能，也能將利害關係人和組織品牌之間的關聯說明清楚。有利於明確專案企劃執行時，對應自己與競爭者、消費者之間的變化，達到創新而且理想品牌發展方向。

　　品牌常做的專案企劃分為長期、中期及短期，長期專案企劃主要用於制定品牌未來整體發展、生產及服務模式創新、社會議題影響力，一般時間是以 5～10 年為單位。中期專案企劃則針對例如品牌市占率的提升、營收的損益兩平達成、銷售及通路發展布建，一般時間是以 3～5 年為單位。短期專案企劃用來擬定銷售的達成、品牌認知提升以及立即性的危機處理，預測時間是以 1 年為單位。以銷售目的為主的專案企劃，先就過去總體銷售來評估，再進行細部分析例如銷售量、銷售金額、市場佔有率，最後針對不同類別的銷售目標確認達成的可能性。

長期專案企劃
· 品牌未來整體發展
· 生產及服務模式創新
· 會議題影響力

中期專案企劃
· 品牌市占率的提升
· 營收的損益兩平達成
· 銷售及通路發展布建

短期專案企劃
· 銷售的達成
· 品牌認知提升
· 立即性的危機處理

年度市場佔有率計劃表

產品	銷售量	銷售金額	毛利	銷售量成長率	銷售金額成長率	市場佔有率
A						
B						
C						
合計						

　　「品牌耶誕樹」可以讓品牌本身具備了長期而且有目標性的發展方向，而每一個年度規劃都是整合多個節慶活動及促銷方案而形成的整體專案。若是沒有整體性的專案企劃，而只是累積多個零散的專案企劃，反而會發生資源浪費以及效益不彰等問題。另外雖然各自節慶活動的目的不同，但還是必須符合品牌的整體策略，以及

依據貢獻度及效益決定投入資源比重。而從另外一個面向來看，若一年當中的數個節慶活動及促銷方案為縱軸的概念，貫穿其中的包含產品發展策略、通路發展策略、品牌行銷傳播策略、整體工作排程以及總體預算，可視為橫軸。制定年度規劃的步驟包含：

1. 明確品牌理念及願景，確認當年度的目標。
2. 環境分析，預測一年內市場和資源的變化，對應競爭者及消費者。
3. 目標規劃制定主要策略並分析風險。
4. 針對主要策略，制定具體各自獨立節慶活動及促銷方案的作法和步驟。
5. 確定資源需求、財務預算和工作進度表。

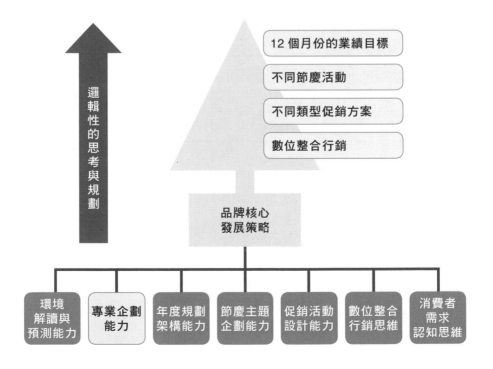

預算的編列

　　很多品牌總是會發生因為不確定可以達成的績效，所以對於願意編列的預算就保守謹慎，但同樣沒有投入對應的資源，去做節慶活動的執行、促銷方案的投入，甚至對應需求的新產品及服務、新通路的開發，就更難創造比以往更理想的效益，也等於讓品牌只是原地打轉。預先制訂預算可以使全公司每一個相關部門以共同的、清晰的目標，強化彼此間溝通，統一方向前進，而最終目的就是共同創造品牌價值的持續成長。

　　年度預算負責編列的負責單位與層級，會因組織品牌的性質與規模大小有相當的不同，像是中央政府的行政院是主要的預算負責單位，以中華民國紀元年作為單位，而主計機關則是進行年度預算編製辦法，再由各級機關來遵照辦理。很多人會說這麼遙遠的事情我們為何需要知道，事實上多數的品牌在發展過程多，多少都會跟政府打交道，不論是非營利組織品牌的補助、企業品牌的研發與相關政府資源的申請，或是想要爭取政府標案或國營事業的標案做為營業收入的項目。第 68 條就明定中央主計機關、審計機關及中央財政主管機關得實地調查預算及其對待給付之運用狀況，並得要求左列之人提供報告：

一、預算執行機關。

二、公共工程之承攬人。

三、物品或勞務之提供者。

四、接受國家投資、合作、補助金或委辦費者。

五、管理國家經費或財產者。

六、接受國家分配預算者。

七、由預算經費提供貸款、擔保或保證者。

八、受託辦理調查、試驗、研究者。

九、其他最終領取經費之人或受益者。

不過因為做為全國品牌的領頭羊，行政院應於年度開始九個月前，訂定下年度之施政方針（第 30 條），而一般企業品牌或非營利組織品牌通常是 3 ～ 4 個月之前開始規劃年度規劃。另外具有相當規模的公司或集團，依據「公開發行公司董事會議事辦法」規定，董事會應至少每季召開一次，並於議事規範明定之（第 3 條），定期性董事會之議事內容，至少包括下列事項（第 6 條）：

一、報告事項：

（一）上次會議紀錄及執行情形。

（二）重要財務業務報告。

（三）內部稽核業務報告。

（四）其他重要報告事項。

以及公司對於下列事項應提董事會討論（第 7 條）：

一、公司之營運計畫。

二、年度財務報告及半年度財務報告。但半年度財務報告依法令規定無須經會計師查核簽證者，不在此限。

三、依本法第十四條之一規定訂定或修正內部控制制度，及內部控制制度有效性之考核。

四、依本法第三十六條之一規定訂定或修正取得或處分資產、從事衍生性商品交易、資金貸與他人、為他人背書或提供保證之重大財務業務行為之處理程序。

五、募集、發行或私募具有股權性質之有價證券。

六、財務、會計或內部稽核主管之任免。

七、對關係人之捐贈或對非關係人之重大捐贈。但因重大天
　　然災害所為急難救助之公益性質捐贈,得提下次董事會追
　　認。

八、依本法第十四條之三、其他依法令或章程規定應由股東會
　　決議或董事會決議事項或主管機關規定之重大事項。

　　像是許多公協會等社會團體非營利品牌,則是依「社會團體財
務處理辦法」,社會團體應於會計年度開始前由理事會編造年度工
作計畫及收支預算表,並於會計年度終了後三個月內由理事會編造
上年度工作報告、會計報告,連同當年度工作計畫、收支預算表,
提經會員(會員代表)大會通過後,報請主管機關備查。因故未能
如期召開會員(會員代表)大會者,可先經各該團體理事會及監事
會或理監事聯席會議通過,事後提報大會追認後,再報請主管機關
備查(第 11 條)。前條第一項之會計報告,應包含下列表冊(第
12 條):

一、收支決算表。

二、資產負債表。

三、財產目錄。

四、基金收支表。

前項會計報告之
格式如附件。

所以很多時候年度預算的編列，最基本的方式就是先依照法律規範的要求，進行最基本的合規式擬定。但是當整體環境變動越大，不論是機會的增加還是威脅的提升，早期以傳統會計科目為出發點的預算模式逐漸改變，轉變成以品牌目標達成而發展的年度預算編列方式。基於品牌各項預測可達成的目標，結合品牌經營上本來就會發生的成本費用等，落實為會計上的財務資料，同時對應實質的營業收入及無形的品牌形象，才能讓資源有效的分配，也讓品牌發展策略有效落實。預算就如同「品牌耶誕樹」的養分，持續投入後才能獲的更豐盛的收穫。

　　品牌的年度預算如何分類來擬訂，第一層可以根據產品及服務品牌級別（熱銷品牌、滯銷品牌、潛力品牌）、地理區域（北北基、桃竹苗、宜花東、中彰投、雲嘉南、高高屏）、銷售通路類型（實體門市、電商、經銷），這些是屬於銷售類別的差異的分別方式。第二層則是從月份與節慶主題來區隔，因為現實上營業收入與會計帳目的支出是每個月為基準，會計師也是兩個月會將發票統一報稅，但節慶主題的設計常常跨越月份，這時就要看實際專案實行的需求來擬定。

品牌年度預算暨銷售計畫表

通路別	產品		1月	2月	3月	4月	5月	6月	7月	8月	9月	10月	11月	12月	合計
台北	A	銷售額													
		銷售量													
		增長率													
		投入預算													
	B	銷售額													
		銷售量													
		增長率													
		投入預算													
台中	A	銷售額													
		銷售量													
		增長率													
		投入預算													
	B	銷售額													
		銷售量													
		增長率													
		投入預算													
電商通路（一）	A	銷售額													
		銷售量													
		增長率													
		投入預算													
	B	銷售額													
		銷售量													
		增長率													
		投入預算													

年度規劃的預算主要可分為節慶活動計畫費用、促銷目標計畫費用和行銷傳播費用。掌握對獲利或費用的所有影響，持續監控並修改行銷執行的流程，編定並調整行銷部門的計劃與預算。品牌採用統一的損益表結構，並做為定量業績指標建立基礎，並將各關鍵業績指標的責任分配至組織各個層級與相關部門行銷的效果評估，關鍵點在於「時間」和「空間」兩項因素，行銷效益評估參考包含：

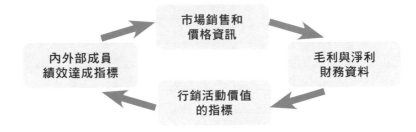

　　了解損益平衡觀念，分析開源節流增加盈收，才能讓企業及品牌以最恰當的人力、物力、財力達到最高的效率與效果，為謀最大利益。損益平衡的基本概念就是當銷售收入比支出費用少時，即為虧損現象，但當銷售收入減去支出費用大於 0 即為表示獲利，兩者打平即為損益平衡。分析什麼樣的收益與成本會剛好達到損益平衡，收益和成本關係在性質上是動態的，確認損益平衡點對規劃及效益的連結是很重要的。另外不同部門對於相同行銷投資計畫的效益預估很容易有不同的看法，例如行銷部門和業務部門，損益兩平的概念圖如下：

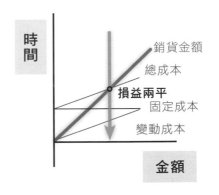

成本費用預測

　　評估行銷溝通準則皆應該考慮成本權重，已達成具效率和效果的溝通方案，行銷成本包含：

直接成本
・直接可以歸屬到行銷功能績效的成本。

可追蹤的共同成本
・根據若干準則或指標，間接的分配到所支援功能的成本。

不可追蹤的共同成本
・無法根據可靠準則，只能大略將成本分攤到不同部門的成本。

　　編列預算包括估計成本、預測收入與適當分配財務資源，專案企劃的預算是將實際與預估的費用收入來作比較，從財務面來評估專案企劃的投資報酬率，包含成本效益分析及投入產出分析。預算編列時的考慮包含整體經濟環境、市場中的競爭狀況，內部則要評估公司資產、產品生命週期的階段及利潤，以及以往的費用編列使用狀況。

　　但若是希望能開拓更大的市場機會及創造比過去更大的品牌價值，像是針對節慶活動，尤其是創新性的品牌造節，則可依預期想達成的目標來提高預算的編列，尤其是用在新媒體整合行銷傳播的溝通上。然而品牌畢竟資源有限，則可以也同步檢視年度規劃當中可以降低甚至刪除的預算項目，讓資源利用最大化。

行銷資源投入預算規劃表

媒體／月份		1月	2月	3月	4月	5月	6月	7月	8月	9月	10月	11月	12月	占預算比率
電視	中視													
	TVBS													
	非凡													
	年代													
廣播	中廣													
	交通													
	幸福													
	正聲													
報紙	聯合													
	中時													
	工商													
雜誌	天下													
	財訊													
數位	Facebook													
	IG													
合計														
業績分配														

費用項目	細項	預算費用	去年同期費用	總額占比
媒體費	電視			
	報紙			
	雜誌			
促銷活動	折價券			
	樣品			
	贈品			
	抽獎			
	其它活動			
	推銷獎金			
	銷售競賽			
其他費用	市場調查			
	物流費用			
	包裝費			
	運輸費			
	保管費			

4.2

執行
四字訣

專案企劃四字訣

作者認為清楚把握專案企劃四字訣:「起、承、轉、合」,不論是開發商品的商品企劃、包裝企劃,或是需要創意的廣告企劃、公關企劃,只要具體將企劃的原因目的、預期目標——「起」、具體內容說明——「承」、問題與解決方式——「轉」,以及預計結果與效益——「合」確實執行,就能更有邏輯性的幫助品牌。但若是企劃的範圍放大,包含了創立公司、品牌再造甚至國家跟城市的整體創新,此時企劃者一樣掌握大原則,但在「承」跟「轉」的部分可以更多靈活調整順序和思考層面。

一、「起」:啟始規劃

產品及服務和通路,最終還是確保品牌年度目標業績達成的關鍵,因此在關鍵任務的基礎上,要形成品牌具體工作項目。在每個時間節點節慶活動與促銷方案的主要議題及工具,同時確認產品及服務和通路要達成的目標和績效指標。品牌的的專案企劃範圍,隨著產業類型、產品及服務種類,以及發展的期望與野心,投入的資源與策略重點也不同。在說明時可針對本次專案企劃可能面臨的主要挑戰與問題解決一併說明。

當我們不確定特定的問題時,多列出幾個可能的相關問題來發散思考也是一種作法,就像每年都規劃西洋情人節活動是否是有效益的節慶,這時可嘗試分別幾種發散式的思考:

1. 是因為西洋情人節佔了很重要的目標業績,還是只要這時候就會需要一個主題來提升目標業績?

2. 若一同個時間不做西洋情人節主題而改規劃別的節慶主題是否可達成一樣的效益，或是改作七夕情人節？

3. 品牌適合繼續作情人節嗎？除了已經有規劃的節慶，有更適合的嗎？

4.（以下自行發揮）

　　當有了問題後就要來思考，怎麼證明這個問題比較重要，就要靠足夠的資訊來作為判斷的基礎，但現實層面中品牌不可能無止境的探究問題，畢竟資源與時間有限。這時確認最後必須解決的問題時，所對應的就是答案。而答案的可評量性及可達成性也就相對重要，因為對的答案才能幫助品牌走向對的發展，解決問題的方式一樣有很多種，一次想要解答多個問題，或是一個問題必須多次來能解答。當我們不知道依據什麼標準來分析競爭者做了什麼，而我們該做什麼的話，就會陷入被動的競爭條件中。找到我們要做什麼才能創造更高的價值，形成不容易被超越的競爭優勢。

　　好的問題解決方式，就是以創新的方式思考，並持續回應問題。作者對於問題的解決，其實比較相信在有限的資訊下進行的感性的分析與理性決策。現實生活中能取得的資訊不能可能完整、更不可能完全依靠所謂大數據的分析，更多的時候過多的資訊反而成了累贅，甚至因為過度倚賴資訊而讓許多類似的品牌，做出來的決策都相當類似。這時經營者或專案的負責人，就必須回到理性的自主判斷上來思考，加入個人經驗及內心的期望，在可接受的感性分析下，做出理性的決策。

　　專案企劃案所預期達成的目標及效益必須先確認，才能提出有效的執行方案，目標及效益的達成是專案企劃案的考核指標。以促

銷方案的專案企劃案來說，可以將目標訂定於像是新增加來店人數、提升客單價、達成營業額等項目，更進一步可以量化為「每日新增加來店人數 30 ～ 50 人」、「提升平均客單價從 900 到 950 元」、「達成專案營業額 300 萬」。

　　某公司原本區分按地理區域進行銷售，包含住房建造及裝修市場、生活用品市場和居家布置等市場群體。而年度規劃期望提升特定行業的消費者採購機會提高、加入線上會員數增加，整體品牌形象提升。但目標達成不一定等於效益也達成，例如「增加會員人數達到一萬人」可以設為目標，但有了一萬人之後就這次專案企劃的效益是什麼？因此效益可能是擁有優於同業最多的會員人數，另外像是」提升品牌知名度 20%」是目標，效益則是成為同業間知名度最高的品牌。

二、「承」：行動執行

　　專案企劃的組織，所需要的關鍵人才尤其是專案負責人，從徵才、培養、激勵和晉升，都必須有明確的依據，並賦予推動策略和執行上有足夠的資源。通常重要的專案企劃，會由總經理及部門主管負責督導進行，例如新產品及服務開發由產品部主管、新通路品牌發展由品牌部及通路部主管負責，而品牌的年度規劃、節慶規劃及促銷方案，則是由行銷部統一負責。有實際管理權力的高階主管負責出面協調與指揮，而專案組織中的分工，可能包括了產品部、行銷部、通路部、品牌部、業務部及管理、財務、資訊等分工單位。目的性的專案企劃組織能使有限的資源充分發揮，以適應工作需求的變化，在年度規劃的執行上也較為有效率。

大型旅館行銷主管被要求去提升品牌的新一年的市場佔有率及滿意度，他必須有權力去影響旅客的滿意程度，因此必須整合專案企劃組織中的人事部門：重新培訓雇傭服務人員、餐飲部門：餐廳的餐點的品質和新菜色、後勤部門：提升房間的清潔標準，以及行銷部門自己本身負責的房價促銷方案及節慶活動主題設計。以作者曾擔任及輔導的行銷企劃部，通常也是品牌年度規劃主要負責單位，包含專案及非專案的工作項目與能力，大致上有：

・國內經濟情報之收集、整理分析及預估
・競爭者品牌行銷活動情報收集、整理、分析
・消費者輪廓分析，需求調查及預估
・價格策略與通路策略規劃
・產品類別及利潤分析與控制
・節慶活動與促銷方案的設計與執行
・經銷商之行銷方案設計及教育訓練
・銷售獎勵辦法擬定
・整合行銷傳播方案規劃與執行
・廣告預算及相關製作物發包製作執行
・會員服務及消費者客訴反映

　　專案企劃組織設計必需能適應環境變動及市場要求，觀察利害關係人的不同需求，由於資源有限，因此組織設計務必配合品牌發展策略以及專案的功能性，讓全員發揮作用和效率。決定組織規劃的方向後，為了要使組織能確實地發揮功能，必須要擬定專案的專案企劃的規範及執行原則，例如責任明確的任務說明、專案的責任會計體系、績效評估制度，並且區分原來常態性的工作及專案企劃

工作的差別。若品牌屬於政府單位，專案企劃的組織則是負責目標執行與過程監督的責任，通常由負責推動觀光發展的局處擔任。

　　而過去的品牌組織中，常常因為工作的職務設計、同仁的年齡高低，甚至是原有的工作範圍大小與複雜度，當遇到專案型的工昨時就很難達到跨部門、跨領域的溝通協調。而在專案企劃的架構中，在產生方案的時候，專案同仁可以運用腦力激盪的方式，讓與會者自由提出構想並且發揮，同時暫時不要去批評或是禁止天馬行空的想法。經過一段「限定時間」的討論後並且產出特定數量的構想後則停止提出構想，開始逐一討論，例如在促銷方案的選擇上，可以先提出多種不同的折扣方案、贈品選項甚至異業合作，但是若明顯無法被執行的則先刪除，然後選出最有可能的項目但保留其他項目作為替代方案。

　　針對達成策略時的目標關鍵任務具體說明，關鍵任務要有明確的績效指標，以及對應到各階段的目標有清楚明確的時間表，同時可將競爭對手各階段的策略預測有對應在我們自己的時間表當中。應該明確列出專案企劃進行的期間進度，及在各部門應完成的重要工作事項。製作工作進度表是將所有時程，包括準備、開始、執行與結束每一個節點，都安排在表格中，一般會同時列出時間、活動內容、地點與負責單位。先確認工作項目，再決定工作項目的優先順序以及所需花費的時間，並且盡量以一張圖表來呈現，使專案參與者都能明瞭每項工作開始與結束時間、工作項目之間的關聯性，以及若發生提前或延誤時可調整的範圍。若同一時間有多個專案在進行的話，也可以確認工作的重疊度與時間安排的情況。

「承」：行動執行

母親節專案企劃時間表

• • •

活動時間；4/22 ～ 5/9，共 18 天

活動說明		3/1 ～ 5/9
A	活動企劃案發想提出	3/3
B	部門會議修正	3/4
C	跨部門會議	3/8
D	店長會議說明	3/21
E	企劃案網站活動說明	4/14
預告活動		4/16 ～ 4/21
	預告卡製作	4/9
A	行銷部：活動主題、文案、時間、活動說明、產品檔案	4/1
	設計部：活動主視覺設計、，採購數量 6 萬張	4/1
B	門市預告： 請門市人員於消費者結帳時，附贈預告卡乙張，並說明「我們將在 4/22 舉行母親節商品特賣，歡迎您再度光臨！」，另於門市入口或結帳櫃檯放置預告卡。	4/15 ～ 4/21
C	電子宣傳第一波 行銷部：發送會員電子報活動預告、網站露出活動預告。	4/16

貼心活動		4/22 ～ 5/9
A	管理部：商品由採購課統籌	3/31
B	宅急便優惠： 與快遞公司簽結合作備忘錄 活動辦法： 窩心送到家！活動期間，購買商品（尺寸在 60 公分以下）消費滿 399 元，即可享有特惠價 89 元（原價 120 元），速達好禮送媽咪！ ・本活動限用 6 號箱，可自備紙箱或另購一個 30 元。 ・本島與離島跨島寄送特價優惠 189 元。 ・恕不併用其會員折扣。 ・請門市人員收件時注意：「母親節專案」貨物，請在尺寸欄位註明『專案』，並在價格欄填上『89』或『189』元），並直接操作宣傳物上條碼。	3/15
C	設計部：製作活動各陳列區宣傳物	4/9
慶祝活動：滿額加價購「精緻泡湯組」		4/22 ～ 5/9
A	活動辦法： 凡消費滿 399 元，即可以超低特價 59 元購買「精緻泡湯組」。	
B	行銷部：商品開發	4/7
C	設計部：製作活動宣傳物	4/9
會員獨享		4/22 ～ 5/9

A	活動辦法： 方案一：會員來店消費不限金額，即可獲得媽咪香氛賀卡乙份，傳送你的窩心！ 方案二：聯名卡會員獨享刷卡消費滿 699 元，即可以超低特價 199 元購買「珠寶箱禮盒」。		4/9
B	行銷部： 珠寶箱禮盒開發（ 3000 組） 採購 5,000 張，負責設計媽咪香氛賀卡。		4/9
C	設計部：製作活動宣傳物		4/9
	電子宣傳第二波		4/22 ～ 5/9
A	行銷部：製作檔期活動公告網頁、發送第二波會員電子報		4/21
	聯名卡會員宣傳		4/1 ～ 5/22
A	四月份 DM 露出		4/1
B	五月份 DM 露出		5/1
	雜誌宣傳		5/1 ～ 5/22
A	行銷部：漂亮家居五月份廣告露出		5/1 ～ 5/22
B	設計部：執行廣告設計		5/1 ～ 5/22
	門市宣傳		4/22 ～ 5/9
A	門市帶製作 文稿： 媽咪香一個		4/9

	特為媽咪準備最完善的健康 SPA 商品，從健康午茶、減壓薰香、護膚沙龍到居家 spa，讓你從頭到腳，輕輕鬆鬆呵護媽咪！另外，消費滿 399 元，只要再加 59 元，就可得到精緻泡湯組；會員不限金額消費，憑證明輕鬆擁有媽咪香氛賀卡，讓您甜言蜜語、討好媽咪！另外，聯名卡卡友消費滿 699 元只要再加 199 元，珠寶箱禮盒讓你帶回家，數量真的很有限，動作要快！	
廣播宣傳		4/22 ～ 5/9
A	門市帶製作 文稿： 媽咪香一個，健康 SPA 商品現正熱賣中。	4/9

　　節慶活動與促銷方案能利用專案企劃的時間進度表，來確認工作執行的前後順序與時間安排。像是促銷方案中的備貨到貨時間，節慶活動中的表演舞台建置時間，可以分為品牌本身執行、企業對企業以及品牌對末端消費者的工作行程表。另外像是若有舉辦大型節慶活動時，在活動結束後的人員疏散、拆除設施、場地清潔還原等不同工作及時間的安排。

「承」：行動執行
週年慶重要活動提醒

活動準備事項	週年慶促銷檔於 10/29 完成商品轉檔。 所有 DM 商品及所有製作物於 10/27 前到貨，門市請於 10/28 下午 13：00，週年慶 DM 商品及製作物回覆單。
週年慶 營業時間	週年慶營業時間 10/30、11/16 營業時間延長三十分鐘（AM11：00 至 PM10：30） 10/28、29 提前 30 分鐘到店，開始活動商品陳列。 活動期間 10/30 至 11/16 每天提前三十分鐘加強清潔工作。
週年慶 門市排班及 休假注意事項	週年慶活動第一天（10/30）週六、週日（11/1、2、8、9）最後三天 11/14（五）、11/15（六）、11/16（日）全員禁休。（如禁假期間，如有特殊情形請事先辦理。） 店長需與職務代理人輪班。
商品相關	各門市每店務必確認。 主力商品存量狀況。 門市銷售排行確實掌握自店的銷售狀況。 每日填寫月業績表與週年慶單日業績表（注意填寫假日目標及平日目標）。

	每天打烊後，各門市務必回報單日業績，向當區輔導回報。
週年慶活動現金管理	店內營業現金：一切處理方式以安全為原則。 平常日：週年慶期間，請每日匯款。 星期假日：門市當日現金仍超過 5 萬元，請店長斟酌當店情況，將部分現金帶離門市或是分散放置（若有帶離門市，請確實填寫現金保管單）並於假日結束的第一天立即匯款。
安全管理	期間尤其要注意店內可疑人物、異常狀況、偽鈔、偽卡……等事項，每日打烊後要離開公司前，請先巡視店內的門窗……等，如有發現任何異狀，請務必先報備。
緊急事項反應	所以有任何疑問或是狀況發生，請直接以電話向各部門聯絡窗口聯絡；附件六：週年慶活動各部門門聯絡窗口名單；活動期間若有任何疑問，請務必即時反應（反應方式：可聯絡該事項的負責人或是各區輔導）或填寫問題反應單，總部同仁會盡快為各位處理。

三、「轉」：監督與控制

　　對年度規劃的執行情形進行評估，以確保年度行銷計畫的有效執行。確認目標與中間稽核點應該達成的效益，是否有明顯差異，造成差異的原因是什麼、差異產生多大，以及應該採取什麼修正的行動。在分析的時候可以針對銷售達成率及金額、行銷費用執行率、消費者及公眾態度等面向，活動執行中的不斷監控，以確定活動能依照計畫順利進行，或隨時採取補救措施。預期效益的評估包括數字效益以及情感效益，例如可以量化的銷售量、客單價、新會員數、消費者回購率等，各種可以用數字及量表來確認的，屬於數字效益。像是消費者描述對品牌的偏好與支持，社群上正面的留言內容、Google 評價的肯定描述，則屬於情感效益。

　　在專案進行稽核時，針對節慶活動與促銷方案的主題品類銷售額、銷售佔比、毛利確認，同時針對像是預定貨品及庫存情況、促銷商品及服務的收入支出、不同通路品牌或供應商品牌的貢獻，以及行銷費用支出情況。若發生計畫與實際落差時，評估原因以及是否需要調整。經營目標與計劃預算不能脫節，年度目標的實現需要得到財務預算的保障，透過定期召開專案企劃預算執行分析會議，掌握預算的執行情況，確認並落實解決執行中出現的問題，充分客觀地分析產生的原因並修正執行偏差。到了年終依據預算完成情況進行檢討，作為隔年度提出預算的參考依據。

　　在稽核年度預算執行與預期目標達成時，通常是以單月作為標準，但因為常常年度規劃中的單一節慶主題，開始與結束的時間不一定在同一個月份，因此可將每月的固定主管及公司月會作為常態性的稽核點，而將特定專案的開始後一周及結束後一周定為稽核

點，但要避免過多的重複會議，拖累整體的行政程序效率。而計畫難免會有出乎預料的地方，若發生明顯偏差時必須分析及調整，但為為保證計劃的平穩性，單一專案的預算執行與預期目標調整幅度應小於 10%，而且盡量以單一專案為主，而不要隨意的就更動後續尚未發生的專案，這樣就失去年度規劃的意義了。

　　一般來說預算已經依照內部程序通過後，不宜隨便調整，除非市場環境或政策法規發生重大變化，像是突然疫情影響所以消費者必須配合一些限制，這時可能像是原來規劃的促銷方案中的現場體驗，就必須要重新調整。另外像是公司的經營層面突然遭遇重大危機，導致原來財務預算的編制基礎不成立，這時就要決定先擬定短期的因應方案預算，或是整個重新擬定到下一個年度前的剩餘年度規劃與預算。另為一種情況則是預算追加，由於品牌經營規模突然大幅度增加，以及外部環境的消費者需求突然暴增，這時可以評估是否從已經規劃的專案中調整預算，或是另位新增專案預算，因應當下的機會好好把握。

四、「合」：結案檢討

結案檢討是以活動最初設定的預期目標與目的作為基準，用以比較判定活動舉辦後之成果以及活動的成功與否。評估主要估算活動對其利益關係者或是當地社區所產生的包括正面與負面的，短期與長期的影響。由於政府或節慶活動補助單位必須對納稅人負責，通常必須有數字證明其花費符合利益成本，因此一般將評估重點側重於經濟的影響。節慶經濟影響的評估數據同時也可提供政府參考作為選擇補助對象的標準。

從整體面來看，年度行銷預算是在特定環境下，為達到預期目標而對可支出費用實施有效的配置和組合。年度預算管理是公司執行年度規劃最重要的關鍵，所以要能讓一整年的專案可以實施，預算的擬定要能夠務實而且有邏輯性。若是沒有編列足夠的預算，自然就無法有資源投入在方案的執行上。如何上資源合理配置，以及對應績效管理的依據，投入資源的金額、分配在項目的比例可以說是都息息相關。

節慶
行銷力 +4

一整年的行銷方案可以做什麼，該做什麼才能有完整的架構和思維，不是每年重覆一樣的事情就叫年度規劃。在創新與有邏輯的前提下，有邏輯的設計出可執行的好方向。

為新年度
創建
新規劃
+5

5.1

年度目標
與策略規劃

一 年 的 時 間

　　年度目標與策略規劃是兩個不能脫節的關鍵，品牌在經營策略制定上，必須要有明確目標，而年度規劃就是用一年的時間來達成這個階段性的專案目標，策略規劃就是如何達成目標的指南針與地圖。年度目標不只是單一的財務目標，從品牌形象的提升、顧客數量及滿意度達成，甚至是成為市場當中的領導品牌，對品牌整體發展有具體幫助，而且當年度可以達成的，都可以列入思考的範疇。其實很多公司在發展初期，常常為了生存所以很難用全面性的思考，釐清品牌行銷的需求和目的，並決定投入的行銷預算。

　　有的品牌已經發展了一段時間，仍然會把年度規劃及整合行銷傳播兩個不同的觀念混在一起。簡單來說，若是品牌在一年的期間，因為本身的發展需求或產業的淡旺季週期而必須做整體的策略，那適合年度規劃；若是針對單一主題像是新產品上市及品牌再造的整體溝通，則適合整合行銷傳播。這兩個品牌行銷主軸都必須考量到公司在人員教育訓練的投資、軟硬體設備上的更新效益，甚至是品牌資源的重新配置，而能夠讓公司走得更長久並且能面對未來挑戰，依據的就是品牌的中長期營運計畫。

　　整合行銷傳播的規劃通常牽涉傳播工具層面，所以就算是外商或大型本土企業很多也必須倚重廣告公關集團，或是策略顧問公司的協助來規劃與執行。年度規劃則是貫穿在品牌內部的概念，然後透過專案的組織來進行具體的運作。年度規劃在排程進度及重要目標決定時，一定對各項工作有資源優先分配順序之分，清楚的界定出關鍵的月份與節慶活動，例如對於居家產業的銷售目標達成來說，關鍵時間點像是農曆新年前、畢業季、新人結婚等節慶活動。

消費者在量販店購物時已經習慣，提供會員資料進行累積集點或獲得會員折扣。但若是從來沒有做會員管理的平價時尚品牌也想導入這套機制，尤其是面臨顧客流失與數位轉型的危機，這時就要考量開始建置到導入需要多少時間、給予什麼誘因以及達到多少數量的會員入會，才算專案企劃的成功。因為通常會員關係的管理，是屬於長期而且有階段性的，就算初期可以運用整合行銷傳播來創造溝通聲量，仍然必須從整體年度的目標來思考。

另外像是品牌的業績可能都集中在特定幾個節慶，但是若沒有整體評估該使用那些促銷工具、淡旺季之間的資源該怎麼平衡及投入，這時就可以先從整體的年度規劃，先掌握旺季的促銷誘因來評估，再將淡季的需求有策略地作運用。因為若沒有從完整的年度規劃來看，可能選了不適合的時間來進行不適當的專案，導致品牌年度當中的業績無法達成，甚至影響原有的品牌發展節奏，更進一步流失了同仁的信心，就得不償失了。

但若是因為疫情很多品牌無法在透過會議展覽跟客戶溝通，甚至無法在實體環境介紹新產品及服務，要在很短的時間就成規劃一個線上 VR 新品發布會，並且投入資源讓更多客戶知道時，則適合先運用整合行銷傳播來規劃單一的專案企劃，同時調整一定程度的既有年度規劃，來提升品牌的線上採購機制，以及營造線上的節慶活動營造氛圍，才能兼顧品牌長期發展與短期需求的平衡性。

當品牌試圖更劇烈的創新嘗試，例如打破產業原有的慣例，與購買者熟悉的採購流程，提出新的商業模式讓需求的對象接受，那就更必須從年度規劃的角度，來思考整體可以達成的階段目標，以及就算失敗也可以修正或因應的補救作法。因為品牌只有從一年當中的不同面向通盤思考，才能從品牌的發展、產品及服務的創新，

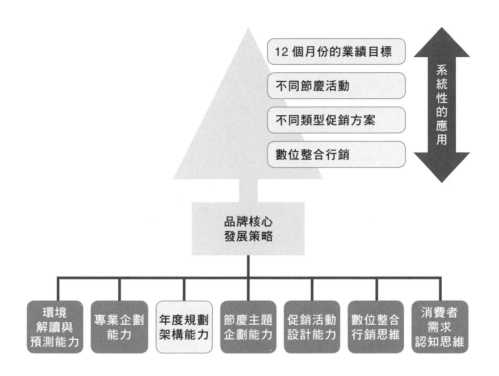

12 個月份的業績目標	
不同節慶活動	系統性的應用
不同類型促銷方案	
數位整合行銷	

品牌核心
發展策略

| 環境解讀與預測能力 | 專業企劃能力 | 年度規劃架構能力 | 節慶主題企劃能力 | 促銷活動設計能力 | 數位整合行銷思維 | 消費者需求認知思維 |

甚至是改變社會觀念等不同的角度，找到更合適的資源投入以及策略規劃。

在重要的節慶時間，以往部分品牌都會將營收及市場目標作為重點，但其實更重要的可能是消費者與品牌的連結，因此透過年度規劃的概念後，區隔出做為促銷方案結合，以及單純針對品牌溝通的不同節慶活動規劃，才能讓品牌看得更深、更遠。我們在設計新年度行銷策略，實際運營中品牌總會面臨一些不確定和不可控制的因素，因此在計畫時擬定一些假設和前提就成為必要了，而在進行這些假設時，就要把未來可能發展的創新機會給放進去作為考量。

例如今年度希望能創造過改變什麼樣過去品牌的問題，甚至能

創造產業中其他競爭者未曾提供的產品及服務，並且讓品牌的發展更卓越於其他品牌之上。例如多數的手沖咖啡品牌都是產品的銷售為主，但若是有品牌的理念是讓更多的人都成為入門的咖啡師，就可以將「教育消費者手沖咖啡知識」設定為目標，在結合新服務的設計，但因為這個項目畢竟是的持續努力而不容易達成的，因此在其他的產品銷售、節慶主題中，適度的放入這項規劃，並且給予較寬鬆的嘗試空間。

年度規劃是品牌的核心管理及行銷能力的展現，在這裡作者依照自己的經驗，從「品牌耶誕樹」的概念，建議將品牌在一年當中的規劃基本由十二個月份延伸，掌握「五個重要節慶活動、三次品牌形象溝通機會、七個重點促銷工具、適度空白機動空間」，不要讓消費者覺得好像每個月都在做促銷、或是一直運用節慶議題，中間留下部分的月份作為喘息調整的空間，也可以作為當必須修正或即時因應環境劇烈改變時，臨時加入的議題空檔。

CASE 年度規劃架構能力 ・・・
2021 年度規劃草案

規劃目標：

一、改良 A 品牌網站體質，發揮應有戰力。

・ A 品牌企業網站是 A 品牌的門面，也是品牌在 2021 年的首要
工作。第一要務便是改善目前網站的架構與內容，使它能夠發
揮數位溝通的功能。在網路時代的數位行銷概念下，A 品牌網
站就成了最佳的文創數位展場及銷售通路。讓喜歡產品的消費
者到 A 品牌網站來會覺得比去傳統通路更便利，品牌相關資
訊也更豐富，期望培養出的社群支持者成為忠誠會員。

二、維持固定活動，穩定中求發展。

・ 主題活動部份是 2021 年度按照時序所規劃的節慶及新產品相
關活動，規劃重點如下：

1. 一定規模的的品牌大型活動，如新人獎、暑期品牌嘉年華。

2. 具有年度性、固定性的品牌溝通更新提案，如網站年度企
劃、內部月訊等。

3. 配合主推的新產品量身打造宣傳計畫

4. 深入校園，培育後援組織。

三、年度規劃各項預定提案說明

主力產品（一） 授權宣傳企劃	**執行期間：**3 ～ 5 月 **內容規劃：** 主力產品（一）授權的周邊商品預計三月份上檔， 電視劇預定在五月期間推出，從產品上檔、電視 劇上檔、產品單行本上市，分階段進行宣傳活

	動，並借助電視劇製作單位規劃的造勢活動，來延長這部作品的宣傳期。
暑期品牌嘉年華	**執行期間**：5～8月 **內容規劃**： 產品專案會議確定 2021 年預計舉辦產品嘉年華會，A 品牌本身需要把握暑假黃金檔期，規劃線上及線下的整體活動。
第 20 屆 A 品牌 產品設計新人獎	**執行期間**：6～10月 **內容規劃**： 徵稿延續傳統模式進行，另規劃利用十九年來所累積的經驗與資源，推出 A 品牌設計講座，滿足參賽者希望了解參賽技巧的需求，並且作為 A 品牌長期培育人才的代表作品。 將 A 品牌產品設計新人獎頒獎典禮包裝成豐富的活動形式，以新節慶為名，成為 A 品牌的盛事。
主力產品（二） 耶誕節攝影比賽	**執行期間**：12月 **內容規劃**： 主力產品（二）即將上市五周年，規劃以耶誕節為主題舉辦攝影比賽拉抬人氣，將以前的忠誠消費者群重新拉回來。並且可尋求與攝影相關的品牌合作協辦，以擴大活動效益。
大專院校 巡迴講座	**執行期間**：3～5月、9～11月 **內容規劃**： 活動基本架構以座談會為主，與大專院校的產品社團合作，分上下學期兩階段進行，舉辦每個月 1～2 場的巡迴講座。 從 2021 年 3～5 月（下學期）起，與大專院校的文創類社團作初步接觸，進行講座試辦。9～11月（上學期）繼續巡迴，與各大專院校文創類社

	團建立關係，進行長期後援體系培育工作。 這批大專生將可成為市調樣本最直接有效的資料提供者，在銷售商品方面也將會是最直接的消費者與推廣者。若順利將來可以向下扎根進入高中社團，也可以與大學生合作進行。
A 品牌內部月訊改版	**執行期間**：1 ～ 12 月 **內容規劃**： A 品牌月訊是公司在內部溝通重要的宣傳媒介，將規劃進行改版，朝內容更豐富的 A 品牌情報誌方向設計。 針對品牌理念願景、新世代消費者及內部優秀同仁，規劃更多相關內容介紹。
A 品牌網站年度企劃案	**執行期間**：1 ～ 12 月 **內容規劃**： 針對 2021 整年度 A 品牌網站的內容，將 A 品牌網站定位為公司的門面、主要媒體、經營產品與後援會組織的媒介。 **執行內容概述**： · 既定的品牌資訊更新、產品宣傳。 · 實體活動的宣傳媒介以及協力單位。 · 定期舉辦與消費者互動的活動。 · 長期往社群經營持續發展。

5.2

專案管理
與執行分析

過程的檢視

想要達成品牌年度發展預設的目標，就必須從以往的總體環境分析中，取得足夠的資訊做出預判。例如原物料的購入價格是否維持在與去年相同的水準、對於動漫文化政策的支持政府資源是否維持不變，或是消費者對於手沖咖啡的需求是否仍然在提升、主要競爭者所規劃的節慶活動與促銷方案是否與去年差不多。有越明確的假設及預估，即使之後實際發生的狀況與假設產生差異，至少知道如何去重新修正計畫。但畢竟行銷人員或經營者不可能真的推論每一件還沒發生的事情，因此在可控範圍內提出年度規劃，並且預設可能達成的發生的意外還是相當重要的。

以往年度目標通常是延續前一個年度的發展，以及衡量環境因素、競爭者及消費者來做出預估的策略，以及加入新設定的目標。之前未能完成的目標，以及可能因應品牌發展和環境而出現的改變，都可能成為新年度要解決的事情。因此前一個年度的執行成效與評估結果，會影響到新年度的目標設定。品牌資源的差異也是設定目標時的限制因素之一，對於自身品牌資源評估所瞭解的優勢及劣勢，可投入資源以及可能爭取的資源，都是相當重要。

例如針對產品及服務銷售回顧及分析，瞭解每個不同類別產品及服務的銷售情況，掌握各自在銷售額和利潤中所占比例及各自對資源的利用效率，通過這樣的分析可以淘汰缺乏競爭力的產品及服務，將資源集中於可以帶來最大效益或者最大發展的產品及服務。分析的內容包含總體銷售狀況、各月份／區域／通路不同產品及服務銷售情況對比，以及與歷史同期銷售情況對比等。

年度業績回顧及分析則在於瞭解整個品牌運營達成情況，對比

目標完成情況及品牌發展程度。了解的項目包含年度累計銷售額、月度銷售曲線，各季度銷售額對比、區域銷售額及對比、各銷售通路銷售額對比、年度銷售額完成率、年度銷售額增減率、與歷史同期銷售額對比等差異原因，找出品牌銷售業績增減的因素。

　　最後則是檢視行銷資源投入的狀況，瞭解品牌資源使用狀況，對比去年費用預算判斷資源的使用效率。包含行銷整體及分項費用投入、各節慶活動及議題行銷費用對比、各類產品及服務行銷費用對比、總部與各分店分別投入的費用、線上通路與現下通路費用對比等，分析費用使用效率和合理性，並進一步分析出造成各類行銷費用增減的原因。

　　回顧前一個年度規劃的主要項目，在於掌握整體行銷活動對相關行銷指標的影響情況。包含產品對市場的影響程度、新產品的市占率及行銷成效，通路分布的情況、對經銷商、合作廠商進行管理的效果、行銷傳播資源投入對銷售的影響、促銷活動對銷售的影響等。盡可能找出影響年度目標未能達成的根本因素，作為制訂未來行銷策略規劃提供依據。

期 望 的 目 標

　　年度規劃目標是為了達成階段性的任務、實現品牌遠景的一個短期目標，因此年度目標的設立必須和中長期品牌目標緊密銜接，並且落實執行才能確保證整體的發展目標也能達成。品牌中長期有形的目標，透過每個年度的達成狀況來實踐，從年度目標的設定像是新產品開發目標、市場成長率目標、市場佔有率目標、投資報酬率目標等不斷累積。而無形的品牌中長期目標則是達到品牌願景的

實踐、品牌理念的落實，最終讓品牌成為理想中發展的樣子。

根據品牌的發展趨勢和各項條件，合理確定新年度應該設定的目標。總體發展目標是針對未來一年品牌發展期望達成的具體描述，包括銷售目標、利潤目標、市場佔有目標、市場擴張目標和品牌發展目標。在總體目標下可根據不同標準劃分分類目標，包括月／季度銷售目標、區域銷售目標、產品及服務銷售目標等，以確保按步就班的達成可能完成目標。

例如過去品牌可能沒有足夠的經費獨立舉辦大型節慶活動，但是當目標設定後就要去尋找可以贊助的地方及中央的節慶活動來達成。或是盤點資源後發現，雖然還沒有完整的會員管理機制，但是在社群上詢問的比例相當高，客群分析也發現相當高比例競爭者品牌的會員，也願意加入我們品牌的會員。這時就可以特別編列預算來執行，同步發展會員機制並結合品牌週年慶、舉辦首次會員日，來創造新年度當中的重點節慶。

同樣的，是否要發展會員管理機制、贊助大型節慶活動，還是要從品牌中長期目標及品牌願景、理念來看待，就像有的品牌具有特定的信仰或文化背景，某些節慶活動可能會牴觸，就應該避免。年度規劃就是要避免，因為一時的議題跟風、或是不適當的資源投入，反而造成品牌長期發展的傷害，不論是從目標設定、節慶活動或促銷方案，最終都是為了讓品牌能好好發展才加入的元素。

還有一些比較有野心的公司，希望能取得融資後上市上櫃，就品牌行銷的年度規劃來說，勢必要數年才能達成，但為了達成這個目標而設定像是市場佔有率達到 35% 以上、售後服務滿意度維持 90 分以上，以及年營收金額及成長率達到 12% 以上，都還是比較屬於量化為主的目標，可是從品牌願景來看就必須加入企業社會責

任的資源投入、品牌形象的提升這些影響消費者情感層面的指標，這時並不能區分誰先後，只能去評估急迫性及預算占比的分配，但能夠在發展時兼顧到各層面。

　　另外有的品牌是經營連鎖加盟的型態，因此常常把總部的發展和開店數量作為年度目標。但是總部要怎麼發展，必須進行哪些項目的建置，其實都是屬於年度規劃的項目，要達到品牌形象的建立、加盟主與連鎖店長的行銷執行能力，以及整體品牌形象的一致性，就必須要有能力足夠而且專業的同仁來執行任務。年度規劃該怎麼進行企劃、執行甚至落實，都必須仰賴專案企劃管理的能力，讓負責的單位同仁可以在執行專案時，也能繼續完成在品牌常設性部門中的職務與工作，才能夠整體性的幫助品牌來達成發展目標。

　　品牌資源有限是常態，無法同時達成很多的目標，因此必須排出優先順序。但是想要達成而且重要的目標可能有很多，如何決定優先順序就成了重點。一般分為三個層次：「立即性生存需求」、「因應競爭者導向」以及「社會公眾溝通」。就像達成營業目標是為了能夠讓品牌活下去、或是非營利組織的募款金額達成，尤其是預期新年度像是疫情影響，可能造成業績的大幅度衰退，甚至造成品牌危機，這時就是首要投入資源與要達成的目標。

　　若是在穩定營收的情況下，拉開與競爭者的距離或是超越現有領導競爭者，這時則可將因應競爭者，所要達成的項目作為目標。像是從市占率第二提升到第一、品牌偏好度從第三提升到第二。另外則是社會公眾的溝通，包含消費者滿意度、會員關係管理、社會公眾的關注度及認同度，甚至是社會責任的投入。但畢竟能夠存活下來的企業，以及能夠在市場佔有一席之地的品牌，才能顧及更廣泛的溝通對象，以及資源的投入及達成目標。

　　從整體環境趨勢及自己品牌的銷售量經驗，是估算年度規劃當中銷售金額的方法之一。用銷售金額及銷售數量，整理出最近幾年的銷售狀況，並探究環境趨變化的原因，同時比較品牌和整體產業與主要競爭者的銷售差異，以瞭解未來要成長時必須克服的問題與原因，再進一步推算可能達成的目標。另外則是持續觀察目標市場的成長與變化，若是市場持續成長則可訂立較樂觀的目標，以若發現有相當的隱憂甚至明顯衰退萎縮，就要比較保守的來看待目標，以及可能達成的機會。

　　有時就算知道是目標市場衰退，但要增加新市場的獲利，就要有更為創新的作法與思維。當針對市場當中有明顯的龍頭品牌，而後發品牌想要快速攻佔並且強奪市場，這時年度規劃對於資源的投入和營收的達成就明顯與長銷的領導品牌不同。例如之前有一家以登山及禦寒衣物為主的品牌，就很明顯的在短期投入大量的行銷資源，大量的名人及部落客代言，以及不同節慶活動與品牌贊助，就很快的打下一定市場佔有率與品牌聲量。

　　要想使品牌達成一定的利潤目標，銷售目標的達成佔有關鍵性的因素，但是競爭者的策略常常造成品牌必須在促銷方案上投入更多，或是強化數位整合行銷的溝通，也會造成行銷預算的支出。因

此在應對競爭者時，就必須更有創意的思考如何在品牌願景及理念的框架下，創造品牌更高的溢價空間，不論是推出新的產品及服務品牌，提升會員忠誠度、回購率及消費金額，甚至是進入國際市場，都是可以作為思考的方向。

從整體的面向來看，策略是年度行銷規劃最難的一件事，但只要掌握全面性、系統性、獨立性及定期性的稽核標準，也就是策略的思考範圍必須全面，不同主題的行銷活動必須有前後關聯，各自行銷活動可以獨立產生效益，以及每個活動及年度年行銷規劃都要有明確的起始點。行銷效能的檢討是決定年度行銷規劃的關鍵，像是在為什麼要在母親節或父親節做活動的」顧客價值檢視」，活動執行時公司的」組織整合能力」，或者像是否擁有足夠的行銷環境分析資訊等，也是在新年度規劃前必須檢視過去年度的重點項目。

事實上年度規劃不只是拿個行事曆選節慶這麼簡單，若是單純只做促銷為導向的年度規劃，有時投入個 1000 萬很容易讓原來 5 億的營業額成長 5 ～ 10%。但是若從品牌形象的建立、業績的提升與消費者的忠誠累積三個面向來整合規劃時，多元性的行銷主題及工具運用才更能產生綜效，讓年度行銷規劃不只是照本宣科。更進一步來說，年度規劃的目標還能細分為：營收及市場目標、產品及服務目標、通路目標、品牌形象目標以及顧客管理目標。

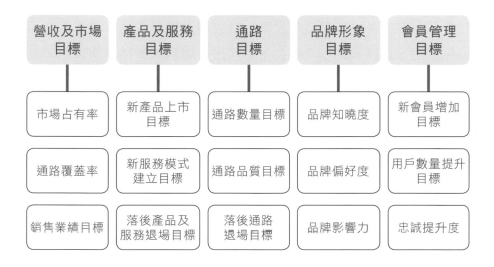

年度規劃的目標

營收及市場目標	產品及服務目標	通路目標	品牌形象目標	會員管理目標
市場占有率	新產品上市目標	通路數量目標	品牌知曉度	新會員增加目標
通路覆蓋率	新服務模式建立目標	通路品質目標	品牌偏好度	用戶數量提升目標
銷售業績目標	落後產品及服務退場目標	落後通路退場目標	品牌影響力	忠誠提升度

　　在擬定年度行銷目標的時候，可以針對幾個不同的指標來訂定，像是提高市場占有率 25%、新產品的開發與上市至少一款、品牌偏好度提升至產業競爭第三名，忠誠用戶的資料管理與 75% 回購率，在透過不同時數的月份、節慶主題以及促銷工具來規劃可執行的方案。像是量販店在規劃年度策略時，因為主要的競爭者過去所操作的方案，大部分都是可以被檢視的，因此可以針對競爭品牌現有的線上與線下每個主要的節慶活動與重要主題來進行一對一的重點攻防推擬。例如通過降低促銷折扣達成的門檻，讓原有的競爭品牌消費者有機會轉投向我們品牌，藉此達成之前設定提高市場占有率 25% 的目標。

若是針對產品及服務目標這一項來看，像是保健食品每年都會有新產品的推出，因此設定新產品上市目標作為主要的稽核指標，但有些產品已經在市場過度競爭甚至經銷商的進貨意願低落，消費者購買意願也比以往衰退許多，經過評估後決定要讓產品下架，這時就可以訂定落後產品退場目標，並且經由風險評估的整體思考，避免發生經銷商及通路品牌發生銜接出現問題而導致業績衰退，甚至因為消費者購買時產生混亂而導致品牌形象受損。

執行的控制

　　一份完整的年度規劃包括以往行銷工作的總結、問題的反映和分析、環境和產業發展趨勢、競爭與自身品牌發展狀況的比較、年度行銷策略和目標、具體的節慶活動與促銷工具銷執行方案、數位行銷傳播執行計畫、預算與收益財務分析、專案企劃的評估監控與危機管理。精準的策略和有限的資源需要通過評估來加以整合，使各項資源進行合理有效的安排。年度規劃的實施是一個系統的運作過程，一方面通過對各環節的合理安排，使資源得到最大限度的利用；另一方面則是有效應付突發事件的產生，做到有計劃地應對變化，不至於喪失機會或者遭受風險，同時透過實施進行有效監控和評估，及時發現問題並予以調整。

　　年度規劃控制是行銷活動是否能成功的細節戰爭，對執行情形進行評估並適時調整，才能確保年度行銷計畫的有效執行。在控制上可以採用銷售分析、市場佔有率分析、行銷費用比率分析及品牌價值調查等作為指標。因為是年度行銷規劃，利潤力控制當然相當重要，查核各項行銷活動盈虧來源判斷獲利，前提就在於各項行

銷工具與檔期的投入與產出。像是在耶誕節檔期可能除了實質的獲利，更重要的是搶下品牌在同產業的話語權，但是在週年慶可能就是公司全年 1/3 的營收來源。

　　年度行銷活動的規劃首先在於時機，前提必須事先分析產品的淡旺季變化。其次，為達成公司年度營業目標，在目標管理運作下，必須先將一整年的目標訂定出來，再分配至月目標，逐月累積績效而成。為了有計畫性的追求各個月份（主要檔期）的成效，除了設定銷售目標外，也要針對季節、節慶及新產品推出等因素來思考，甚至是人員訓練的需求，再分別擬定不同的主題行銷活動。

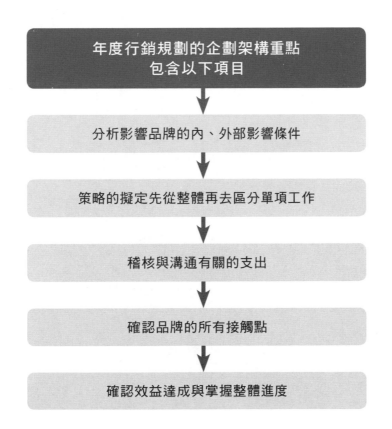

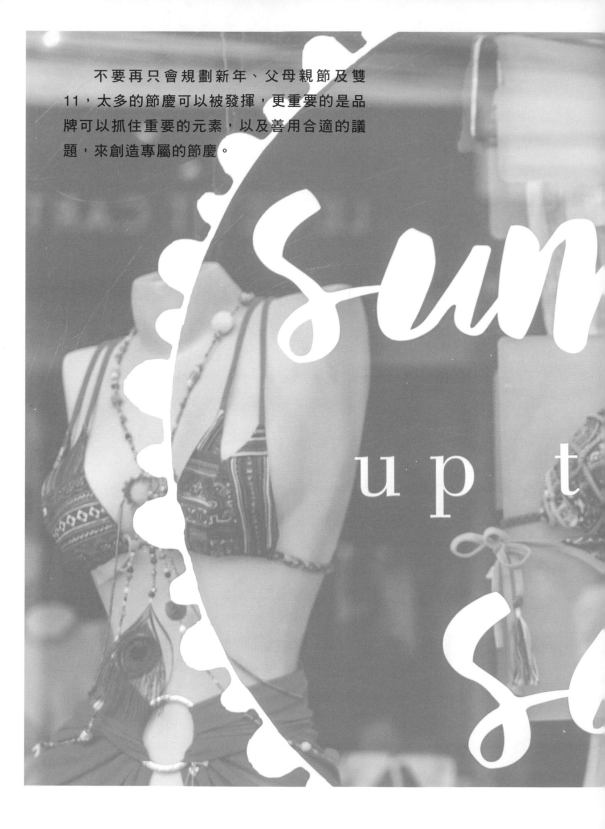

不要再只會規劃新年、父母親節及雙11，太多的節慶可以被發揮，更重要的是品牌可以抓住重要的元素，以及善用合適的議題，來創造專屬的節慶。

70%

善用節慶
與
創造節慶

+6

6.1

消費者需求

消費者的日子

　　雖然 2020 年受疫情影響，國外旅遊的機會大幅度降低，但國內旅遊的需求與機會卻大幅度提升，像是商圈夜市、主題樂園甚至是自然熱門景點。從節慶的機會點來看，許多商機來臨都在環境發生重大轉變，大家需要值得慶祝與紀念的一個合理說法，像是天冷時過冬至就可以多買幾盒湯圓慰勞家人，或是大家一起聚餐吃火鍋。甚至像還寒流這種屬於氣候變化，而非傳統概念的節慶時，卻因為 2021 年台灣部分地方下雪，社會公眾對於這樣的特殊議題有相當興趣，甚至不少人特別請往賞雪，慶祝人生中第一次在台灣看到雪的日子。

　　從長遠的角度來看，爭取消費者認同的方式，就是比競爭者更能瞭解消費者的需求。對消費者越深入瞭解就越能迎提供滿足他們的需要。而且跟以往的消費者分析方式相比，文化因素對消費者的行為具有更廣泛和深遠的影響。而節慶活動更是從消費者的文化中產生出來，具備了最合適作為品牌溝通的元素及議題連結。很多時候消費者自己在產品購買時，有些其實捨不得花的錢，會願意為了親情、愛情、友情這些因素而發生，而師出有名的自然就是合適的節慶。

　　當不再只是單純的企業對企業溝通時，越來越多經營者開始感到焦慮和恐懼，因為過去的生存方式及商業經驗逐漸不管用。但並不是今天開始轉型，明天就會有效果，品牌轉型與數位再造除了要有資源更要有策略。一個品牌的成長靠著一年一年的進步，每年都有要達成的目標，除了業績還有更多的品牌形象和議題要結合。節慶活動作為一年當中，社會文化發展的每個階段節點，不但是議題

結合的最好時機，也是當品牌想要在每年都由能重複被消費者記住的機會。

運用節慶打造成功的熱門品牌記憶度，也是相當重要的企劃方向。在台灣最成功的例子，就是讓大家中秋節都聚在一起烤肉，成為重要儀式的金蘭烤肉醬，以及每逢元宵及冬至，都會造成一波搶購熱潮的桂冠湯圓。當家庭、朋友之間都對於節慶本身重視，又透過行銷傳播建立品牌的偏好度時，購買並使用特定品牌，就會逐漸形成儀式的行為。另外像是全聯福利中心就是靠著中元節，不斷的透過有趣的議題式行銷手法與微電影的操作，讓消費者能夠明確的在特定時間想起品牌。

從公眾的角度來說，節慶活動的議題與運用可以說是品牌與消費者之間最好的溝通橋樑之一，節慶對於世界上的許多文化都具有重大的意義，也因此受到這些文化影響的人就特別重視節慶的內容與延伸的意義。像是華人就很重視農曆的新年時節，農曆年前的居家佈置、新品添購及餐飲採買需求都是相當重要的商機。而西方的節慶則較多源於宗教上，像是現代行銷的重要時間落在耶誕節，也是與基督教信仰有著高度的關聯。

作者過去在《宗教型事件行銷關鍵要素之研究～以「台北葛福臨福音節慶」為例》的論文中，將節慶定義為：宗教或組織針對目標受眾在特定時空、場域中，規劃特定議題並以儀式或展演呈現的行銷活動，當中的元素包含娛樂、慶祝與集體效應。不論是國家城市品牌、企業品牌或非營利組織品牌，舉辦參與節慶活動的目的及效果，包含了結合宗教、文化等元素，針對目標受眾規劃，並以事件行銷做為核心的特殊活動。具有儀式、集體效果等元素，並提供參與者身心靈不同層面的滿足，亦可結合觀光、在地化等元素。

　　有些節慶因為長年重複舉辦相關的慶祝活動，通常可做為指標性節慶，對於品牌來說，指標性節慶具有代表性、知名度及較大的基礎受眾，也通常因為文化意涵較深，所以在設計方案時也有較多的元素可以應用。但也因為指標性節慶太多品牌投入資源去舉辦活動，要讓節慶活動與品牌的連結度提高，甚至能產生指定效應就成了關鍵。例如當中元節時會想到全聯福利中心、農曆新年想到家樂福、耶誕節想到新北耶誕城、熱氣球節想到台東。

　　在年度規劃的架構下，品牌一年之中會舉辦多個不同主題的節慶活動，型塑出消費者對品牌的記憶度與形象，也有策略的去持續增加消費者與品牌互動的機會。正因為不少品牌針對節慶的應用，缺乏完整的概念及運用，或是使用一些品牌無關甚至理念相違背的節慶來結合，因此根據「品牌耶誕樹」的概念中，只有與品牌方向一致的節慶活動，才能為品牌帶來真正的正面效益，也才適合長期的發展或是放進年度規劃當中。當然許多傳統節慶的背後，可能跟宗教、族群文化、特定價值觀甚至國際議題有關，但並非每個都適合做為品牌的節慶活動主題。因此自創品牌節慶活動，並針對符合品牌發展目標及消費者連結的意義，也是很值得嘗試的創新做法。

　　另外對於多數品牌來說，節慶本身能創造的經濟效益也是關鍵之一，畢竟要投入行銷傳播資源，背後就是要能帶來業績的成長、來客數或會員數的增長，或是新產品、新通路的能見度與市占率提升。也有的品牌會在節慶時投入資源，是為了達成品牌理念推動，這時雖然不會有實質獲益，但因為有年度規劃作為保障，就更能讓每個獨立的節慶活動替品牌帶來幫助。

　　有些品牌端的節慶活動也是屬於非常態的，像是新店開幕、十店慶、百店慶，或是銷售突破 1 億瓶、會員數突破 50 萬。這些節

慶對於品牌內部有重大意義，所以在考慮慶祝活動時更應該把內部同仁做為目標公眾來溝通，同時讓消費者在更認識了解品牌的同時，透過社會責任的實踐來提升正面形象。例如舉辦品牌回顧展、邀請第 50 萬名會員來公司頒發獎品，或是百店慶優惠同時推出限量周邊商品。

　　節慶活動的目標因為主要負責承辦的單位不同，所以像是企業品牌設計的節慶活動目的在於帶動品牌形象的提升以及連結銷售機會，所以多半也會結合促銷方案。像是非營利組織品牌所針對結合的節慶，較多是在於社會議題的推動，以及組織品牌的外部溝通，當然也有像是庇護工場品牌希望能帶來營收以求生存的目的。而農委會為提振國產米食及推動在地消費，舉辦國產米食嘉年華活動、或是提升台灣農產品曝光度的「臺灣農產嘉年華」。

　　節慶活動的規劃包括延續現有節慶活動而制定、尋找具備潛力的而沒有發揮的節慶主題，或是計全新議題的節慶活動。與觀光相關的節慶活動替城市帶來了消費者額外的消費機會，具有豐富內容設計的節慶活動，可以提升消費者到當地不同的景點區域，因為節慶活動的主題與豐富度不同，也影響了停留的時間。媒體對節慶活動的報導和參與者的心的分享，也產生了城市及共同參與品牌形象的改變或重新塑造。

　　品牌設計節慶活動最主要的原因，還是來自於節慶本身與消費者的關聯性廣泛，而且具備特殊意義的深遠影響。成功的舉辦節慶可以在短時期內使得品牌的討論度及關注力獲得大幅度的提升，但不同的品牌與不同的節慶結合，能造成的影響力並不一致。像是長期以販售炸雞為主的品牌舉辦國際炸雞節或許有吸引力，但是推出中秋烤雞節就不一定具有說服力。同樣的，若是一個品牌參與世

界地球日的時間長達 10 年，跟第一次參與議題的品牌，能造成的影響程度也有不同，或是因為品牌針對的是節電關燈還是建議吃素食，也會對於影響的對象和在乎的意義有所不同。

　　節慶時間的出現，從每日、每週、每月、每季、每年有不同的主題，設計的活動規模也會有所差異，更重要的是不要只把節慶當作促銷方案的主題。消費者真正在意的不是哪個品牌因為母親節打折優惠，而是因為想在這個節慶孝順母親，耶誕節或許對多數人來說，只是一個有著歡樂氛圍的期間，但對基督徒來說，則是信仰的重要節慶。

6.2

行銷心錨

消費者的符號

　　城市品牌當中的既有文化元素，包含節慶、符號、老店、景點，也很多是熟年族群所認識認同。想浪漫一下時去文化大學的後山、牽小手坐在淡水星巴克，在丹丹漢堡和同學一起聊著未來，每個時間及地點都會有些曾發生的故事或意義值得被記住。甚至像是知名品牌的 60 週年、經典歌手的逝世週年、某場戰爭的終結，但所消費者在意的是這些節慶背後的意義。這些重要的節慶透過紀念活動、議題討論甚至結合商業品牌的推波助瀾，甚至經由城市造節、品牌造節，讓那些一直存在的記憶，透過節慶活動加深成為了消費者生活的一部分。

　　影響消費者滿意的因素，其中也包含和其他人產生互動，特別是在情感意義較高的服務當中。當消費者到高價餐廳用餐時，常常是因為品牌賦予的符號意義，例如幫老婆慶祝生日、兒子大學畢業，好朋友創業，這些時候因為源自於消費者的節慶意義，除了服務外消費者期待的就是更為社會性的外顯行為，例如生日幾歲送幾隻蝦，隔壁其他桌的羨慕眼光才是重點。因此其他消費者的行為方式也會對服務體驗的經驗產生重大的影響。因此當大家在節慶氛圍中，共同建立服務連結，像是一起倒數新年快樂。這時消費者的內心會因為感動，而連帶對於品牌產生認同感。

　　在許多情況下，消費者的購買行為常常感性大於理性，例如逛通路品牌時，看到店內針對兒童節有設計陳列布置，同時發現還有小朋友的樂高組裝比賽，這時本來雖然偶爾會購買樂高當作自己收藏的消費者，很有可能因為環境氛圍以及促銷工具的設計，就意外地完成了購買行為。同樣的像有人家裡可能長輩是職業軍人，但過

去很少一起相處，直到長輩退休後才有時間互動。這時突然發現有家餐廳在慶祝軍人節，只要退役或現役職業軍人與家屬都有優惠，這時周圍環境影響了消費者購買決策，餐廳與節慶的結合就增加了消費者關注的原因。

　　有些是屬於消費者端產生非單一日期節慶，像是生日慶祝、結婚一周年紀念、小孩滿月，這時品牌在節慶活動設計上，就從以年度規劃當中的垂直目標來思考，例如每個月有多少會員在當月生日，每個月的主題是否要跟星座與數字連結，甚至消費者生日活動在特定月分與自己的品牌元素有關時，可以加碼提升慶祝的規模。像是有的品牌 1 月成立，就會在一月加碼促銷方案及慶祝活動，或是名字裡有牛，就會在 5 月及金牛座的議題上發揮，讓消費者覺得與自身的關聯性提高。

　　像是以往對於通路品牌來說，父親節、母親節、春節這三個節慶可以說是相當重要，背後源自於華人文化的孝道、團圓及家庭觀，會特別在節慶時表現的更為重視及願意消費。但外國人的節慶因為更具歡樂感及趣味性，萬聖節、耶誕節也相當受年輕人的喜愛，但卻也更為與節慶本身的文化宗教意涵脫節，吃大餐辦派對，倒也是品牌發揮的空間。有越來越多各式各樣的社交活動與節慶活動息息相關，像是家庭成員生日的慶祝，在文化認同中有著非常重要的影響。但以往的節慶活動和現在消費者關注的可能開始有了更多差異，而且世代之間的行為模式持續改變，所以要維持品牌設計的節慶活動與消費者的生活維持關聯性的話，就必須更了解節慶的成因與消費者需求和參與原因。

　　在儀式行為，透過話題討論、產品及服務的使用，以及聚集的人群交流，讓集體達到情緒激動或集體興奮狀態，也就是強 的

「群體認同感」。這也就是為什麼越來越多品牌喜歡，規劃像是野餐日、烤肉日，甚至品牌路跑、馬拉松及自行車活動在一個由公共熱情激發起來的集會中，參與者變得易於行動和動感情。當集會解散，我們獨處時，就又回到了普通的水平。而品牌扮演的角色就是設計成功的內容，以及不斷讓消費者記住品牌名稱。

　　人們從事儀式行為的過程中，往往具有轉換社會角色的意義，儀式會隨者在地化與目標受眾的需求而有所調整，但不是迅速且常態性的發生。就像當大家只是去餐廳慶祝生日時，舉杯慶祝壽星生日快樂已經成為了儀式之一，但有的餐廳利用這個慶祝的關鍵儀式，延伸出專屬於特定品牌的儀式連結。像是訂餐事前預約，餐廳就會由店內同仁一起幫壽星唱生日快樂歌，或是準備跟壽星一樣年紀數量的炸雞翅，當品牌的操作成功後，不但消費者記憶度提升，甚至會演變成社會風潮。

6.3

品牌應用

品 牌 的 應 用

　　當然有了專案企劃的概念與架構，如何讓不論是節慶活動的規劃或是促銷工具的設計更有創意，我們可以嘗試先把既有的做法給放下，甚至嘗試從跨界的領域來找不同的創意。例如餐飲業在設計節慶活動時，不只是思考消費者在「吃」這件事情的重視程度，更可以尋找本來消費者不太認識但感興趣的議題來結合，像是世界地球日或是結合特定產品的草莓季。微型品牌與個人品牌的崛起也是許多市場改變的的地方，以往大型企業一年固定有幾次主要的節慶活動與促銷，就能達成大部分的業績。

　　針對精準市場所發展的微型品牌，不但在節慶活動及促銷方案的設計上更為靈活，議題及創意也更容易引起消費者注意。就像現在社會大眾對於動物保護的議題更為重視，但是多數品牌對於跟動物有關的節慶活動不見得關注，要是有像是服飾品牌，因為創辦人本身就喜歡動物，店內同仁也都是理念的支持者，這時若舉辦活動選在在世界動物日，只要穿戴有動物元素的衣服飾品，消費就送來店禮。不但消費者對於品牌的記憶度能夠提升，也有機會吸引喜歡動物的消費者支持，達到超出預期的業績。

　　其實，多數的品牌在轉型和長期發展的問題上有瓶頸，最大敵人就是自己，作者常常在輔導廠商時發現，經營者常常會把某些既有存在的問題給忽略，尤其是找不到未來的市場在哪裡時，就會怪環境不好、消費者變心。就以甜點來說，每當天氣越來越冷時，除了熱飲、火鍋之外，最能讓人感覺到溫暖的就是甜點了，還記得小時候長輩每次過農曆新年從美國帶來的禮物中，總有長得像三角錐的美味，後來才知道原來叫 Hershey's。

許多本土品牌過去也知道，在跟國際品牌競爭時，品牌的形象與溝通很重要，但是在環境的改變不大的情況之下，就如同溫水煮青蛙一般，像民國 4、50 年代有一段時間，外國的巧克力就是消費者心目當中最棒的禮物，但台灣品牌自己在取得原物料與生產能力後，就算已經能做出相當不錯的產品，但是當每逢情人節時，要是對方送金莎巧克力時，感覺就是有點品味的象徵，但要是送本土品牌的包裝巧克力，似乎就稍微遜色。時至今日雖然台灣巧克力品牌的形象持續提升，但消費市場的經營及認同，仍然還需要一段時間的努力。

　　隨著時間的改變，也逐漸從工廠生產製造的袋裝甜點，開始有更多專門販售甜點的通路品牌出現。像是中式的甜點也曾經風靡市場，因為父母都會買家附近的中式甜點店京兆尹回來，與兄弟一起享用美食，也是難得的美好時光。但曾幾何時中式甜點店在市場中幾乎消失，就算是以華人為主的節慶活動中，似乎也沒有非要上門購買的動機。另外像是中式的甜湯圓，雖然在中秋、冬至會被消費者想起，但市場已經被冷凍食品的品牌所取代。不論是因為環境趨勢的影響，還是消費者口味變了，當品牌沒有更長遠的發展計劃，以及因應當下達成生存目標的能力時，被時代淘汰也在所難免。

　　不少經營者，不但對於消費者為什麼在乎甜點這件事並不了解，甚至也沒有去思考當消費者想要完成交易時，包含精美的包裝、有質感的店內設計甚至搭配的咖啡都是考量範圍，也對於品牌一年當中有多少的節慶可以運用，增加消費者連結的機會都常常搞不清楚。這時當環境競爭越來越激烈時，並不是所有品牌都能夠生存下來，就算一直作促銷也只是苟延殘喘，榨乾品牌最後的價值。作者之前路過某曾經知名的甜點店，雖然打出買一送一的優惠，卻

因為產品沒有特色，也沒有創意的行銷包裝，生意仍然沒有起色。

其實甜點本身除了糖分能激活腦內的多巴胺受體，造成物理上的改變，漂亮的甜點店、甜點商品，拍照及食用過程的期待感，以及現在流行上傳社群媒體後帶來的虛榮感，都讓新一代的甜點店越來越受歡迎。透過具有療癒功效的產品及使用過程，來調整內心情感因素的平衡及撫慰心靈上承受的壓力，也是現代人透過甜點找到的短暫出口。而對品牌說最快的讓消費者產生關注的方式，就是加入大量的節慶元素，讓消費者在想透過慶祝的歡愉感時，也找到跟品牌的連結。

新一代的消費市場在台灣市場，不論是經營者還是消費者對於西方的甜點型態更有偏好，許多知名的甜點店品牌便孕育而生。，除了現做新鮮外，也多了不少從外觀就吸引人的條件。而這些甜點品牌受消費者歡迎的原因，則是因為帶來了療癒感。療癒類的商品除了物理的影響外，心靈層面的改變也很重要，包含傷痛的平復、痛苦的減緩及歡愉感的提升。所以品牌從產品設計開始改變，更多漂亮美觀的元素加入，同時有的連店面裝潢都升級，充滿了藝術或設計的風格。這些品牌的經營者也明白節慶的重要，像是搭配情人節、雙十一光棍節，甚至積極參與城市舉辦的甜點節，都讓消費者對於品牌與節慶的連結度能夠提高。

台灣的消費者已經積蓄相當足夠的購買能力，也有了相當多自由支配的休閒時間，在節慶時的決策更是願意付出較多的費用。像平常家中有長輩容易腰痠背痛，可能頂多買一些較小型或簡易的按摩道具，卻更多的是願意在母親節、父親節購買高價的按摩椅來感謝辛勞的雙親。但是你有想到的競爭品牌也有想到，於是所有的按摩椅品牌都在母親節做活動、保健食品品牌都在父親節做優惠，消

費者一來是本身雖然就理解節慶的重要性，但在過度類似的促銷方案，以及無聊的節慶文案及溝通上，其實也會越來越疲乏。

　　作者曾經為居家產業品牌規劃節慶方案時就發現，也不少消費者想為自己及另外一半買個不錯的中大型傢俱，但要是每次都等過年前或週年慶，而且這時銷售人員又很容易因為業績太過積極，造成選購時的壓力。後來作者就在選擇了七夕情人節作為節慶主題，不但結合店內的五感體驗氛圍，可以提升情人或夫妻在選購時的舒適度與放鬆，並且選定沙發床及休閒椅作為主推商品，較為適合消費者的生活型態需求。而且消費者正好可以因為傳統上，比較少品牌願意在這個靠近農曆七月的時間點作活動，所以獲得更好的折扣優惠。

　　事實證明當時的品牌業績因此提升，而且結合七夕情人節的議題操作，也讓品牌在媒體的能見度有所提升。其實以往大家會較為避諱的節慶像是中元節，因為是跟傳統信仰的忌諱有關，但經歷了更多的社會理解後，不但大家的負面觀感降低不少，也成了應用在行銷活動上的好議題，像是全聯福利中心的就針對中元節設計了一系列的廣告，也替品牌帶來不少正面的討論熱潮。

　　包含農曆年、母親節甚至中秋節，對零售業品牌來說許多重要節慶促銷活動，因為受到疫情的影響，2020 年都未能達到過去的目標。而下半年雖然疫情在台灣仍然在控制範圍，但像是父親節檔期仍有部分受到影響。根據中華品牌再造協會初步統計，每年因應中秋節而推出的新品或禮盒，包含應景食品、農產品、家電、美妝旅遊行程甚至主題餐飲服務，超過上千家品牌有在社群或是新媒體上投放廣告或是與媒體合作曝光。過去中秋節的促銷也是許多像是庇護工場、非營利組織的收入來源機會，消費者因為送禮而衍生的

需求，正好能符合一般庇護員工可以操作生產，又能有一定創新的能力。然而今年因為市場雖然總體有所提升，但對於不少規模較小甚至經營能力有限的業者來說，競爭的條件變得更激烈。

　　從庇護工場的經營理念及需求必要性來看，許多尚有工作的身心障礙朋友其實是可以獲得機會甚至收入，但台灣對於庇護工場的生存及整體的提升卻依賴高度補助，以及過去每年常上演的中秋促銷缺業績的話題來增加營收。而庇護工場同質性偏高，像是糕餅、手工皂等，除了部分像是洗車、羊毛氈甚至結合觀光工廠型態外，少見創新的產品及服務。雖然可以發現，各地方政府更積極的用整體資源來推動民眾購買庇護工場中秋商品的意願，但除了結合振興券、促銷展售活動之外，仍然較少有主題式的整合行銷方案來增加品牌的形象，也不夠讓消費者能更瞭解庇護工場的重要性及需求。

　　部分像是喜憨兒、育成基金會、伊甸等知名庇護工場，因為有較為完整的營運行銷組織，以及一定的整體品牌形象，所以除了在中秋節的檔期有規劃外，包含了年度的計畫或是長期產品開發提升，都有相對的能力。但反觀不少中小型的庇護工場，因為經營行銷能力較弱，縱然中秋促銷帶來了一些業績，但對於整體發展及生存仍然有些風險。同樣的是非營利組織品牌在面對環境越來越不理想時，一樣必須去思考怎麼因應。當非營利組織募不到款、公益產品及服務賣不出去時，如果今天是靠政府補助或許可以存活，但就很難將本來期望社會大眾知道的理念推廣出去，本身品牌也無法建立社會公眾的認識與信任。

　　或許因為內需的機會，作者身邊部分庇護工場的業績也有不錯表現，但當一般市場的企業品牌，像是在中秋禮盒的產品研發、包裝設計，甚至是新媒體及廣宣的應用都更為積極時，消費者畢竟是

自我需求導向。但若是可以從庇護工場的經營類型來著手改善提升，像是導入休閒農旅、服務體驗，甚至協助建立有系統性的品牌形象，或許未來消費者不再只是因為中秋佳節而上門消費，連婚慶、生活旅遊甚至是其他日常需求，都願意因為喜歡而選擇庇護工場的服務與產品。

品牌創造節慶解決的另一個問題，就是幫助佔有台灣龐大商機的服務業，還在困惑的經營者們，對於如何長期發展及建立品牌的問題上，找到好的行銷議題。服務行為的概念就是運用專業的知識和技術，透過行為的完成而獲取報酬，但很多經營者一直對於去溝通自己的品牌，甚至那些是品牌的範圍都感到相當的疑惑。像是廣告業就創造台灣廣告節，屬於廣告人的專屬日子，讓廣告人更加團結共同為廣告產業努力，提升台灣競爭力。台灣廣告節的四大宗旨為：表揚傑出廣告人、社會貢獻、凝聚廣告人情感、彰顯廣告界的價值，讓所有廣告人以身為廣告人為榮。

電商環境的影響造就了許多原生型的購物節慶，以往消費者覺得百貨公司週年慶人潮爆滿，購物場所嘈雜壅擠，還要花很多時間去排隊領來店禮。但是自從有了雙十一、雙十二之後，大家搶的就是線上購物的限量限時折扣及免運，而這些節慶也從線上又進入實體，以舉辦展覽、演唱會等方式來強化品牌形象及增加曝光機會，營造節慶的歡樂氛圍。而應用原有的節慶來創新，也是作為區隔的方式，像同樣是 3 月 8 號的婦女節，淘寶叫做女王節，京東商城則是蝴蝶節，唯品會叫女生節，從名稱上來產生品牌的識別差異。

品牌形象的建立必須透過無形資產的累積，像是行銷傳播活動、新產品及服務，甚至是社會議題的影響。節慶活動多半原生於社會公眾的文化、信仰以及生活指標，會運用什麼樣的節慶來跟消

費者溝通，並不是亂搶打鳥，而應該從品牌文化當中的象徵意義和
價值來思考。在乎家庭價值觀的應該要規劃父親節、母親節的節慶
活動，關注專業從業人士的應該針對勞工節、魯班節、建築師節甚
至教師節來做連結。

6.4

賦予新價值

議題的改變

　　社會文化環境的變化也在這幾年有了重大的轉變，像是整體社會風氣對於同志身分的接受度提升，對於過去許多傳統文化歷史相關的認識也更在地化，這些都讓原本品牌在規劃行銷方案時，必須考慮更多的因素以及特殊性，也必須更為謹慎，避免造成特定文化或族群的負面情緒。像有些曾經很熱門的節慶，也是品牌喜歡發揮議題的時機，但某些因素而比較不再這麼被重視。

　　像是因為疫情的關係，有些議題就顯得特別敏感，而 4 月 1 日的愚人節就因為很容易開玩笑過頭，反而導致品牌產生了一些負面的效應。因此在 2020 年時幾乎很少品牌還願意搭上這個節慶，雖然愚人節的本質上是以幽默的方式來互相欺騙、捉弄，再透過創新的方式來解釋，引發對方的會心一笑。但是一旦沒有拿捏好分際，就很容易觸碰到社會大眾的底線時，甚至可能變成品牌危機。當時就有藝人拿得到了肺炎感染，在社群媒體發文爭取曝光機會，雖然事後解釋只是開玩笑，但還是受到譴責，甚至有的還被移送法辦及暫時封殺。

　　許多婚慶相關的活動都因為疫情都陸續停擺，而畢竟對很多新人來說，終生大事還是很重要的事情，雖然可能延後或改變形式，但卻可能更多的機會出現。從品牌經營者來說，只要體質還算健全能撐到現在，多半也都已經有些轉機，但如何走出現在的困境，就必須更瞭解消費市場的變化。過去協助婚慶產業的過程中，作者大致將產業分成七大類：宴飲場地、美容妝髮、婚紗西裝禮服、喜餅禮盒、婚慶禮俗周邊、蜜月旅行及其他相關從業。像是近年來越來越被重視的婚禮攝影、新娘秘書、主持人甚至活動企劃公司等等。

而疫情造成的影響，不只是大眾對於群聚的心理恐懼，也包含了現實新人、家人與來賓能負擔的費用，以及過去繁複流程的恐懼感。

疫情後可以發現許多人的心態改變，也更重視一場婚慶過程的影響及內涵，對於過去必須接受像是量多而不見得精緻的喜酒，或是包套行程的婚紗攝影套組，消費者都會更精打細算的去評估需求，但若是過度需要消費者自己動手的服務方式，也會因為麻煩而降低被接受的機會。更提供更合適於消費需求的服務，並幫助解決問題，才能更被青睞。

以往包含喜餅禮盒採購、新人照片的確認甚至場地佈置，都需要不斷往訪甚至確認，但除了實體的服務外，優質而具備使用者導向的網站、溝通甚至下單，都更符合消費者因為疫情養成的習慣。甚至線上確認場地、婚攝照片、妝容及服裝形式，以及降低認知落差，都是相當重要的轉型方向。知名品牌而且近期的負面評價少，是相當重要的消費者參考指標外，還包含了品牌的理念以及品牌的形象，是否讓消費者認同。今年來結婚的新人自主決定比例越來越高，也對於除了產品及服務本身的條件外，受到社群行銷及品牌溝通的影響更甚於家中長輩的建議。

婚慶品牌產業中許多是屬於中小企業甚至微型企業，單打獨鬥本身就比較辛苦，碰上疫情更讓經營不易。彼此組成合作團體或在服務項目上策略聯盟，不但能幫助消費者者解決問題，更能降低自身的成本壓力。不能出國單位蜜月、拍婚紗，也不宜大肆鋪張宴席，但新人仍然有一定的預算在拍照、贈禮、旅遊等面向上，婚慶畢竟對華人來說是相當重要的一件事，也讓許多參與者能給予祝福，但更精緻、小而美甚至戶外型態的考慮、都影響了服飾妝髮、參與人數及整體的服務流程。但可預見的是數位化與人性化的趨

勢，對婚慶品牌產業的轉型，是更為正面而且有幫助的。

　　而這些年也因為越來越多新興的社會議題被關注，所以像是每年的 4 月 22 日的世界地球日，就是是一項世界性的環境保護活動所發展出來的節慶。有些環保主義者在這天以不同的方式宣傳和實踐環境保護的觀念，而像是素食餐廳或是具有一致理念的企業也可以搭上這個節慶。例如南山人壽提出「全台自有大樓關燈 1 小時」https://udn.com/news/story/7239/4510157，或是晶圓代工大廠聯電所資助的「綠獎」徵件活動，也是選在世界地球日正式開跑。另外像是 2 月 4 日的世界癌症日，依據最新衛生福利部 106 年癌症登記報告，台灣新發癌症人數超過 11 萬人，較 105 年增加近 6000 人。因為人口老化快速及不健康生活型態，癌症發生人數預料仍將持續上升。這時若相關的品牌就更適合來紀念甚至透過節慶來提醒社會關注。

　　隨著社會公眾對於自然環境保護的意識提高，品牌必須更瞭解自己的產品及服務、包裝、生產等對環境的影響。甚至有許多非營利組織更是以關注自然環境為品牌的理念與訴求，或是社會企業的營運方式，也因此在針對年度規劃時可以將特定需要溝通的自然環境議題放入，並透過節慶活動來產生消費者連結，或是結合促銷方案。像是世界動物日、世界環境日、世界海洋日等，在設計像是公益回收換新品、舉辦品牌日全面優惠並公益捐款，與會員一同淨灘並體驗新產品。

　　至於企業品牌則也有不少引入了外國節慶的議題，作為企業行銷的主題之一。像是本土品牌樂檸漢堡就選擇結合源自於愛爾蘭的聖派翠克節，因為品牌識別色及品牌精神都這個節慶相符，就成為了少數獨特的品牌節慶活動及促銷主題。台北晶華酒店則是引入起

源於 1810 年 10 月的慕尼黑啤酒節，推出為期一個月的德國酒食嘉年華。活動分為三部分，包含 Oktoberfest Party 德國啤酒節派對、德國酒食嘉年華以及德國啤酒節市集。另外一種則是在台灣與外國的官方單位或民間團體合作，導入國外的文化與節慶元素來舉辦，像是與泰國貿易經濟辦公室與臺北市文化局合作舉辦的泰國文化節。

　　對於企業品牌來說，通常節慶活動的目的是作為促銷工具，但其實還有更多的發揮空間。像是非營利組織品牌，有許多節慶其實更可以做為議題發揮及品牌曝光的機會，而不只是在農曆新年及中秋賣賣禮盒產品。像是 4 月 2 日世界自閉症日、9 月 23 日國際手語日、12 月 3 日國際殘疾人日等節日，都是聯合國紀念活動，除了背後的歷史意義與故事外，更多的是讓台灣的公眾能藉此認識品牌，以及利用機會溝通品牌的理念和願景。

從 城 市 開 始

　　曾經國際上有許多相當知名而且成功的節慶，是屬於特定國家或城市的重要商機，例如威尼斯嘉年華面具節、巴西嘉年華、泰國潑水節，吸引全球的旅客一同前來慶祝參與。但是因為疫情也影響了出國的機會，有不少台灣的城市品牌業試圖模仿導入類似的節慶主題，例如基隆就推出了像是威尼斯面具節的基隆特色美食節，並將部分主題景點重新包裝，甚至也有相似的彩色屋的概念運用。當然也有城市品牌想走出更專屬自己的道路，更在地化去設計節慶活動，像是新北市就以礦山藝術季、鶯歌藝術季以及眷村文化節等結合特定歷史背景及族群文化的節慶活動，來增加品牌的識別度以及

CASE 外國文化節慶活動
泰國文化節

• • •

導入國外的文化與節慶元素，泰國貿易經濟辦公室與臺北市文化局合作舉辦的泰國文化節。

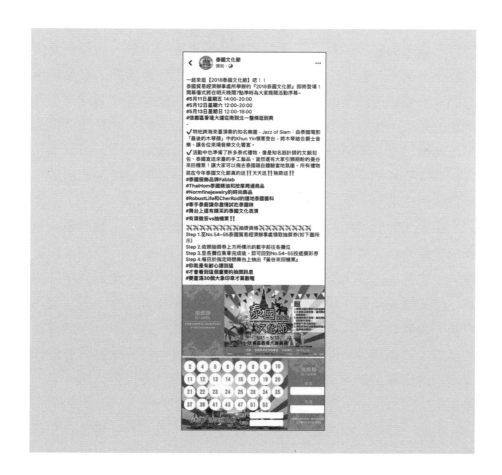

資料來源　**品牌 FB 專頁**

197

獨特性。

　　至於因為國家本身也會投入資源來慶祝的國慶日、新年元旦及元宵節，靠著放煙火與慶祝活動，將層級拉高到了國家級。國家級的節慶活動通常因為投入的資源相對較多，主要還是做為建立塑造國家及城市品牌形象。就算是疫情影響，各城市的公眾仍然會去參與自己城市的節慶活動，或是前往其他城市觀光旅遊，像是台北市的爵士音樂節、新北市的綠生活音樂節。大型節慶活動的發展也會明顯地帶動城市商業經濟，這時節慶的目的也成為了一個城市重要議題的運用。也有企業品牌會舉辦大型的造節活動，像是簡單生活節這時雖然是企業品牌造節，但仍然有跟地方政府合作，所以也包含招商接受其他品牌的合作，以及共同提升舉辦節慶所在地的城市及區域的知名度。

　　節慶活動的參與者人數因為經營成效持續增加，也因此越來越多品牌結合媒體轉播，原因是可以吸引更多的閱聽眾，而疫情的影響甚至也導致許多曾經知名的節慶活動，只能透過媒體轉播讓閱聽眾感受節慶的氛圍，例如 2021 年的跨年晚會及煙火秀。同時使用電視、手機或是電腦等不同載具來收看，雖然分散的單一媒體轉播的成效，卻也讓許多閱聽眾更容易接收到訊息，特定閱聽眾對於節慶活動的觀看相當具有偏好性，因此轉播時的廣告也帶來的一定的效果。

　　因此一個城市年度當中的重要節慶數量，以及對社會公眾引起的注意及興趣，也成為了年度規劃的重點依據。但同樣是耶誕節、跨年活動，城市要能將這些節慶活動發展到一定程度，甚至具有國際性的水平，具備的條件很重要的就是地理位置、交通便捷、氣候環境及資源投入。城市政府的政策，對於節慶活動在城市發展的結

合中是相當重要的因素。中央政府對於節慶觀光的支持也很重要，尤其是預算的投入及政策的支持，負責推動節慶觀光的權責單位主要是交通部觀光局，地方政府則多為觀光傳播類的局處。

節慶的應用更為廣泛時，延伸成為城市行銷、娛樂視聽甚至品牌重要的收入來源機會，像是新北市的「新北市歡樂耶誕城」，被譽為「亞洲十大耶誕慶典」，2011 年首次舉辦後延續至今，2020 雖然受到疫情影響但仍然受到大眾期待，首度與迪士尼合作歡慶 10 週年，以「Disney Fairy Tales 迪士尼經典童話」為主題，打造史上天數最長、規模最盛大的新北耶誕城。燈區範圍也首度從市民廣場、板橋車站站前廣場、萬坪公園，擴展到府中商圈，4 大燈區包含 8 大光廊、5 條大道，還可以觀賞到全台唯一迪士尼 3D 光雕雷射投影秀，以及在 48 座裝置藝術中感受童話世界。並且有眾多企業品牌合作贊助，以及眾多基督教會的參與，可以說是創造了從城市品牌，商業品牌到非營利組織都獲得曝光的機會，更帶來了觀光與實際產品和服務的銷售收益，也沒有因此脫離的節慶的原始精神。

相對來說，臺北則將重心放在新曆年的跨年晚會，舉辦包含前期的跨年系列活動及行銷宣傳，每年邀請許多藝人表演增加吸引力，並且結合地標 101 大樓施放長秒數的煙火表演。並且結合信義區周邊商圈，將燈飾裝置、藝術造景、實體活動都納入節慶體驗的範疇，也成功的獲得了許多觀光客特別前往的意願。事實上也因為跨年的主題較容易發揮，雖然因為疫情的影響，2020 到 2021 的倒數，許多人應該都是在家度過，但因為剛好遇到連假，仍然有許多商機可以讓品牌發揮。

像是消費者在等待參與城市品牌舉辦的大型跨年節慶時，不少

人可能還在找尋食物果腹、或是看看有什麼外送的餐點適合，若是品牌想針對熟客經營，善用自媒體工具的 Facebook 和 IG，透過傳訊息祝福消費者並順道提醒，要是結合優惠方案就更有機會立刻產生訂單。例如把具有吸引力的產品照片、其他顧客的分享，以及料理過程當作素材，結合跨年過節議題增加曝光機會。若是品牌的店家就在熱門跨年景點的路上，而且過去就不錯的 Google 評分及留言，或是 Facebook 上有店家位址的導流機制，可以利用小額的廣告增加曝光，並且設定地點在一公里內的廣告範圍，讓還在附近滑手機的消費者產生注意。

　　若是還有結合外送及外帶服務的，更能提升附近住戶或是旅遊住宿的消費者購買意願。跨年限定商品的推出也是品牌搭上節慶運用的方式，大家 2020 年過得實在不容易，終於要跨年的至少有些期待，把握機會推出像是新年限定熱紅酒、2021 年的限量福袋 甚至是這三天才有的限量會員禮。若是餐飲業更可以推出限量的套餐搭配優惠，利用新年就開始吸引消費者關注，或是方便消費者參加城市品牌的跨年活動後，可以稍作休憩的服務延伸，都是品牌結合城市舉辦節慶的方式。

　　對城市的產業來說，執行舉辦大型節慶活動的人力資源、一定水平的餐廳和飯店，甚至是節慶活動需要的應用科技水準，像是煙火施放、燈光舞台，也都影響了城市的節慶活動是否能順利呈現出理想的面貌。有些城市節慶則是從當地獨特性的社會、文化與環境發展出來，像是原民文化、眷村文化或是客家文化而發展的地方節慶，甚至因為像是客家人在全國的占比與影響力，也有全國性的客家節慶活動舉辦，我們國家還是以漢民族為主的節慶居多，像定為國定假日放假的中秋節、端午節。

　　多數品牌針對已經存在的節慶活動設計活動，已經成為在促銷時的一種常態，甚至願意贊助國家或城市品牌的大型節慶活動，同時帶動品牌形象推廣，以及投資的實體收益。贊助及合作節慶活動已經成為品牌行銷策略的一種，對利害關係人的影響也越遠，開放接受外界贊助的節慶活動，其中最重要的考量之一就是，哪些類型的品牌合贊助及合作此節慶。就像全聯福利中心之前贊助台北市政府前的新年點燈活動，結合實際銷售及品牌形象，就收穫的不錯的成績。

　　許多節慶活動可能在地居民願意支持或感興趣的活動之一，因此利益關係者中的地區居民也是相當主要，而且有多通路品牌因為據點廣泛，當節慶活度的舉辦除了針對消費者即在網路上創造聲量外，獲得在地消費者支持可以降低因為活動過於熱絡而帶來的負面問題。像是之前百貨公司的週年慶就發生因為人潮過多，引發居民抗議反彈，或是因為觀光客參與城市節慶活動，造成的髒亂與噪音，都是必須事先溝通以及防範。因此也有不少品牌，在搭上城市節慶活動的機會時，並非以銷售或營利為目標，而是運用議題提升品牌的正面形象，之前就有品牌自願擔任社區的志工或協助舉辦大型節慶的觀光景點，來做整理清潔的動作。

　　國家及城市品牌這些政府組織經常利用節慶活動的舉辦，作為施政成效的展現，並作為服務選民和吸引觀光客的方式，不但有機會提升選民的滿意度，也能振興帶動特定區域的經濟發展。像是台灣燈會每次舉辦的時候，都能替舉辦的城市帶來許多商機，而地區性的像是屏東黑鮪魚文化觀光季，也帶動了屏東的漁業發展及黑鮪魚銷售量。通常政府單位不會自己直接舉辦活動，而是以標案的方式，提供經費由得標廠商負責，政府扮演資金來源及整體節慶活

動的監督者，得標廠商則是活動承辦者，負責所有相關的溝通與執行，也有少數大型企業品牌會直接與政府合辦節慶，但仍是以企業贊助為主。

　　企業品牌擔任贊助商或合作廠商，常常可以使節慶具有更多的商業價值，而非營利組織品牌的支持，更能帶動參與者的數量與動員力，像是節慶主辦單位像要針對長者在重陽節舉辦活動，這時以服務長者為主的公協會，因為擁有龐大的服務對象可以協助，而企業品牌若是贊助像是輔具以及長者的需求品，也能帶來品牌的曝光機會與正面形象。有些節慶活動的主辦單位甚至非常重視，透過合作及贊助來提升活動整體聲量與資源取得。贊助商或合作廠商有時也希望在節慶活動中的露出機會具有獨特性，因此節慶主辦者必須能夠為不同等級及產業的贊助者，量身打造出不同的贊助細節與執行方式。

　　針對區域設計的節慶活動，例如台北的杜鵑花節，或是桃園的龍岡米干節，都和當地居民以及城市發展的歷程有所關聯。透過節慶的舉辦以及品牌的贊助合作，甚至是跟當地的非營利組織品牌一起來找到節慶活動中在地化的文化意義，甚至提升當地居民的參與意願及榮譽感，像是台北的天母商圈，每年舉辦的萬聖節活動，就是附近居民、企業品牌、地方政府以及觀光客共同支持而成功每年舉辦的區域型節慶活動。

　　台灣許多商圈過去相當受連鎖品牌的影響，尤其是訴求國際化的商圈夜市，為了吸引外國觀光客所以會特別對知名連鎖品牌招商引資。但疫情導致國外旅客無法進入時，過度擴張的連鎖品牌反而導致商圈吸引力降低。觀光客已經逐漸產生本質上的改變，沒有特色的連鎖品牌無法倚靠陸客，會經營的更辛苦甚至面臨再一次品牌

轉型。本土消費者對於許多商圈的過度重複感到厭煩，因為當台北的消費者到了台中的商圈，還是看到一堆台北都有的連鎖品牌反而降低興趣。

不同城市的商圈及夜市品牌的獨特性越來越重要，甚至必須更積極的與在地結合，開發具有特殊在地元素的吃產品及服務，並且與城市節慶合作，像是台北的公館商圈就是跟台北市政府舉辦的杜鵑花節合作，增加在特定時間消費者可以賞花、旅遊以及飲食的服務。這些時候品牌擁有的資源雖然不多，但是當城市品牌在推動舉辦一些節慶時，就可以跟隨議題來發揮。大型的城市節慶活動帶來的人潮有機會帶動像商圈、夜市等特色場域的發展，也有機會創造媒體與消費者的關注。

賦予新意義

有些節慶因為文化發展歷程改變，而本來的意義相對多數人不了解，像是春分、小暑這些二十四節氣，目的是為了幫助古人在農作時的時間依據。節氣原本是用來指出一年中氣候寒暑變化的週期規律，由於我國自古以農立國，對農業社會的人而言，春耕、夏耘、秋收、冬藏是一年中的大事，因此對氣候與季節變化，須有一套準則或方法來遵循，以指導農業生產。但演變至今日，從事農業工作的人成為少數，但像是冬至吃湯圓、立春吃春捲以及國定假日的民族掃墓節則是清明，也都更生活化及商業化。

節慶活動的重要性在現代人的生活和文化中，有著特殊存在的價值與意義。社會公眾透過節慶活動參與找到連結，消費者在節慶活動中有了娛樂休閒與消費的合理性。品牌經由節慶活動的舉辦，

進而創造與消費者的關聯性，以及帶動促銷方案的效益，甚至非營利組織品牌和個人品牌也可以基於對議題的關懷或與自身的品牌理念相符而加入參與節慶活動的行列。不論是報紙或是電視上都隨處可見活動訊息，活動在我們的生活中占著很大的比重，也使我們的生活更為豐富。國家及城市品牌則為了滿足帶動產業需求、促進經濟發展，提升選民及社會公眾的參與和滿意度，甚至建立執政者的獨特政績，願意投入更多資源來推動各種節慶活動。

因此作者認為，在設計與創造節慶活動時，必須考量到五個不同元素，不一定要同時具備但至少要有其一，第一是社會文化中必須記憶懷念的重要節日或事件，最標準的就是國定假日的節慶，第二則是特殊文化與背景的重要歷程記錄，像是華人的二十四節氣、基督教信仰的耶誕節、復活節。第三是既定曆法的週期循環紀念，像是十二生肖年、十二星座，第四是消費者切身相關的重要歷程，例如生日、結婚紀念日、小孩滿月，第五則是獨特的產業或消費需求的習慣，像是雙十一購物日、百貨公司週年慶、品牌百店慶等。

而規劃及創造新節慶時，必須從舉辦方、參與方及社會公眾三方面來思考，針對參與者來說，會重複參與節慶必定有原因，像是每年幫長輩過母親節、父親節，原因當然是讓自己的父母感到開心，但若是重複著類似的儀式行為，買禮物、吃飯、解散回家，這時就會導致消費者對於感到無趣，但若是有品牌像城市想舉辦大型的感恩活動，或是頻道品牌來個感恩節目主題紀念，或許會創新而且有趣的方向。找出消費者過去對於參與節慶的意義，然後深化消費者想要的元素，或解決消費者一直不夠滿意的痛點，就更能增加消費者參與的機會。

有的咖啡廳並不知道怎麼跟消費者溝通，咖啡廳的品牌名稱、

品牌理念，在介紹產品時也只是不斷地提到像是藝妓、公平交易這些別家也有的產品，或是做了一杯柑橘咖啡卻也沒有專屬的產品品牌名稱。但其實這家店可能創辦人有自己的理想、對於某個文化或者議題特別關注，像是動物保育、流浪貓收養，而節慶活動的運用其實可以幫助品牌有更好的發揮機會。因為對消費者來說，記住跟自己切身相關或是感興趣的事物，比起記住品牌可能饒舌難念的名稱更容易。

　　每年 10 月 4 日的世界動物日，是為了紀念義大利傳教士聖方濟各，以及他所倡導的「向獻愛心給人類的動物們致謝」的理念。作者自己就很喜歡這個節慶，畢竟動物的議題不但具有公益性，同時對於品牌可以發揮的空間也很多。寵物行業的發展因為生活習慣的改變，越來越多人將飼養寵物變成了一種精神的寄託，對於成為生活的伴侶寵物毛小孩，也有著如同家人一般的角色存在。也因為寵物經濟的成長，不論是寵物的周邊販售、醫療照顧甚至奢侈品、專屬旅館，不少品牌也投入相關產業的經營。

　　雖然看似蓬勃發展的產業卻也有相當明顯的差異化，以往多數家庭較為偏好養狗，但隨著年輕世代對於居住環境的空間，以及人與寵物互動的關係模式改變，之前甚至有調查指出，水族生物及貓成為了第二、三受歡迎的寵物。當新一代的業者看好需求商機時，卻可能因為經營的方向，導致提供的內容及服務不夠具有吸引力，最常見的就是原本以狗類產品為主的食物及周邊販售，因為沒有規劃就加入了貓類產品，但對於貓奴而言，這樣的空間及味道可能導致進入購買願意降低。

　　更現實的層面則是，許多想投入寵物產業的業者，因為沒有適當的對市場狀態及銷售額增長率進行分析推論，導致可能投資不足

或是過度資源浪費。台灣市場中過去以家庭型態的照顧模式為主，大約落在 35～39 歲的區間及 60 歲以上，因為家中有「人類小孩」的原因，貓的角色更像他的兄弟姊妹，而對於高齡長輩來說，貓的身分則如同取代離巢的子女甚至孫子女。另外一個照顧族群則是 29～34 歲的單身未婚的中高收入者，因為在生活的壓力及寂寞的陪伴需求，都有工作也有一定的經濟收入及自主能力。也讓貓的角色如同情人伴侶一般。

當客群能越精準鎖定時，不論是從包裝上設計以及產品定位時都能更明確，像是運用美式、義式風味所設計的貓食、有設計感的寵物旅館及診所，以及能讓貓奴和主子都有面子的寵物背帶、外出籠。尤其是當貓奴本身也是對於外顯行為重視的消費者時，也有不少公司有所謂的「寶貝日」，就是曬主子的重要時刻。那些較為傳統或是沒有風格的品牌就很難被青睞。作者近 15 年前任職的中藥品牌，就曾推出相關貓主題的保健食品，大致分別為「腸胃道保健」、「體重控制」、「牙齒骨骼關節保健」、「皮毛保健」以及、「心腎臟保健」。

而另外也曾協助獸醫院檢驗器材設備的品牌規劃，更發現貓奴對於主子在生病時的，最在意的是抽血檢測時的血量，以及獸醫院的口碑。也因此像是老貓的照顧、浪貓的治療及收養訓練，甚至特定貓種的照顧都有相當的差異。許多業者投入產業時，若是本身具備相當的知識專業自然對品牌經營有幫助，但是必須更明白品牌的建立基礎與許多相關的服務必須有連結才能得到信任。像是有的寵物飲水器、便盆有進階紀錄寵物使用習慣的功能，就更能幫助貓奴對於主子的身體狀況瞭解，甚至在醫療上也較能與獸醫院溝通。

替主子採購的管道因為消費者的需求及習慣不同，包含網路電

商、寵物店、大賣場、生活百貨及獸醫院，但對於品牌的認識仍然有限，除了少數知名國際品牌外，最主要的考量為則是口碑討論及店家及及獸醫院推薦。因此當新品牌想要建立與消費者間的關係時，提供足量的試用品、體驗服務，讓貓直接感受感受體驗才是最有效果，再來就是運用社群建立關係。如何將寵物的喜好與需求轉換成讓消費者瞭解的內容，一直都是品牌是否能夠成功的關鍵之一，從支付轉化率和客單價來看，越能精準的鎖定消費者，進而從產品、服務層面來設計規劃，最後建立虛實整合的溝通管道，也就增加了品牌存活的機會。所以特別針對以動物為主題的產業特性及節慶商機來規劃行銷方案，更能達到有效的結合。

　　一窩蜂的每個品牌都去慶祝中元節、萬聖節，或是只做促銷而忽略了節慶活動背後的意義，品牌應該注重在節慶的價值，以及對目標消費者的關聯，設計方案增加互動。有時候設計新型態的節慶活動反而更能的品牌帶來新的機會，像是 2019 年春季法式美食節，由法國在台協會與台灣眾多品牌合作，讓喜歡嚮往法國風情的消費者有機會可以參與。同樣 2020 年 11 月義大利經濟貿易文化推廣辦事處等與臺北市政府共同合作舉辦「義大利飲食文化展」，或是最早舉辦的「SOGO 日本美食展」，都是從商業品牌的角度出發，創造的新形態節慶。

　　新型態的節慶活動，因為是屬於品牌造節，因此要用什麼當主題、怎麼發揮也就多了些空間。像是有 GQ 雜誌舉辦的肉食節，就是針對愛吃肉的族群為主要訴求，結合各家有特色而且販售以肉食為主的餐廳，也符合品牌在男性族群及時尚生活的形象。當品牌造節有了自己的專屬性後，節慶品牌的註冊與知識產權保護就成了重點，很多品牌剛開始造節沒有注意，節慶品牌名稱本來很有創意，

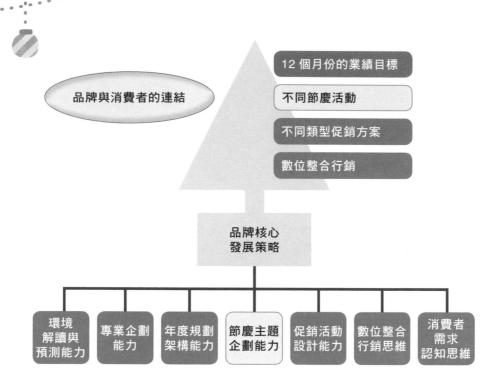

品牌與消費者的連結

12 個月份的業績目標

不同節慶活動

不同類型促銷方案

數位整合行銷

品牌核心
發展策略

| 環境解讀與預測能力 | 專業企劃能力 | 年度規劃架構能力 | 節慶主題企劃能力 | 促銷活動設計能力 | 數位整合行銷思維 | 消費者需求認知思維 |

但卻沒有法律保障，等其他競爭者也都用了相同的名稱時，就很難有機會爭取權利。

　　也有比較特殊品牌造節，是像是品牌創辦人因為喜歡藝術，所以特別針對自己的收藏品或喜歡的藝術家舉辦藝術節，甚至將藝術節的主題與品牌的產品及服務結合，推出節慶紀念品。或是因為紀念已離世的創辦人，在離世的週年舉辦回顧節慶與展覽，並透過行銷傳播傳遞創辦人的品牌理念、品牌願景。這些都是相對於很多其他同業競爭者做不到的，也很難模仿的品牌造節。

　　作者依照國內法規行事曆以及常見的節慶活動主題，依照月份排列分為法規紀念日（放假）、法規紀念日（只紀念）、原住民節慶、重要非表定、二十四節氣（含四季）、學校假期、軍方、基督教、國際型、觀光局活動（國際／全國）、商業類等類型，另外還有品牌本身、消費者本身以及自然環境的節慶紀念，都可以作為

「品牌耶誕樹」中，年度規劃內各月份的重要議題，並且可以適度
結合促銷方案的安排，但最重要的是透過節慶與消費者產生連結，
進而達到社會公眾對品牌的了解與認同。

　　針對所有台灣常見的節慶類型，包含全國性節慶、品牌本身為
主的節慶活動、消費者為主的節慶活動以及自然環境為主的節慶活
動，作者整理出不同的重點內容和項目，可以運用在年度規劃時的
每個月分，也可以適度地搭配促銷方案來應用。

同時將部分常見的節慶活動，先以表列的方式呈現如下，當中節慶包含了國曆的日期以及農曆的日期，但為了方便呈現先放在同一個欄位，可在依當年的行事曆日期來做調整。而變動最大的則是行政院觀光局公告的節慶活動，因為受到疫情影響所以不少時間都延後甚至暫時停辦，但是疫情緩和後未來仍然有機會重新辦理。

年度節慶重點排程表（重點表列）

月份	1 月	2 月	3 月	4 月
法規紀念日（放假）	中華民國開國紀念日 1 月 1 日 農曆除夕一日春節三日	和平紀念日 2 月 28 日		民族掃墓節 4 月 5 日 兒童節 4 月 4 日
法規紀念日（只紀念）	道教節農曆 1 月 1 日		婦女節 3 月 8 日 國父逝世紀念日 3 月 12 日（植樹節）反侵略日 3 月 14 日 革命先烈紀念日／青年節 3 月 29 日	佛陀誕辰紀念日農曆四月八日
原住民		戰祭	貝神祭 飛魚祭	
重要非表定	天穿日／全國客家日農曆正月二十 鄧麗君日 1 月 29 日	西洋情人節 2 月 14 日	童軍節 3 月 5 日 白色情人節 3 月 14 日 美術節 3 月 25 日	

二十四節氣	小寒 1 月 5～7 日 大寒 1 月 19～21 日	立春 2 月 3～5 日 雨水 2 月 18～20 日	驚蟄 3 月 5～7 日 春分 3 月 20～22 日	清明 4 月 4～6 日 穀雨 4 月 19～21 日
四季	冬	春	春	春
學校假期	寒假	寒假 開學季		
軍方				
基督教				復活節 3 月 21 日春分後第一個星期日
國際型	全球家庭日 1 月 1 日	世界濕地日 2 月 2 日	國際消費者權益日 3 月 15 日 世界睡眠日 3 月 15 日	愚人節 4 月 1 日 世界衛生日 4 月 7 日 世界地球日 4 月 22 日
觀光局活動（國際）	台北國際書展	台灣燈會 月津港燈節 高雄燈會藝術節 臺中媽祖國際觀光文化節 臺灣慶元宵～鹽水蜂炮	台灣國際藝術節 客家桐花祭	福隆國際沙雕藝術季 澎湖國際海上花火節 臺灣自行車節
觀光局活動（全國）		陽明山花季 武陵農場櫻花季 苗栗火旁龍系列活動 新北市平溪天燈節 花在彰化 臺北燈節	龍岡米干節	鹿港慶端陽系列活動 屏東黑鮪魚文化觀光季 臺南市國際龍舟錦標賽 高雄愛河端午龍舟嘉年華
商業類				

月份	5月	6月	7月	8月
法規紀念日（放假）	勞動節5月1日（限） 端午節農曆五月初五			中秋節農曆八月十五
法規紀念日（只紀念）			解嚴紀念日7月15日	
原住民	打耳祭	收穫祭	小米祭 豐年祭 豐年祭 收穫祭	感恩節 祖靈祭
重要非表定	母親節5月第二個星期日		七夕農曆七月初七 中元節農曆七月十五	原住民族日8月1日 父親節8月8日 祖父母節8月第四個星期日
二十四節氣	立夏5月5～7日 小滿5月20～22日	芒種6月5～7日 夏至6月20～22日	小暑7月6～8日 大暑7月22～24日	立秋8月7～9日 處暑8月22～24日
四季	夏	夏	夏	秋
學校假期			暑假	暑假
軍方			陸軍節7月7日	空軍節8月14日
基督教		五旬節／聖靈降臨節復活節後第50天		

	國際護士節 5 月 12 日 國際博物館日 5 月 18 日	世界環境日 6 月 5 日 世界海洋日 6 月 8 日	世界建築日 7 月 1 日	國際青年日 8 月 12 日
國際型				
觀光局活動（國際）		臺灣國際熱氣球嘉年華	宜蘭國際童玩藝術節	
觀光局活動（全國）				大稻埕情人節 新北市兒童藝術節
商業類				

月份	9 月	10 月	11 月	12 月
法規紀念日（放假）	軍人節 9 月 3 日（限）	國慶日 10 月 10 日		
法規紀念日（只紀念）	孔子誕辰紀念日 9 月 28 日（教師節）	臺灣聯合國日 10 月 24 日 臺灣光復節 10 月 25 日	國父誕辰紀念日／中華文化復興節 11 月 12 日	行憲紀念日 12 月 25 日
原住民		火神 感恩祭 米貢祭 矮靈祭 祈天祭 太祖夜祭		猴祭 年祭 收穫節祭
重要非表定		中華民國華僑節 10 月 21 日 萬聖節 10 月 31 日		
二十四節氣	白露 9 月 7 ～ 9 日 秋分 9 月 22 ～ 24 日	寒露 10 月 7 ～ 9 日 霜降 10 月 23 ～ 24 日	立冬 11 月 7 ～ 8 日 小雪 11 月 21 ～ 23 日	大雪 12 月 6 ～ 8 日 冬至 12 月 21 ～ 23 日
四季	秋	秋	冬	冬
學校假期	開學季			
軍方	海軍節 9 月 2 日			憲兵節 12 月 12 日
基督教				聖誕節 12 月 25 日
國際型	世界無車日 9 月 22 日	世界動物日 10 月 4 日 世界傳統醫藥日 10 月 22 日	金氏世界紀錄日 11 月 9 日	世界愛滋病日 12 月 1 日 國際殘疾人日 2 月 3 日

觀光局活動（國際）		台灣好湯～溫泉美食嘉年華		臺北最 HIGH 新年城～跨年晚會新北市歡樂耶誕城
觀光局活動（全國）		三義木雕藝術節系列活動臺灣滷肉飯節	屏東聖誕節	福隆迎曙光系列活動
商業類	百貨週年慶		光棍節 11 月 11 日	

6.5

節慶活動 I
全國性節慶

法定紀念日及節日

法定紀念日和節日	放假	中華民國開國紀念日 1 月 1 日
		農曆除夕一日春節三日
		和平紀念日 2 月 28 日
		民族掃墓節 4 月 4～5 日
		兒童節 4 月 4 日
		勞動節 5 月 1 日（限）
		端午節農曆五月初五
		中秋節農曆八月十五
		軍人節 9 月 3 日（限）
		國慶日 10 月 10 日
		原住民族歲時祭儀（限）
	不放假	道教節農曆一月一日
		婦女節 3 月 8 日
		國父逝世紀念日 3 月 12 日（植樹節）
		反侵略日 3 月 14 日
		革命先烈紀念日／青年節 3 月 29 日
		佛陀誕辰紀念日農曆四月八日
		解嚴紀念日 7 月 15 日
		孔子誕辰紀念日 9 月 28 日（教師節）
		臺灣聯合國日 10 月 24 日
		臺灣光復節 10 月 25 日
		國父誕辰紀念日／中華文化復興節 11 月 12 日
		行憲紀念日 12 月 25 日

根據「紀念日及節日實施辦法」，將中華民國的主要紀念日及節日法制化，主要區分成紀念及放假，以紀念但不放假兩大類。放假與否關係到節慶當日的消費者模式，是否有空閒時間可以出遊、消費購物，或是從事儀式相關的活動。而部分法定放假日期因為之前受到周休二日及其他政策的影響，所以曾經有所調整。以下為相關條文內容：

第 1 條

紀念日及節日之實施依本辦法之規定。

第 2 條

紀念日如下：

一、中華民國開國紀念日：一月一日。

二、和平紀念日：二月二十八日。

三、反侵略日：三月十四日。

四、革命先烈紀念日：三月二十九日。

五、佛陀誕辰紀念日：農曆四月八日。

六、解嚴紀念日：七月十五日。

七、孔子誕辰紀念日：九月二十八日。

八、國慶日：十月十日。

九、臺灣聯合國日：十月二十四日。

十、國父誕辰紀念日：十一月十二日。

十一、行憲紀念日：十二月二十五日。

國父逝世紀念日在三月十二日植樹節舉行。

第 3 條

前條各紀念日，全國懸掛國旗，其紀念方式如下：

一、中華民國開國紀念日、國慶日：中央及地方政府分別舉行紀念
　　活動，各機關、團體、學校亦得分別舉行紀念活動，放假一日。

二、和平紀念日：由有關機關、團體舉行紀念活動，放假一日。

三、國父逝世紀念日：在植樹節植樹紀念。

四、反侵略日、解嚴紀念日、臺灣聯合國日：由有關機關、團體舉
　　行紀念活動。

五、革命先烈紀念日：中央及地方政府分別春祭國殤。

六、佛陀誕辰紀念日：由有關機關、團體舉行紀念活動。

七、下列各紀念日，中央及地方政府分別舉行紀念活動，各機關、
　　團體、學校亦得分別舉行紀念活動：

　　（一）孔子誕辰紀念日。

　　（二）國父誕辰紀念日。

　　（三）行憲紀念日。

第 4 條

下列民俗節日，除春節放假三日外，其餘均放假一日：

一、春節。

二、民族掃墓節。

三、端午節。

四、中秋節。

五、農曆除夕。

六、原住民族歲時祭儀：各該原住民族放假日期，由行政院原住民
　　族委員會參酌各該原住民族習俗公告，並刊登政府公報。

第 5 條

下列節日，由有關機關、團體、學校舉行慶祝活動：

一、道教節：農曆一月一日。

二、婦女節：三月八日。

三、青年節：三月二十九日。

四、兒童節：四月四日。

五、勞動節：五月一日。

六、軍人節：九月三日。

七、教師節：九月二十八日。

八、臺灣光復節：十月二十五日。

九、中華文化復興節：十一月十二日。

前項節日，按下列規定放假：

一、兒童節：放假一日。兒童節與民族掃墓節同一日時，於前一日
　　放假。但逢星期四時，於後一日放假。

二、勞動節：勞工放假。

三、軍人節：依國防部規定放假。

第 5-1 條

紀念日及節日之放假日逢例假日應予補假。例假日為星期六者於前
一個上班日補假，為星期日者於次一個上班日補假。但農曆除夕及
春節放假日逢例假日，均於次一個上班日補假。

第 5-2 條

第二條、第四條及第五條規定紀念日及節日以外具特殊意義，有慶

祝或舉辦活動必要之日，得由目的事業主管機關會商有關機關訂定
實施之。

第 6 條

本辦法自發布日施行。

本辦法中華民國九十九年十一月二日修正之條文，自一百年一月一
日施行。

本辦法中華民國一百零三年六月十一日修正之條文，自一百零四年
一月一日施行。

名稱	日期	由來
中華民國開國紀念日	1 月 1 日	紀念 1912 年同日，中華民國臨時政府於南京成立。
農曆除夕	農曆正月初一前日	漢族傳統節日，於農曆新年前一日守歲、辭年。
春節／道教節	農曆正月初一至正月初三（道教節只限正月初一）	漢族舊時元旦，傳統新年，於農曆新年。
和平紀念日	2 月 28 日	悼念 1947 年之二二八事件，全國各機關並降半旗，以示哀悼。
婦女節	3 月 8 日	國際節日，紀念婦女在經濟、政治和社會等領域之貢獻，亦藉以反思性別議題。

國父逝世紀念日	3月12日	紀念中華民國國父孫中山逝世。同為植樹節,故以藉此提倡林木保育。
反侵略日	3月14日	因應中華人民共和國制訂的《反分裂國家法》,警惕其對中華民國政權之威脅。
革命先烈紀念日／青年節	3月29日	1998年起,為紀念黃花崗起義而立定,並同為青年節、中樞春祭。
兒童節	4月4日	1931年中華慈幼協會呈請政府響應1925年國際兒童宣言,提醒重視兒童權利、反對虐殺兒童。
民族掃墓節	農曆清明,即4月4日或4月5日	漢族傳統節日,依照節氣之清明日期為準,通常為西曆4月4日或4月5日。
勞動節	5月1日	紀念勞工對社會與經濟的之貢獻。
佛陀誕辰紀念日	農曆四月初八	紀念釋迦牟尼誕辰。
端午節	農曆五月初五	漢族傳統節日,驅除瘟疫、紀念詩人屈原逝世。
解嚴紀念日	7月15日	紀念1987年同日蔣經國解除長達38年之台灣省戒嚴令
軍人節	9月3日	紀念1945年對日八年抗戰勝利,中樞秋祭。
中秋節	農曆八月十五	漢族傳統節日,闔家團聚的日子。

孔子誕辰紀念日／教師節	9 月 28 日	為紀念至聖先師孔子誕辰，故於 1998 年立定，並藉以感念教師之貢獻。
中華民國國慶日	10 月 10 日	紀念 1911 年同日武昌起義。
聯合國日	10 月 24 日	紀念 1945 年同日聯合國憲章實施。
台灣光復節	10 月 25 日	台灣經歷了日本統治五十年之後，於第二次世界大戰後的 1945 年 10 月 25 日由中華民國政府接手統治。中華民國政府認為其接手統治台灣之舉是「收回」台灣，故於 1998 年立定此節日以紀念之。
國父誕辰紀念日／中華文化復興節	11 月 12 日	為紀念中華民國國父孫文誕辰，故於 2001 年立定之，並為中華文化復興節。
行憲紀念日	12 月 25 日	紀念 1947 年同日中華民國憲法正式實施，並於 2001 年立定之。
原住民族歲時祭儀	由各該部落另定	因原住民族包含多個不同族群部落，其節日之時節亦不盡參照西曆或農曆等曆法。為因應各部落之歲時祭儀需求，2010 年起原住民族委員會皆先行參照各部落公告之日期，方才刊登於政府公報，唯放假僅以一日為限。

法規紀念日（放假）

 CASE **一月一日　中華民國開國紀念日** ・・・
元祖食品

搭配祝賀詞的雙關語慶祝新年的到來。

資料來源　**作者自攝**

元旦
飯店促銷方案

• • •

促銷活動目的：

- 為了回饋本酒店的新老顧客，讓顧客體會到飯店的品牌氣勢與獨特的文化氛圍，讓顧客親近飯店，在經濟利益增長的同時，最大程度的強化飯店的知名度，提升品牌影響力。元旦來臨之際，特制定此活動方案，具體如下：

- 元旦即將來臨！為了讓消費者體會到飯店的品牌氣勢和獨特的文化氛圍，在經濟利益增長的同時強化酒店的知名度，提升品牌影響力。

活動時間：12 月 31 日～ 1 月 3 日

活動地點：飯店

主題一：辭舊迎新　節日祝福灑人間

- 活動方式：活動期間入住飯店的顧客進行贈送精美小禮物；在活動期間入住的客人提供滿 2000 元送 200 元商場折價券（未滿 2000 的按 2000 元計）。

- 在 1 月 1 日至 1 月 3 日期間用餐的顧客滿 2000 元（以結算金額為准）送 200 元商場折價券。（有效日期為 2 月 18 日～ 3 月 17 日）

主題二：幸運從天降

- 活動方式：凡活動當天在本飯店住宿或用餐的顧客，身份證號碼、手機號碼、車牌中有 1111 的數字，將獲得本飯店 8 折金卡，憑此金卡在飯店消費均享受 8 折優惠（憑有效證件領取，並建立貴賓檔案，有效期為一年）。

- 在 1 月 1 日用餐當天的客人均可參加當天的幸運大抽獎活動，抽獎方式為以每桌為單位，把桌牌號統一的放入抽獎箱，在中午十二點三十分的時候，由飯店總經理致辭並親自抽出「新年幸運大使」及兩名幸運獎，「新年幸運大使」中獎者將獲得由飯店免費提供的豪華房間一晚，幸運獎將各獲得由本飯店提供的 1000 元商場折價券（獲獎兌現有效期為 1 月 1 日至 2 月 1 日）。
- 活動當天在飯店用餐的，以桌為單位，均可獲得由本酒店送出的精美禮品一份。活動當天在包間用餐的客人填寫幸運星檔案的，在今後半年內在本酒店消費，憑個人資料即可享受一次九折優惠。

CASE

農曆除夕一日春節三日
全家超商

結合農曆新年的氛圍以及與知名圖像品牌「卡娜赫拉的短耳貓頭鷹」，以階段性的方式來達到年節慶祝與促銷方案推廣的目的。

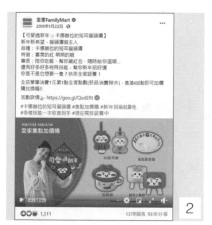

資料來源　　1.2. 品牌 FB 專頁　　3.4.5. 作者自攝

CASE 農曆新年
A 品牌體驗活動

產品：
全系列產品

活動期間：
1 月 13 日～1 月 27 日（每週六、日，共 5 天）

目標消費群：
家庭主婦（夫）

預算：
40 萬元

活動策略：

· 運用健康年菜現場教學及試吃活動吸引消費者圍觀，創造活絡
  的現場氣氛以及強化消費者對產品的認知。運用活動現場佈置
  以及年節氣氛音樂播放，塑造歡樂的年節氛圍。透過活動主持
  人、現場展示人員等人員的強力促購創造銷售佳績。

CASE 農曆新年
IKEA

・・・

針對節慶延長營業時間，方便消費者購物以及推出會員促銷方案吸引消費者。

資料來源 **品牌廣告信件**

4月1日　愚人節
A 美容連鎖品牌「假面派對」活動方案

• • •

活動主題：蝶變之「女為悅己者容」

活動時間：4 月 1 號（星期四）

活動地點：酒吧

活動商家：A 美容連鎖品牌

活動構想：

- A 美容連鎖品牌攜手真愛酒吧將打造一場全新的蝴蝶效應視覺盛宴。

- 彷彿看見春天花叢中的蝴蝶飛舞，蝴蝶是美麗的化身，從帶上蝴蝶面具的那一刻，你就已然成為了全場裡飛舞的蝴蝶精靈。

- 在愚人節當晚將邀請你、我、他重溫中世紀奢華的假面派對，在春天百花齊放的日子，女士們佩戴著美麗的蝴蝶面具，男士們戴上奢靡的面具聚在一起。面具掩蓋了大家的真實身份，所以大家可以毫無顧忌，恣意狂歡。整晚的音樂、整晚的美酒、整晚的歡慶。這是一場不散的夜宴。

- 「娛」人節：隔著面具 你我撤去一份陌生的羞澀 摘掉面具 你我贏得一份珍貴的記憶

  活動場景營造：

- 在場外設置 A 美容連鎖品牌諮詢台以及擺放愚人節活動展板、海報。

- 在場內舞臺上放置一個帶有蝴蝶圖案的大型面具主題背板。

- 在場內各區域懸掛帶有蝴蝶圖案的大型面具造型裝飾物。

- 全場所有工作人員佩戴活動面具。
- 在全場各區域佈置芬芳的鮮花，營造蝴蝶在鮮花叢中飛舞的視覺效果。

活動內容：

- 道具派發：21：30 分開始──在真愛場外休息區佈置 A 美容連鎖品牌諮詢台，由工作人員向客人派發活動面具以及活動抽獎號碼牌，同時進行 A 美容連鎖品牌的品牌宣傳、道具派發（備註：女士派發蝴蝶造型面具，男士派發貴族造型面具；男女抽獎號碼牌各 50 個：1～50 號，男牌為藍色、女牌為紅色。）
- 會員回饋：活動當晚，A 美容連鎖品牌」提供 15 名女性會員回饋名額（報名成功的會員可攜帶一個姐妹淘同行）。酒吧將在場內安排一個女性會員接待專區，派發活動面具及抽獎號碼牌，女士憑身分認證免費進入專區暢飲紅酒，參與最神秘的假面派對，贏取 A 美容連鎖品牌」4 月天驚喜大獎。
- 模特展示：活動當晚邀請五名專業模特在真愛酒吧高峰期進行蝶變主題展示，佩戴蝴蝶造型面具，身著華麗花蕾禮服，模特面部配合華麗妝容以及在頸部、背部、手臂處進行蝴蝶圖案的彩繪，走上舞臺將自己完美的身材與完美肌膚展現給全場來賓。
- 蝶變舞蹈展示：結合蝶變主題，邀請三名優秀的歌舞團舞蹈藝人編排兩支配合主題的面具舞蹈，將 A 美容連鎖品牌」塑造美麗，享受生活的口號得到展現。
- 互動遊戲：活動當晚，在抽獎箱中放置 1～50 號的號碼牌，

與抽中的號碼相同號碼的男女可參與當晚的互動交友環節，贏取 A 美容連鎖品牌」精美大獎。（製作精美的蝴蝶號碼牌，女牌底色為紫紅色，男牌底色為深藍色）

· 抽獎遊戲：活動當晚，在抽獎箱中抽出精美好禮，限女士參與，抽中的號碼即可領取。

Case 4月4～5日　民族掃墓節　　　···
LEXUS　愚人節

以幽默的方式同時將愚人節的議題與民族掃墓節返鄉開車做結合，有趣也不會讓人太過反感。

LEXUS.tw
2018年4月1日 · 🌐

清明返鄉掃墓，遇到高乘載管制時，車上人數不夠怎麼辦？

因應這項措施，4/1當日限定，至全台 LEXUS 展示中心，就能免費索取 [高乘載絕對通過車窗貼]！

#高乘載管制完美障眼法 #LEXUS #LEXUSIS

👍😆😮 2,936　　　286則留言 359次分享

1

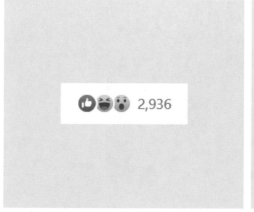

👍😆😮 2,936

ALL LEXUS
高乘載
絕對通過 **車窗貼**

2

資料來源　https://www.facebook.com/lexus.tw

農曆八月十五　中秋節
濃韻

搭配中秋烤肉的議題，並提供導購的連結方式。

資料來源　**品牌廣告**

中秋節
全聯福利中心

···

針對節慶產品設計消費者參與活動,增加趣味性。

資料來源　**作者自攝**

九月三日（限） 軍人節
全家超商

• • •

針對特定節慶日期數字提出促銷方案，並且透過主視覺增加消費者對議題的關注。

資料來源　**作者自攝**

CASE 十月十日　國慶日
大苑子

結合節慶主題與 FB 訊息運用，增加消費者索取折價卷的機會。

CASE 5 月第二個星期日　母親節
A 品牌女人節

· · ·

檔期時間：

4/27（五）～ 5/13（日）共 17 天，含 6 個假日。

商品策略：

女人節以推薦給年輕時尚女性，犒賞並疼愛自己的禮物為主打方向，在飾品及女鞋業種推出具流行感並擁有優惠價格之當季商品，化妝品、內睡衣主推多樣超值特惠禮盒，美食業種則於母親節期間，推出各式母親節優惠套餐。

重點業種：

主題餐廳、飾品禮物、女鞋、女裝

特別促銷活動：

好飾券滿 2000 抵 250

主題餐廳	**母親節套餐** 推出特價折扣之套餐組合，預約用餐禮（飲料、蛋糕或贈品），3 人以上同行，1 人免費優惠。

8月8日　父親節

可口可樂

・・・

以經典的品牌配色以及大小不同的瓶身尺寸，帶出節慶的氛圍與意義。

資料來源　**品牌廣告**

CASE

父親節
吉列刮鬍刀

品牌發起與父親一起剃須的話題，讓網友以秀父愛的形式分享自己的生活。

資料來源　**品牌微博**

CASE

10月10日　國慶日
雙十國慶好運「與日俱增」

• • •

活動時間：

10.1 ～ 10.710

活動內容：

・ 關愛「10」幸運者：凡出生的年、月、日、身份證號碼中，
數字有1或0的消費者來購30元以上的飲料，立即優惠10元。

活動控制與評估：

・ 在活動中做好到達人數、活動參加人數、購買人數、銷售額等
做好詳細記錄

・ 活動後期做好活動將以上資料及媒體投放頻次、消費者回饋意
見等收集

・ 總部品牌規劃部做好活動評估、總結，以便提供更好的行銷服
務給加盟夥伴。

重要核定節慶

　　這類的節慶，通常也是台灣許多不同民族、信仰及職業中的重要紀念日。但因為沒有被列入「紀念日及節日實施辦法」之中，但是也是屬於國內的重要節慶，所以另外將各級主關機關當中的重要紀念日，公布為「110 年紀念日、節日及中央目的事業主管機關核定之日」。像是母親節、父親節都是屬於雖然消費者及品牌都覺得很重要，也因此當中很多節慶就成為了適合被用作為商業溝通時的議題。

110 年紀念日、節日及
中央目的事業主管機關核定之日

月份	日期	節日
1 月	1 日	※ 中華民國開國紀念日
	6 日	獸醫師節
	11 日	司法節
	15 日	藥師節
	19 日	消防節
	23 日	自由日
2 月	4 日	農民節
	11 日	※ 除夕
	12 日	※ 春節

	農曆 1 月 1 日	※ 道教節
	15 日	戲劇節
	19 日	炬光節
	26 日	觀光節（農曆 1 月 15 日）
	28 日	※ 和平紀念日
3 月	1 日	兵役節
	3 日	全國客家日（農曆 1 月 20 日）
	5 日	童子軍節
	8 日	※ 婦女節
	12 日	※ 國父逝世紀念日 ※ 植樹節
	14 日	※ 反侵略日
	17 日	國醫節
	20 日	郵政節
	21 日	氣象節
	25 日	美術節
	26 日	廣播電視節
	29 日	※ 革命先烈紀念日 ※ 青年節
4 月	1 日	主計節

	4 日	※ 兒童節 ※ 民族掃墓節（清明節）
	5 日	音樂節
	7 日	言論自由日、衛生節
	26 日	專利師節
	28 日	工殤日
5 月	1 日	※ 勞動節
	4 日	文藝節牙醫師節
	5 日	舞蹈節
	9 日	母親節（5 月第 2 個星期日）
	12 日	護士節
	15 日	兒童安全日臨床心理師節
	19 日	※ 佛陀誕辰紀念日（農曆 4 月 8 日）
6 月	3 日	禁煙節
	5 日	環境日
	6 日	工程師節水利節
	8 日	國家海洋日
	9 日	鐵路節
	14 日	※ 端午節（農曆 5 月 5 日） 詩人節（農曆 5 月 5 日）
	15 日	警察節

	23 日	公共服務日
	30 日	會計師節
7 月	1 日	公路節、漁民節、稅務節、戶政日
	3 日	合作節（7 月第 1 個星期六）
	11 日	航海節
	15 日	※ 解嚴紀念日
8 月	8 日	父親節
	22 日	祖父母節（8 月第 4 個星期日）
	27 日	鄭成功誕辰紀念日
9 月	1 日	記者節
	3 日	※ 軍人節 全民國防教育日
	8 日	物理治療師節
	9 日	國民體育日
	21 日	※ 中秋節（農曆 8 月 15 日） 國家防災日
	28 日	※ 孔子誕辰紀念日 ※ 教師節
10 月	10 日	※ 國慶日
	14 日	老人節（農曆 9 月 9 日）
	20 日	廚師節

	21 日	華僑節
	24 日	※ 臺灣聯合國日
	25 日	※ 臺灣光復節 清潔隊員節
	27 日	職能治療師節
	31 日	榮民節
11 月	1 日	商人節
	8 日	醫事放射師節
	11 日	工業節地政節全民健走日
	12 日	※ 國父誕辰紀念日 ※ 中華文化復興節 醫師節
	21 日	防空節
12 月	10 日	人權日
	18 日	移民日
	21 日	呼吸治療師節
	27 日	建築師節
	28 日	電信節
	30 日	全國保全日

註：
1. 本表「※」為現行紀念日及節日實施辦法所定之紀念日及節日。
2. 原住民族歲時祭儀節日，請參考原住民族委員會公告。

原住民族節慶

名稱	日期	簡介
戰祭	2月～4月間	鄒族民俗節日及祭典，各該部落族人放假。
貝神祭	3月1日	鄒族民俗節日及祭典，各該部落族人放假。
飛魚祭	3月～4月間	達悟族民俗節日及祭典，各該部落族人放假。
打耳祭	5月第二個星期五	布農族民俗節日及祭典，各該部落族人放假。
收穫祭	6月間	達悟族民俗節日及祭典，各該部落族人放假。
小米祭	7月第二個星期五	魯凱族民俗節日及祭典，各該部落族人放假。
豐年祭	7月10日～8月間	噶瑪蘭族民俗節日及祭典，各該部落族人放假。
豐年祭	7月～9月間	阿美族民俗節日及祭典，各該部落族人放假。
收穫祭	7月～8月間	排灣族民俗節日及祭典，各該部落族人放假。
感恩節	8月最後一個星期五	泰雅族民俗節日及祭典，各該部落族人放假。

祖靈祭	農曆八月一日	邵族民俗節日及祭典,各該部落族人放假。
火神	10 月第一個星期五	撒奇萊雅族民俗節日及祭典,各該部落族人放假。
感恩祭	10 月 15 日	太魯閣民俗節日及祭典,各該部落族人放假。
米貢祭	10 月間	鄒族民俗節日及祭典,各該部落族人放假。
矮靈祭	農曆奇數年十月間	賽夏族民俗節日及祭典,各該部落族人放假。
祈天祭	農曆偶數年十月間	賽夏族民俗節日及祭典,各該部落族人放假。
太祖夜祭	農曆十月廿五	西拉雅族民俗節日及祭典,各該部落族人放假。
猴祭	12 月	卑南族民俗節日及祭典,各該部落族人放假。
年祭	12 月 31 日	卑南族民俗節日及祭典,各該部落族人放假。
收穫節祭	12 月 31 日	賽德克族民俗節日及祭典,各該部落族人放假。

軍人相關節慶

名稱	日期	由來
聯勤節	4 月 1 日	紀念 1950 年同日,聯合勤務總司令部在臺灣重新成立。
陸軍節	7 月 7 日	1937 年盧溝橋事變日本侵略中國,八年抗戰開始。
空軍節	8 月 14 日	紀念 1937 年淞滬會戰時,中華民國空軍於筧橋空戰中勝利。
海軍節	9 月 2 日	紀念 1958 年九二海戰時,中華民國海軍以 1 比 13 的懸殊兵力以寡擊眾大獲全勝。
憲兵節	12 月 12 日	紀念 1936 年西安事變時,中華民國憲兵為保護時任國民革命軍總司令蔣中正而捨身殉國。

二十四節氣

　　二十四節氣必須按照太陽在天空中運行的真實位置而定，它其實是一個「時刻」，而非「一日」。傳統中國曆法為陰陽合曆，制訂的準則有利用太陽的運動（日、年與節氣），也有月亮的運動（月）。在地球上觀察，太陽每日會向東移動約 1 度，環繞一圈的時間稱為「回歸年」或「太陽年」，其運行軌跡稱為「黃道」。由於地球自轉軸相對於公轉軸有 23.5 度的傾角，使得夏季正午時太陽仰角高度較高，冬季時較低，影響一年四季氣溫與季候。為了讓先民們能得知寒暑氣候變化而決定農事進展或作為生活起居的參考，古代曆法學家於是規定：將每年冬至到次年冬至的一回歸年時間平分為十二等分，稱為中氣；再將二個中氣等分稱為節氣，此為二十四節氣的來源，而這種節氣的制訂法稱為「平氣法」。

　　—— 資料來源：引用臺北市立天文科學教育館二十四節氣

　　但因為現在台灣的多數人民並非從事與農業相關工作，起居生活也不太受到節氣的影響，因此現在二十四節氣當中的部分節氣，已經轉變成商業導向的節慶議題應用。

季節 （北溫帶為準）	公曆月份	廿四節氣	國曆日期
春季	2 月	立春	2 月 3 ～ 5 日
		雨水	2 月 18 ～ 20 日
	3 月	驚蟄	3 月 5 ～ 7 日

		春分	3 月 20〜22 日
	4 月	清明	4 月 4〜6 日
		穀雨	4 月 19〜21 日
夏季	5 月	立夏	5 月 5〜7 日
		小滿	5 月 20〜22 日
	6 月	芒種	6 月 5〜7 日
		夏至	6 月 20〜22 日
	7 月	小暑	7 月 6〜8 日
		大暑	7 月 22〜24 日
秋季	8 月	立秋	8 月 7〜9 日
		處暑	8 月 22〜24 日
	9 月	白露	9 月 7〜9 日
		秋分	9 月 22〜24 日
	10 月	寒露	10 月 7〜9 日
		霜降	10 月 23〜24 日
冬季	11 月	立冬	11 月 7〜8 日
		小雪	11 月 21〜23 日
	12 月	大雪	12 月 6〜8 日
		冬至	12 月 21〜23 日
	1 月	小寒	1 月 5〜7 日
		大寒	1 月 19〜21 日

大暑
麥當勞

   • • •

以諧音的方式來增加產品與節慶的關聯性。

資料來源　**品牌微博**

CASE

二十四節氣
杜蕾斯　獨過二十四節氣

運用節慶的意象來表現跟品牌相關帶有情慾成分的議題。

資料來源　**品牌微博**

253

CASE

冬至
桂冠

以團圓為主題的來提醒，消費者回家的溫暖，以及一起吃湯圓的幸福。

資料來源　1. 品牌 FB 專頁　2. 作者自攝

夏季
Uniqlo

以男性為目標客群，設計品牌自有節慶來結合夏季的氣候與穿搭需求。

1

2

3

資料來源　1.品牌FB專頁　2.LINE　3.作者自攝

CASE 夏季
促銷方案

• • •

活動目的：五月過後，即將進入夏季，為了營造更舒適的居住環境，消費者會考慮更換臥室、客廳的裝修風格，以適應夏天的主題，首先要更換的即是窗簾，床品四件套，我們可以借助消費者的需求，在銷售家紡產品的同時，帶動其他產品的銷售，成功消化庫存、拉動營業額、提高知名度。

活動主題：「繽紛一夏，樂享生活」

活動時間：5 月 1 日至 5 月 7 日

活動內容：

· 優惠活動一：進店有禮

  活動期間，每天進店前十名的顧客，均贈送精美小禮品一份。

· 優惠活動二：限量搶購

  活動期間，購買指定品牌產品的前 10 名的顧客均可得到 500 元的現金優惠。

· 優惠活動三：滿就送（結帳金額為準，正價產品）

  購物滿 3999 元，送精美鞋架一個

  購物滿 7999 元，送精美化妝台一個

  購物滿 12999 元，送精美衣櫃一個

· 優惠活動四：搶先一步，鎖定實惠

· 活動期間，只要交訂金 2000 元，在活動結束的三個月內仍可享受夏季特賣期間相應專案的相應優惠政策。

學校行事曆

　　學校當中最主要的節日，就是跟著開學作息來訂定的寒假及暑假，最初也是因為季節當中的夏季與冬季所是延伸出來的假期。

各級學校 重要行程	國小	國中	高中	大學
109 學年 第一學期期末	2021/1/12 ～ 1/19			2021/1/8 同一周
大學學測			2021/1/22 ～ 1/23	
寒假開始	2021/1/21			2021/1/18 前後一周
寒假結束	2021/2/16			2021/2/19 前後一周
109 學年 第二學期開學	2021/2/17			
國中會考		2021/5/15 ～ 5/16		
109 學年 第二學期期末	2021/6/30			2021/6/28 前後一周
暑假開始	2021/7/1			
指考			2021/7/1 ～ 7/3	
暑假結束	2021/08/29			
110 學年 第一學期開學	2021/08/30			2021/9/14 前後一周

基督教節慶

名稱	日期	簡介
受難節	復活節前二天 星期五	紀念耶穌受難
復活節	春分月圓之後 第一個星期日	紀念耶穌基督於被釘死後第三天復活
五旬節／ 聖靈降臨節	復活節後第五十天	耶穌復活後第 50 天
感恩節	11 月第四個星期四	
聖誕節	12 月 25 日	基督宗教慶祝耶穌基督降誕的節日，通常於 12 月起便展開系列活動，天主教於聖誕節前夕會舉行子夜彌撒，而新教等其他教派，亦於聖誕節左右之周末期間舉行聖誕感恩禮拜，亦有教派未參與此節日。

CASE

12 月 25 日耶誕節
信義計畫區商圈

⋯

針對節慶及知名 LINE 圖像人物設計出具有特色的耶誕樹，讓
社會大眾可以前往打卡拍照。

資料來源　**作者自攝**

CASE 耶誕節～跨年
全聯福利中心

• • •

針對耶誕節到跨年時間的氣候以及活動需求，推出應景的促銷方案。

資料來源　**作者自攝**

CASE

耶誕節
全家超商

···

結合知名角色寶可夢，以及店內跨品牌的指定飲料，來吸引消費者達成購買。

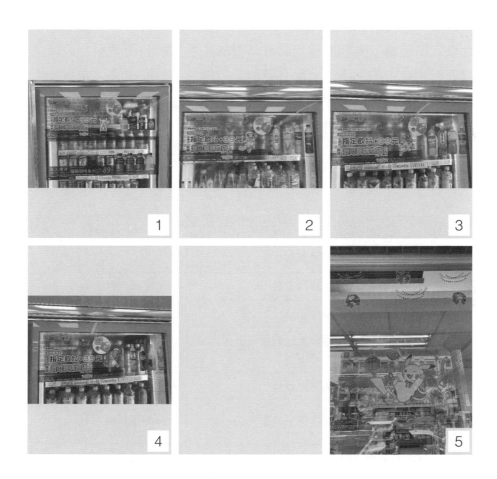

資料來源　**作者自攝**

聯 合 國 紀 念 活 動

　　包括聯合國國際日、國際周、國際年、國際十年和其他紀念活動，是為了來喚起國際社會對全球範圍某個問題的興趣或關注，從而推動相關問題的解決而在一段時間內舉辦活動。大多數由聯合國大會宣佈確定，少數由聯合國專門機構（包括聯合國教科文組織、世界衛生組織等）指定。聯合國制定有關設立的原則是：選擇的主題必須符合聯合國憲章；優先考慮與經濟、社會發展及人道主義、人權相關的主題；特別關注開發中國家的情況等。

國際日

月份	日期	名稱	發起組織
1 月	1 月 1 日	全球家庭日	
	1 月 1 日	世界和平日	教皇保祿六世
	1 月 26 日	國際海關日	世界海關組織
	1 月 27 日	緬懷大屠殺受難者國際紀念日	聯合國大會
	1 月 28 日	數據保護日	歐洲議會
	最後一個星期日	世界防治麻瘋病日	世界衛生組織
2 月	2 月 2 日	世界濕地日	國際濕地公約常委會
	2 月 4 日	世界癌症日	國際抗癌聯盟
	2 月 6 日	切割女性生殖器零容忍國際日	

	2 月 12 日	達爾文日	
	2 月 13 日	世界無線電日	
	2 月 20 日	世界社會公正日	聯合國大會
	2 月 21 日	國際母語日	聯合國教科文組織
		反對殖民主義鬥爭日	聯合國機構
	2 月 29 日	世界居住條件調查日	聯合國機構
3 月	3 月 1 日	國際民防日	國際民防組織
		國際海豹日	拯救海豹基金會
	3 月 6 日	世界青光眼日	世界青光眼協會、世界青光眼病人協會
	3 月 8 日	聯合國婦女權益和國際和平日	聯合國大會
	3 月 15 日	國際消費者權益日	國際消費者協會
	3 月 15 日	世界睡眠日	國際精神衛生和神經科學基金會
	3 月 20 日	國際法語日	
	3 月 21 日	世界詩歌日	聯合國教科文組織
	3 月 21 日	世界森林日	世界森林大會
	3 月 21 日	世界兒歌日	國際詩歌會
	3 月 21 日	消除種族歧視國際日	聯合國大會
	3 月 21 日	國際諾魯孜節	
	3 月 21 日	世界唐氏綜合徵日	
	3 月 22 日	世界水日	聯合國大會

	3月23日	世界氣象日	世界氣象組織
	3月24日	世界防治結核病日	世界衛生組織、國際預防結核病和肺部疾病聯盟
	3月24日	瞭解嚴重侵犯人權行為真相權利和維護受害者尊嚴國際日	
	3月25日	奴隸制和跨大西洋販賣奴隸行為受害者國際紀念日	聯合國大會
	3月25日	聲援被拘留或失蹤工作人員國際日	
	3月27日	世界戲劇日	國際戲劇協會
	第二個星期四	世界腎臟日	國際腎臟病學會、國際腎臟基金會
4月	4月2日	世界自閉症日	聯合國大會
		國際兒童圖書日	國際兒童讀物聯盟
	4月4日	國際提高地雷意識和協助地雷行動日	聯合國大會
	4月5日	國際良心日	聯合國第73屆大會
	4月5日	巴勒斯坦兒童日	聯合國機構
	4月7日	世界衛生日	世界衛生組織
		反思盧安達大屠殺國際日	聯合國大會
	4月10日	非洲環境保護日	非洲地區環境保護會議
	4月11日	世界帕金森病日	歐洲帕金森病聯合會

	4月12日	載人空間飛行國際日	聯合國大會
	4月15日	非洲自由日	非洲獨立國家會議
		世界社會工作日	國際社會工作者聯盟
	4月17日	世界血友病日	世界血友聯盟
	4月18日	國際古蹟遺址日	國際古蹟遺址理事會
	4月22日	世界地球日	鄧尼斯・海斯
	4月23日	世界讀書日／世界書籍與版權日	聯合國教科文組織
	4月25日	世界瘧疾日	世界衛生大會
	4月26日	世界智慧財產權日	世界智慧財產權組織
	4月28日	世界安全生產與健康日	國際勞工組織
	4月29日	化學戰受害者紀念日	禁止化學武器組織
		世界舞蹈日	國際舞蹈議會
	最後一個星期三	國際行政專員日／國際秘書日	國際專業秘書協會
5月	5月1日	國際勞動節	第二國際
	5月3日	世界新聞自由日	聯合國大會
		太陽日	聯合國環境規劃署
	5月8日	國際紅十字日	國際紅十字協會
	5月8日至9日	緬懷第二次世界大戰死難者的悼念與和解時刻	聯合國機構
	5月12日	國際護士節	國際護士理事會
	5月13日	世界高血壓日	世界高血壓聯盟

	5 月 15 日	國際家庭日	聯合國大會
	5 月 17 日	世界電信和資訊社會日	國際電信聯盟
	5 月 18 日	國際博物館日	國際博物館協會
	5 月 20 日	世界計量日	國際計量大會
	5 月 21 日	世界文化多樣性促進對話和發展日	聯合國大會
	5 月 22 日	生物多樣性國際日	聯合國大會
	5 月 25 日	非洲解放日	非洲國家首腦會議
	5 月 29 日	聯合國維持和平人員國際日	聯合國大會
	5 月 31 日	世界無菸日	世界衛生組織
	第一個星期二	世界哮喘日	世界衛生組織
	第二個星期六	國際高血壓日	世界高血壓聯盟
	第二個星期六	世界候鳥日	聯合國環境規劃署
6 月	6 月 1 日	國際兒童節	國際民主婦女聯合會
		世界牛奶日	世界糧農組織
	6 月 4 日	受侵略戕害無辜兒童國際日	聯合國大會
	6 月 5 日	世界環境日	聯合國大會
	6 月 8 日	世界海洋日	聯合國環境與發展會議
	6 月 12 日	世界無童工日	國際勞工大會

	6月13日	世界壘球日	國際壘聯
	6月14日	世界獻血日	世界衛生組織、紅十字會與紅新月會國際聯合會、國際獻血組織聯合會、國際輸血協會
	6月16日	國際非洲兒童日	聯合國兒童基金會
	6月17日	防治荒漠化和乾旱世界日	聯合國大會
	6月20日	世界難民日	聯合國大會
	6月23日	聯合國公務員日	聯合國大會
	6月23日	國際奧林匹克日	國際奧委會
	6月26日	支持酷刑受害者國際日	聯合國大會
		聯合國憲章日	聯合國大會
		國際禁毒日	聯合國大會
7月	7月1日	世界建築日	國際建築師協會
	7月2日	國際體育記者日	國際體育記者協會
	7月8日	世界過敏性疾病日	世界衛生組織
	7月11日	世界人口日	聯合國人口基金
	7月20日	人類月球日	
	7月26日	世界語創立日	
	7月28日	世界肝炎日	世界肝炎聯盟
	7月31日	非洲婦女日	
	第一個星期六	國際合作社日	聯合國大會

8月	8月9日	世界土著人民國際日	聯合國大會
		國際聲援南非和納米比亞婦女鬥爭日	
	8月12日	國際青年日	聯合國大會
	8月13日	國際左撇子日	左撇子國際
	8月23日	販賣黑奴及其廢除國際紀念日	聯合國教科文組織
9月	9月8日	國際掃盲日	聯合國教科文組織
	9月10日	世界預防自殺日	世界衛生組織、國際預防自殺協會
	9月15日	國際民主日	聯合國大會
	9月16日	保護臭氧層國際日	聯合國大會
	9月21日	國際和平日	聯合國大會
		世界老年癡呆日	
	9月22日	世界無車日／歐洲無車日	
	9月23日	國際手語日	世界聾人聯合會
	9月27日	世界旅遊日	世界旅遊組織
	9月28日	世界狂犬病日	世界衛生組織、世界動物衛生組織、美國疾病預防控制中心
	9月30日	國際翻譯日	國際譯聯
	第二個星期六	世界急救日	紅十字會與紅新月會國際聯合會
	第三個星期六	世界骨髓捐贈者日	世界骨髓捐者協會

	第 3 個週末	世界清潔日	
	最後一個星期日	國際聾人節	世界聾人聯合會
	最後一個星期日	世界心臟日	世界心臟聯盟
	最後一周某一天	世界海事日	國際海事組織
10 月	10 月 1 日	國際老人日	聯合國大會
	10 月 2 日	國際非暴力日	聯合國大會
	10 月 4 日	世界動物日	
	10 月 5 日	世界教師日	聯合國教科文組織和聯合國勞工組織
	10 月 9 日	世界郵政日	萬國郵聯
		世界視力日	世界衛生組織、國際防盲協會
	10 月 10 日	世界精神衛生日	世界心理衛生聯合會
	10 月 11 日	世界鎮痛日	國際疼痛研究學會
	10 月 12 日	國際關節炎日	世界衛生組織
	10 月 14 日	世界標準日	國際標準化組織
	10 月 15 日	國際農村婦女日	聯合國大會
		國際盲人日	世界盲人聯盟
		世界洗手日	公私合作洗手組織
	10 月 16 日	世界糧食日	聯合國大會
	10 月 17 日	國際消除貧困日	聯合國大會

	10 月 18 日	世界更年期關懷日	世界更年期醫學會
	10 月 20 日	世界骨質疏鬆日	世界衛生組織
		世界廚師日	世界廚師聯合會
	10 月 22 日	世界傳統醫藥日	國際傳統醫藥大會
	10 月 24 日	聯合國日	聯合國大會
		世界發展資訊日／世界發展新聞日	聯合國大會
	10 月 29 日	世界卒中日	世界卒中組織
	10 月 31 日	世界勤儉日	國際勤儉大會
	第一個星期一	國際建築日	國際建築師協會
	第一個星期一	世界人居日	聯合國大會
	第一個星期六	世界臨終關懷及舒緩治療日	
	第二個星期三	減少自然災害國際日	聯合國大會
	第二個星期四	世界視覺日	世界衛生組織
11 月	11 月 3 日	世界可用性日	使用性專家協會
	11 月 6 日	防止環境在戰爭和武裝衝突中遭到破壞國際日	聯合國大會
	11 月 9 日	金氏世界紀錄日	健力士
	11 月 10 日	世界和平與發展科學日／爭取和平與發展世界科學日	聯合國教科文組織

	11 月 14 日	世界糖尿病日	聯合國大會
	11 月 16 日	國際寬容日	聯合國教科文組織
	11 月 19 日	世界廁所日	世界廁所組織
	11 月 20 日	非洲工業化日	聯合國大會
	11 月 20 日	國際兒童日	聯合國機構
	11 月 21 日	世界問候日	姆可馬克與米切爾兄弟
		世界電視日	聯合國大會
	11 月 25 日	消除對婦女的暴力行為國際日	聯合國大會
	11 月 29 日	聲援巴勒斯坦人民國際日	聯合國大會
	第三周的星期三	世界慢阻肺日	慢性阻塞性肺病全球創議
	第三個星期四	世界哲學日	聯合國教科文組織
	第三個星期日	世界道路交通事故受害者紀念日	聯合國大會
12 月	12 月 1 日	世界愛滋病日	世界衛生組織
	12 月 2 日	廢除奴隸制國際日	聯合國大會
	12 月 3 日	國際殘疾人日	聯合國大會
	12 月 5 日	國際促進經濟和社會發展志願人員日	聯合國大會
	12 月 7 日	國際民航日	聯合國大會
	12 月 9 日	國際反腐敗日	聯合國大會
	12 月 10 日	世界人權日	聯合國大會

	12 月 11 日	國際山嶽日	聯合國大會
	12 月 18 日	國際移徙者日	聯合國大會
	12 月 19 日	聯合國南南合作日	聯合國大會
	12 月 20 日	國際人類團結日	聯合國大會
	第二個 星期日	國際兒童廣播電視日	聯合國兒童基金會

5月12日　國際護士節
衛生福利部

運用節慶感謝疫情期間辛苦付出的護理人員。

資料來源　**品牌官方網站**

CASE

12 月 1 日　世界愛滋病日
微風百貨

　　提醒消費者關注疾病的可怕，以及關懷身邊的特定對象。

資料來源　**作者自攝**

臺灣觀光雙年曆為主的節慶活動

級別	名稱	時間
國際級	雙年賞蝶	2020/10/17 ～ 2021/02/28
國際級	台灣好湯～溫泉美食嘉年華	2020/10/21 ～ 2021/06/30
全國級	台江黑琵季	2020/10/31 ～ 2021/03/31
國際級	西藏文化藝術節	2020/11/14 ～ 2021/03/01
全國級	屏東聖誕節	2020/11/27 ～ 2021/03/01
全國級	福隆迎曙光系列活動	2020/12/18 ～ 2021/03/10
全國級	阿里山四季茶旅活動	2021 年時間未定
全國級	2021 陽明山花季	2021/02/05 ～ 2021/03/21
國際級	2021 月津港燈節	2021 年暫停辦理
全國級	2021 武陵農場櫻花季	2021/02/12 ～ 2021/02/28
全國級	2021 花在彰化	2021/02/12 ～ 2021/03/01
全國級	2021 高雄燈會藝術節	2021 年暫停辦理
國際級	2021 臺中媽祖國際觀光文化節	2021/02/15 ～ 2021/06/05
全國級	2021 苗栗火旁龍系列活動	2021/02/19 ～ 2021/02/28
國際級	2021 新北市平溪天燈節	2021 年延期辦理
全國級	2021 馬祖擺暝文化祭	2021/02/24 ～ 2021/03/12
國際級	2021 臺灣慶元宵～鹽水蜂炮	2021 年暫停辦理
全國級	2021 雲林縣北港藝鎮文化季	2021/02/26 ～ 2021/05/04
國際級	2021 台灣燈會	2021 年暫停辦理

全國級	2021 臺北燈節	2021 年延期辦理
國際級	臺北時裝週	2021 年時間未定
全國級	2021 竹子湖海芋季／繡球花季	2021/03/01 ～ 2021/06/01
國際級	客家桐花祭	2021 年時間未定
國際級	鷹揚八卦～八卦山賞鷹活動	2021 年時間未定
全國級	大溪豆干節	2021 年時間未定
國際級	2021 TIFA 台灣國際藝術節	2021/03/02 ～ 2021/05/02
全國級	2021 南島族群婚禮	2021/03/06 ～ 2021/03/28
國際級	2021 臺灣國際蘭展	2021 年暫停辦理
國際級	2021 高雄內門宋江陣	2021/03/20 ～ 2021/04/05
國際級	2021 新北市萬金石馬拉松	2021/03/21
國際級	2021 宜蘭綠色博覽會	2021/03/27 ～ 2021/05/09
全國級	2021 北竿硬地超級馬拉松	2021/03/27
全國級	阿里山神木下馬拉松	2021 年時間未定
國際級	保生文化祭	2021 年時間未定
全國級	觀音觀鷹～觀音行腳樂活系列活動	2021 年時間未定
國際級	野柳石光～夜訪女王	2021 年時間未定
全國級	龍岡米干節	2021 年時間未定
國際級	大鵬灣帆船生活節	2021 年時間未定
國際級	2021 臺灣文化創意設計博覽會	2021/04/16 ～ 2021/04/25
國際級	2021 澎湖國際海上花火節	2021/04/22 ～ 2021/06/28

國際級	福隆國際沙雕藝術季	2021 年時間未定
國際級	鹿港慶端陽系列活動	2021 年時間未定
全國級	屏東黑鮪魚文化觀光季	2021 年時間未定
國際級	臺灣自行車節	2021 年時間未定
國際級	寶島仲夏節	2021 年時間未定
全國級	高雄愛河端午龍舟嘉年華	2021 年時間未定
全國級	臺南市國際龍舟錦標賽	2021 年時間未定
全國級	2021 秀姑巒溪國際泛舟鐵人三項競賽	2021/06/06
國際級	東海岸大地藝術節暨月光海音樂會	2021 年時間未定
全國級	苗栗通霄白沙屯拱天宮媽祖徒步進香民俗文化活動	2021 年時間未定
國際級	生態賞鷗暨海上看馬祖	2021 年時間未定
國際級	宜蘭國際童玩藝術節	2021 年時間未定
國際級	臺灣國際熱氣球嘉年華	2021 年時間未定
全國級	一見雙雕藝術季	2021 年時間未定
全國級	新北市兒童藝術節	2021 年時間未定
國際級	新北市貢寮國際海洋音樂祭	2021 年時間未定
全國級	臺灣滷肉飯節	2021 年時間未定
國際級	頭城搶孤民俗文化活動	2021 年時間未定
全國級	Taiwan PASIWALI Festival 原住民族國際音樂節	2021 年時間未定

全國級	大稻埕情人節	2021 年時間未定
國際級	2021 台灣美食展	2021/08/06 ～ 2021/08/09
全國級	新北萬里蟹產季	2021 年時間未定
國際級	金門中秋博狀元餅	2021 年時間未定
國際級	日月潭萬人泳渡	2021 年時間未定
全國級	臺中爵士音樂節	2021 年時間未定
全國級	台灣設計展	2021 年時間未定
國際級	南投世界茶業博覽會	2021 年時間未定
全國級	桃園國際風箏節	2021 年時間未定
全國級	臺北國際賞鳥博覽會	2021 年時間未定
全國級	西拉雅趣飛車	2021 年時間未定
全國級	臺中國際舞蹈嘉年華	2021 年時間未定
全國級	六堆秋收祭系列活動	2021 年時間未定
國際級	日月潭花火音樂嘉年華	2021 年時間未定
全國級	金門坑道音樂節	2021 年時間未定
全國級	臺北溫泉季	2021 年時間未定
全國級	太魯閣峽谷音樂節	2021 年時間未定
國際級	阿里山神木下婚禮	2021 年時間未定
國際級	雲林國際偶戲節	2021 年時間未定
全國級	三義木雕藝術節系列活動	2021 年時間未定
全國級	高雄左營萬年季	2021 年時間未定
全國級	桃園花彩節	2021 年時間未定

國際級	鯤鯓王平安鹽祭	2021 年時間未定
國際級	臺北白晝之夜	2021 年時間未定
國際級	菊島澎湖跨海馬拉松	2021 年時間未定
全國級	二水國際跑水節	2021 年時間未定
全國級	鐵路便當節	2021 年時間未定
全國級	草嶺古道芒花季	2021 年時間未定
全國級	屏東國際風箏節	2021 年時間未定
全國級	臺灣米倉 · 田中馬拉松	2021 年時間未定
國際級	臺灣國際衝浪公開賽暨東浪嘉年華	2021 年時間未定
國際級	新社花海節	2021 年時間未定
國際級	臺北馬拉松	2021 年時間未定
國際級	嘉義市國際管樂節	2021 年時間未定
全國級	合歡山國際暗空公園～星空清境跨年活動	2020/12/31 ～ 2021/01/01
國際級	臺北最 HIGH 新年城～跨年晚會	2020/12/31 ～ 2021/01/01
全國級	2021 阿里山日出印象音樂會	2021/01/01
全國級	2021 金門馬拉松	2021 年暫停辦理
國際級	2021 台北國際書展	2021/01/26 ～ 2021/01/31
全國級	2021 高雄馬拉松	2021 年延期辦理
全國級	花蓮紅面鴨 FUN 暑假	2021 年時間未定
國際級	新北市歡樂耶誕城	2021 年時間未定

其他具特殊意義的節慶

名稱	日期	簡介
天公生	農曆正月初九	**宗教節日** 傳說中道教中玉皇大帝的誕辰。這天全國各地天公廟、玉皇大帝廟會舉辦盛大慶典，亦有人會在此日或初一的清晨，至玉帝廟爭搶頭香。
元宵節	農曆正月十五	**漢族傳統節日** 每年首次月圓，道教亦稱上元節，舉行祈福儀式。人們會張燈結綵慶祝，國內則有各地燈會、平溪天燈、苗栗龍、鹽水蜂炮、台東炸寒單等知名慶典。 新年第一個望日，也是天官大帝的誕辰，有賞花燈、吃湯圓的習俗。由於是古代少有能讓未婚男女外出賞燈相見的日子，也被視為「中國情人節」之一。
媽祖生（媽祖聖誕）	農曆三月廿三	**宗教節日** 根據傳說此日為媽祖誕辰之日，亦有十八日或十九日之說，多為二十三日，在此日前後約一個月時間，全國各地媽祖廟皆相繼展開熱鬧的慶典，其中又以通霄白沙屯拱天宮前往北港朝天宮進香，還有北港朝天宮媽祖遶境，以及大甲鎮瀾宮前往新港奉天宮進香的「大甲媽遶境」的三大遶境活動最為有名。

七夕	農曆 七月初七	**漢族傳統節日** 中國情人節。
中元節 （盂蘭盆節）	農曆 七月十五	**宗教節日** 道教稱中元節，佛教稱盂蘭盆節，雖各有典故但皆會設祭壇「普渡」孤魂野鬼或惡鬼（餓鬼），使祂們的罪孽或痛苦能減輕一點。事實上整個農曆七月皆有人設案普渡。
重陽節	農曆 九月初九	**漢族傳統節日** 九為至陽之數，九九故名重陽。為民俗上重要的祭祖及敬老日。
尾牙	農曆 十二月十六	東南沿海地區商人祭拜土地公神的日子，演變為工商界年終酬謝員工聚餐活動。
全國義民祭 （義民節）	農曆 七月二十	**客家傳統節日** 客家人傳統祭典，在新竹縣新埔鎮褒忠義民廟舉行，由新竹縣、桃園市（一部份）的村裡輪值祭祀（15 年才會輪一次）。

CASE 中元節
全家超商

與有趣的公仔品牌合作，結合節慶的議題與促銷方案，吸引消費者上門購物。

1

2

資料來源　**作者自攝**

其他節慶活動

雙十一
GAP

• • •

以明確的折扣優惠以及消費者既有對節慶的認知，增加銷售機會。

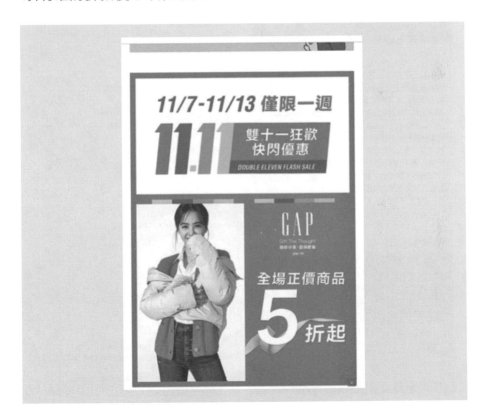

資料來源　**品牌廣告**

CASE

萬聖節
星巴克

針對節慶時間推出期間限定新產品，讓消費者願意嚐鮮。

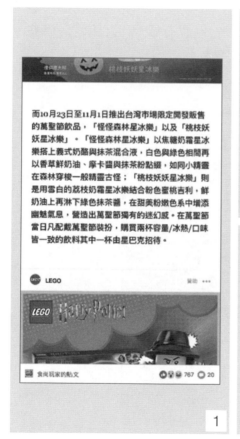

而10月23日至11月1日推出台灣市場限定開發販售的萬聖節飲品，「怪怪森林星冰樂」以及「桃枝妖妖星冰樂」。「怪怪森林星冰樂」以焦糖奶霜星冰樂搭上義式奶酪與抹茶混合液，白色與綠色相間再以香草鮮奶油、摩卡醬與抹茶粉點綴，如同小精靈在森林穿梭一般精靈古怪；「桃枝妖妖星冰樂」則是用雪白的荔枝奶霜星冰樂結合粉色蜜桃吉利，鮮奶油上再淋下綠色抹茶醬，在甜美粉嫩色系中增添幽魅魅氣息，營造出萬聖節獨有的迷幻感。在萬聖節當日凡配戴萬聖節裝扮，購買兩杯容量/冰熱/口味皆一致的飲料其中一杯由星巴克招待。

萬聖節限定銷售
2018/10/23（二）~2018/11/1（四）
萬聖驚喜價 大杯$165

星禮程會員專屬 - 會員好友分享日
日期：2018/10/1（一）&2018/10/8（一）
時間：11：00~20：00
優惠：星禮程會員購買兩杯相同容量/口味/冰熱皆一致的飲料，其中一杯由星巴克招待（每人每次至多買二送二）。

萬聖節好友分享日
日期：2018/10/30（二）
時間：11：00~20：00
凡配戴萬聖節裝扮，購買兩杯容量/冰熱/口味皆一致的飲料其中一杯由星巴克招待。

歡度奇幻萬聖節
日期：2018/10/31（三）
原價點購兩杯大杯【怪怪森林星冰樂】或【桃枝妖妖星冰樂】即可獲得萬聖節透明束口袋一個（內含棉花糖巧克力餅乾一個）。若限定口味銷售完畢，以原價點購兩杯大杯同口味星冰樂也可獲得萬聖節限量贈品。

資料來源　**新聞網頁**

CASE

十二月份：四月

六福村

• • •

針對特定區域以及假日時間，提供優惠方案增加目標消費者的認同度。

資料來源　**品牌廣告**

6.6

節慶活動 Ⅱ

品牌主
的節慶活動

品牌本身為主的節慶活動

品牌本身為主的節慶活動	品牌成立	
	新店開幕	
	重新裝潢開幕	
	建廠紀念	
	喬遷落成	
	品牌里程達標	營業額達成
		多店數成立
		生產數量達成
	週年慶	
	主題品牌活動	
	主題品牌活動	

品牌成立

CASE

品牌成立
中華品牌再造協會

新品牌成立時的大會活動及慶祝典禮。

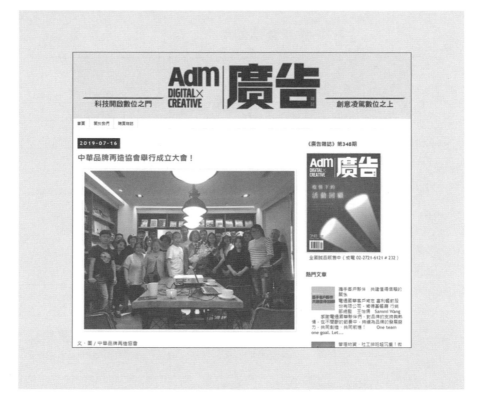

資料來源　**新聞網頁**

新店開幕

CASE 新店開幕
WC 黑沃咖啡

· · ·

慶祝新店開幕並且結合促銷方案吸引新客上門。

HWC 黑沃咖啡
7分鐘 · 🌐

就是明天☕‼️
🎊 黑沃咖啡台中忠明店 🎊 即將於 1/15 開幕啦🎉

☕1/18~1/20，黑沃冠軍美式/拿鐵買一送一！
☕1/21~1/23，同品項飲品第二杯半價！
☕1/24~1/30，APP 寄杯加碼送！
(買10送2、買20送6、買50送20)
☕活動期間精品咖啡豆、精品掛耳全館7折！(禮盒、折扣品不適用哦)

📍 403 台中市西區忠明南路 463-465 號
☎️ 04-23718816
🕘 AM 09:00–PM 21:00

門市🔍 https://www.hwcroasters.com/store/2/29545/
菜單🔍 https://www.hwcroasters.com/products2/

📣現在成為黑沃咖啡會員就送一杯美式咖啡！
成功邀請朋友加入再送一杯唷🥤

#黑沃咖啡西區忠明店
#黑沃咖啡 #HWC #慶開幕
#加碼送 #買一送一 #第二杯半價

1

2

♡ ○ ◁   🔖

資料來源　**品牌 FB 專頁**

重新裝潢開幕

CASE **重新裝潢開幕**
高記上海料理

品牌重新開幕裝潢，並且也是喬遷的紀念活動。

> **Kao-Chi 高記上海料理**
> 2月3日下午6:08 ·
>
> 如果說 "緣份" 是連繫情感的因素，
> 那麼 "永康緣滅，新生緣起" 是再一次搭起高記與您的橋樑。
> 高記新生店--2月6日與您再續前緣。
> 在台北漫長的歷史進程里，
> 小吃小點一直扮演着台北人生活中的重要角色。
> 而高記鐵鍋是在陪您敲打人生。
> 曾經炫麗在永康街尋常巷陌，如今身在新生信義名處一隅，
> 無論何處，無論何時------
> "老味依舊，懷古依舊，責任依舊"。
> 若在分開了158個日子後，
> 您對生煎還有份惦念，一份感情，
> 那麼就讓高記新生店圓滿您的味蕾。
> 期待與您邂逅高記新生店
> 110年2月6日(星期六) 高記新生出世!!
> 台北市新生南路一段167号
> 營業時間：10:30~21:30
> 專線：02-2325-7839

資料來源　**品牌 FB 專頁**

建廠紀念

 CASE **建廠紀念**
金門酒廠

品牌建立廠房生產達到一定時間，並搭配新產品上市。

資料來源　**品牌 FB 專頁**

喬遷落成

 **喬遷**
第一銀行

· · ·

品牌搬遷新址的慶祝典禮活動。

第一銀行大同分行喬遷開幕，第一銀行董事長邱月琴(中)主持開幕剪綵儀式。一銀／提供

資料來源　**品牌 FB 專頁**

CASE

落成
上野動物園

···

可愛！！

聯合報 即時 要聞 娛樂 運動 全球 社會 產經 股市 房市 健康 **生活** 文教 評論 地方 兩岸 數位

上野動物園貓熊新居落成「大貓熊之森」開放參觀

2020-09-08 14:22 中央社 / 東京8日綜合外電報導 ＋ 動物園

圖為東京上野動物園貓熊「香香」小時候的模樣。圖/取自上野動物園官網

資料來源 **新聞網站**

品牌里程達標

營業額達成

 CASE

營業額達成
永慶房屋集團

・・・

針對特定區域的店數與市占率達成高標的慶祝活動。

永慶房產屏東地區店數市佔第一　總成交金額破60億

【新春優惠】寵物營商城全館結帳滿額現折

▲永慶房產集團加盟事業處總經理莊志成表示（圖中），因為深度聯賣的踏實，永慶加盟三品牌聯賣業績成長破6成，帶動總成交金額突破60億元。

資料來源　**新聞網站**

多店數成立

多店數成立
全聯生鮮百店慶

慶祝達成有供應一定品項的店型達到百店的目標。

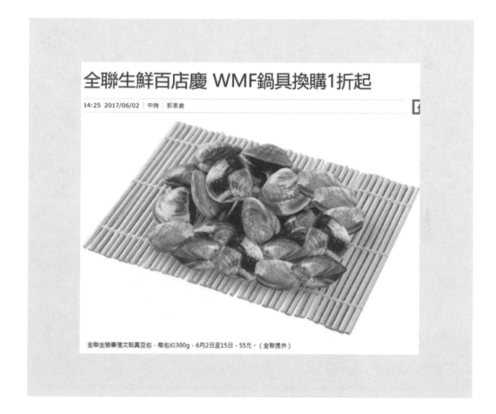

全聯生鮮百店慶 WMF鍋具換購1折起

14:25 2017/06/02 │ 中時 │ 郭家崴

全聯生鮮養殖文蛤真空包，每包約300g，6月2日至15日，55元。（全聯提供）

資料來源　**新聞網站**

生產數量達成

生產數量達成
HONDA

・・・

在地化的生產數量達到一定程度的慶祝活動。

HONDA在越南生產的摩托車累積突破3000萬輛！

Webike摩托新聞
2020-11-05 12:30:43

資料來源 **新聞網站**

週年慶

週年慶
中視 50 週年

···

重新塑造當年經典電視劇「浴火鳳凰」裡的討喜角色，作為週年節慶活動的品牌象徵物。

1

2

3

資料來源　**作者自攝**

CASE 週年慶
店慶四周年行銷活動方案

．．．

活動說明：品牌四周歲啦！餐廳為感謝新老客戶一直以來的關照與厚愛，開展「輝煌四年 · 真情回饋」行銷活動，具體通知如下，請各部門認真執行。

活動時間：6 月 15 日至 7 月 31 日

活動安排：

1. 大廳中餐

   ．店慶活動期間，消費滿 4000 送 500 消費券（限包廂及中餐使用）。

   ．7 月 8 日和 9 日兩天，大廳每桌贈送西瓜汁 1 罐，同時還可享受三樓特價菜及特價酒水。

   ．7 月 8 日過生日的朋友憑有效證件在中餐消費可享受單桌全單 7.8 折優惠。

2. 包廂四重禮

   ．一重大禮：大廳消費每滿 1000 元返 100 元飲料（可點茶、咖啡、奶茶、果汁）

   ．二重大禮：7 月 8 日和 9 日兩天，包廂啤酒免費無限暢飲。

   ．三重大禮：VIP 會員消費每滿 3000 元再返 150 元。

   ．四重大禮：7 月 8 號過生日的顧客朋友，將免費獲得價值 280 元精美煲仔飯或商務套餐一份，人數不限。

主題品牌活動

CASE　**主題品牌活動**
風格野餐日　　　　　　　　　‧‧‧

從品牌特性來設計，結合消費者近年來感興趣的野餐議題。

資料來源　**作者自攝**

CASE 主題品牌活動
高雄梓官蚵仔寮海鮮節

針對在地特色漁產品主題，設計成吸引消費者注意的節慶活動。

1

2

資料來源　**品牌 FB 專頁**

CASE

主題品牌活動
火鍋美食節方案

• • •

吃火鍋，人之最愛。親戚相聚，朋友小酌，圍著火鍋邊吃邊聊，無拘無束，濃香熱氣與和睦的氣氛交融，其樂無窮！

活動時間：11 月 16 日～ 22 日（共計 7 天）

活動一：火辣辣的您，吃火辣辣的火鍋
- 彙聚全國各地火鍋底料，火鍋調料、清湯味、麻辣味、酸辣味等，並推出食品類、菜品類、肉品類等火鍋系列，想怎麼吃就怎麼吃！
- 超市購物單票滿 30 元以上，送火鍋湯料一份。
- 超市推出特價、低價商品讓利回報顧客。並推出火鍋底料，火鍋湯料、羊肉片、火腿等超低價火爆熱賣！

活動二：火鍋滾滾燙，蔬果也瘋狂
- 推出水果、蔬菜每天不定時全場 8 折搶購，每天 4 個單品超低價搶購熱賣！

全品牌慶祝

 全品牌慶祝
花仙子

•••

運用品牌週的方式,將旗下品牌搭配銷售,同時帶動消費者對品牌名稱的記憶點。

1

2

3

資料來源　**品牌 FB 專頁**

全品牌慶祝
白蘭氏

針對新年期間結合全品牌的系列產品，搭配特定通路舉辦活動增加買氣。

全品牌慶祝
A 品牌文化節活動

行銷主題：提升 A 品牌知名度

活動時間：9 月 15 日～ 10 月 5 日

活動內容概要：

本次「A 品牌文化節」活動是為了宣揚 A 品牌企業文化，拉開 A 品牌與其他企業在品牌知名度上的距離，確保企業在的領先地位。所有項目活動在空間上由點到線，可以充分發揮整個系列活動對消費者最大的傳播和溝通價值，並充分展示出 A 品牌的文化品味與企業形象。

A 品牌文化節系列活動一：

1. 活動主題：相親相愛，「A 品牌」一家人

2. 活動創意：

   城市化進程的加速和市場化與資訊化的發展，使現代人之間的交流越來越少，缺乏溝通也成為越來越多城市人群身上存在的問題。A 品牌把「相親、相愛一家人」作為切入點，通過尋找姓名中含有「A 品牌」兩字或其中一字的人群，為這部分共同營造一個相親相愛的家園。這個活動必然會引起名字相符或部分相符的人群關注，而名字不符的人群也會考慮自己的親戚朋友之中是否有相合者。因此，此活動不僅可利用報紙、電視等廣告媒體傳播，還可以充分利用人們的口碑進行傳播，在社會上起到較大影響。為今後 A 品牌發展自己的品牌打下基礎。

3. 活動目的：通過一種親情化的社會活動來提高 A 品牌的知名

度和美譽度，建立起 A 品牌獨特的企業文化內涵，塑造「A 品牌」品牌形象。

4. 活動時間：9 月 15 日上午

5. 活動內容：

‧ 目標對象：

（1）名字中含有「A 品牌」兩字的消費會員。

（2）名字中含有「A 品牌」字的當地居民及其外地在宛流動人口。

‧ 活動獎項設置：

（1）1～16 歲，贈送價值 600 元的家庭套餐一份（含 4 人）。

（2）16 歲以上，贈送價值 1500 元的杉杉襯衣一件。

　　注：

　　‧ 年齡以身份證和戶口名簿上的實際年齡計算。

　　‧ 出生日期以 9 月 16 日基準。

‧ 活動獎品的發放：

（1）對名字含有「A 品牌」兩字的消費者，可不直接通過抽獎形式決定獎項發放。預計 1～16 歲 20 人，16 歲以上 30 人。

（2）對名字中含有「A 品牌」字的居民，預計人數應在 15000～20000 之間，按當日到場 100 人計算，限量送完為止。

6.7

節慶活動 Ⅲ

消費者
的節慶活動

消費者為主的節慶活動

消費者為主的節慶活動	生日年齡	
	十二月份	
	十二生肖	鼠、牛、虎、兔、龍、蛇、馬、羊、猴、雞、狗、豬
	十二星座	牡羊座、金牛座、雙子座、巨蟹座、獅子座、處女座、天秤座、天蠍座、射手座、魔羯座、水瓶座、雙魚座
	考試上榜	
	結婚	求婚
		訂婚
		結婚周年
	升官／升職	
	退休	
	新居落成	
	其他	

生日年齡

年齡	名稱
出生	
滿月／彌月	剃頭禮、喊鴟鴞、命名、送油飯
四個月	收涎
一歲	抓週
童年	總角之年、垂髫之年
女子十三、十四歲	荳蔻年華時
男子／女子十五歲	束髮／及笄之年
男子十五歲	志學之年
女子十六歲	破瓜年華、二八年華
男子二十歲	加冠、及冠、弱冠之年
女子二十四歲	花信年華
三十歲	而立之年
四十歲	不惑之年、強仕之年
五十歲	知命之年、杖家之年
六十歲	花甲之年、耳順之年、杖鄉之年
七十歲	從心之年、古稀之年、杖國之年
八十歲	杖朝之年
八、九十歲	耄耋（ㄇㄠˋ ㄉㄧㄝˊ）之年
百歲	期頤之年

十二生肖

· 鼠、牛、虎、兔、龍、蛇、馬、羊、猴、雞、狗、豬。

蛇年
六福村

• • •

運用生肖屬蛇以及腰身的展現來結合節慶運用。

資料來源　**品牌 FB 專頁**

雞年
肯德基

將中華傳統元素與生肖年結合，進而創造品牌在地性與消費者連結。

1

2

3

資料來源　**品牌微博**

十二星座

星座名稱	星座日期
牡羊座	3 月 21 日～4 月 20 日
金牛座	4 月 21 日～5 月 20 日
雙子座	5 月 21 日～6 月 20 日
巨蟹座	6 月 21 日～7 月 22 日
獅子座	7 月 23 日～8 月 22 日
處女座	8 月 23 日～9 月 22 日
天秤座	9 月 23 日～10 月 22 日
天蠍座	10 月 23 日～11 月 22 日
射手座	11 月 23 日～12 月 22 日
魔羯座	12 月 23 日～1 月 21 日
水瓶座	1 月 22 日～2 月 19 日
雙魚座	2 月 20 日～3 月 20 日

結 婚

時間	名稱	時間	名稱
求婚		十二年	鏈婚
訂婚		十三年	花邊婚
一年	紙婚	十四年	象牙婚
二年	楊婚	十五年	水晶婚
三年	皮革婚	二十年	搪瓷婚
四年	絲婚	二十五年	銀婚
五年	木婚	三十年	珍珠婚
六年	鐵婚	三十五年	珊瑚婚
七年	銅婚	四十年	紅寶石婚
八年	陶瓷婚	四十五年	藍寶石婚
九年	柳婚	五十年	金婚
十年	錫婚	五十五年	翡翠婚
十一年	鋼婚	六十年	鑽石婚

CASE 結婚
幸福的預言　快樂的起點

　　此次推廣主題為「幸福的預言」，戒指設計來源於四種與幸福相關的象徵物。精心打造的品牌款式象徵幸福，帶著濃濃愛意的戒指，在萬物復甦的季節，為您開啟通往幸福的大門，伴您走過每一個幸福的春天。

促銷活動建議：兩情相悅，你情我予

活動主題：

　　為購買女戒的新人贈送男款鑽戒或新娘套裝，取意好事成雙，締造完美之愛。購買鑽戒通常是男士贈予女士表達愛慕與真情，而代表女士回贈給男士戒指則表示對男士愛的感激。也即寓意夫妻雙方兩情相悅，相互愛戀，是完美的一對。贈送新娘套裝同贈送男戒的意義類似，是金伯利對於消費者情意的贈予，在喜事來臨之際為新人的愛情送上一份祝福。

活動內容：

- 購買春季新款「幸福的預言」鑽戒或其他款式戒指滿 50000 元，即可獲贈新娘套裝首飾，新娘套裝可選耳環、項鍊、吊墜、手鏈的組合（素金飾品）。
- 購買 5 萬元以上，送項鍊和吊墜組合；
- 購買 10 萬元以上，送項鍊、吊墜及耳釘組合；
- 購買 15 萬元以上，送項鍊、吊墜、耳釘、手鏈組合。
- 因對選擇贈送的產品價位要做適當控制，選擇一些易於與戒指相搭配的經典款式。設計時尚大方，能吸引消費者購買欲望，達到促銷目的。

促銷活動建議：完美的愛情，完美的家
活動主題：「妝點你們的愛情，裝飾你們的新房。」
活動內容：

- 活動期間，凡購買結婚鑽戒滿 50000 元以上者，即可獲得由品牌提供的「愛家計畫」新房佈置基金，基金按購買飾品價格比例贈送。「愛家計畫」新房佈置基金與當地著名家居賣場合作，以現金消費券形式提供。此舉鑒於新人在結婚時免不了要購置家庭用品佈置新家，我們選擇的贈品可能難以符合眾多新人的不同需要，所以贈送相關產品的消費券可以讓新人自己到商場挑選需要的東西，貼心又實惠。

6.8

節慶活動 Ⅳ

自然環境
的節慶活動

自然環境為主的節慶活動

自然環境為主 的節慶活動	地　震
	颱　風
	寒　流

◀921 重災區：朝陽
科技大學。（資料
來源：作者提供）

地震

地震
莊姓攝影師

• • •

曾經造成許多人傷痛的災難，運用節慶設計成為正向的消費者記憶。

資料來源　**新聞網站**

颱風

颱風
莫拉克風災紀念館

因為之前災害導致的遺憾，透過轉化為節慶成為新的祝福。

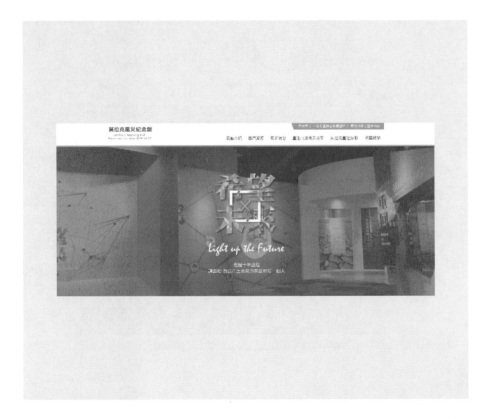

資料來源　**品牌網站**

寒 流

寒流

漢堡王

運用寒流期間需要暖心飲品的議題,供應商品牌與通路品牌合作的方案。

資料來源　**品牌 FB 專頁**

CASE 寒流
電視藝術節

●●●

　　電視藝術節自成立以來一直以獎項評選頒獎為主要活動內容，而且是全國唯一由觀眾投票為主評選產生的電視藝術綜合大獎。

　　電視藝術節是一個以「電視藝術作品」作為評獎和交流物件的電視藝術節慶活動，藝術節圍繞節慶活動、文化名人（包括電視明星）、媒體和知名企業精心策劃，以產生良好的活動效果和巨大的社會效應。

　　在合作、創新、溝通、共用的組織原則下，實現螢幕內外電視與觀眾的共舞狂歡，實現繁榮、宣導時尚、溝通大眾、服務生活、展示成就、探索未來的活動目標，從而推動 21 世紀電視與人的和諧發展。

　　同時電視藝術節為廣大電視藝術工作者提供一個相互交流的場所，並致力成為他們與廣大的電視觀眾聯誼、溝通的視窗。藝術節每期都將組織評選觀眾最喜愛的男女演員，頒發幸運觀眾大獎。

電視藝術節整體活動安排

活動名稱	起止時間	重要活動內容	備註
開幕式文藝晚會	9 月 26 日 20：15 ～ 23：15	開幕式晚會主要，對年度電視所取得的成就用藝術的形式進行宣揚。	開場由歌舞組成

電視 新秀大賽	9月6日 至 9月27日	「電視新秀大賽」國內最高規格最權威的影視新人選拔賽事。以電視藝術節為平臺，面向所有尚未成名的影視新秀。	報名階段： 6月19日 初選階段： 8月15日～29日 半決賽： 9月6日、13日 總決選： 9月27日
明星面對面	8月25日 至 9月29日	展示明星平常生活狀態，其它特長技藝，近期狀況和最新動態，以及其個性魅力，將在這一主體活動中充分得以展示。	A擬請主體活動導演進行訪問，介紹金鷹節各大活動相關資訊。B對4天的活動進行編輯整理，製作回顧。在結尾處請明星到場。
明星演唱會	9月27日 20：15～ 23：00	演唱會的瘋狂、晚會理性和電視的美感的完美綜合體。	9月30日20：15電視台剪接播出。其他頻度跟進。
閉幕式 文藝晚會	9月29日 20：00～ 23：10	1. 以儀式形式的頒獎＋採訪（約9個獎項） 2. 頒獎晚會主體 3. 圓滿閉幕式	揭曉最佳演員獎、最佳主持人獎、最佳表演藝術獎和最聚人氣獎，抽出幸運觀眾大獎。

為什麼買一送一打折優惠
總是能讓消費者掏錢,但許多
無效的促銷方案明明就很差
勁,但品牌卻始終重蹈覆轍,
傳統促銷與電商促銷的差別很
大嗎?

誘惑人的
促銷工具
有錯嗎？

+7

7.1

促銷
≠
行銷

促銷不等於行銷

　　對於品牌來說，促銷工具一直都是必要之惡，但這邊作者要清楚的說明一個觀念，很多書籍或課程會提到的「促銷」或是「推廣」，都是源自於國外的翻譯名詞，概念比較廣泛。但這邊所指的「促銷工具」，就是能直接提升購買者意願的行銷專案。像廣告或是公共關係，甚至社群的自媒體都是屬於傳播工具，所以在使用方式及達成目的上明顯不同。在這邊的定義則是：「對特定對象提供短暫的及額外的誘因，達成願意、提前、增加購買的目的，並且幫助促銷者創造業績。

　　過去促銷代表價格的降低與品牌價值的折損，但是只要控制促銷的方式與效益的評估，就能成為有用而且能幫助業績提升的行銷工具。促銷屬於短期的激勵措施，提供消費者購買的額外誘因型態，也可以使銷售過程和銷售量更快達到目標，必須考慮對象、方法、誘因、和傳播途徑等各方面因素。就像當我們看到星巴克的買一送一時，有時還是會覺得有優惠的感覺，就會上門消費。

　　促銷活動的設計包含價格、商品與服務的設計，針對消費者的需求以及品牌的目標來規劃合適的誘因。促銷活動與節慶結合時，也必須考慮所使用的工具及節慶文化的背景、消費者認知是否可以產生正面的關聯。合理的促銷方案一定是跟年度規劃結合，為了達成主要的品牌行銷目的而設計，嚴格做好成本控制，使得促銷活動的效益能夠達成而且明確，品牌必須要有相關的促銷管理規範才能在執行時落實專案企劃。很多品牌的促銷活動缺乏統一的規劃，多半是為應付市場和競爭對手的變化而設計，也有品牌是為應對競爭者而促銷，因為怕對方的促銷對自己造成損失，不當的促銷設計包

含頻率太高、持續時間太長、力度太大等。

　　促銷要先認清自己品牌的生命週期，以及品牌在消費者心目當中的地位。不同階段的品牌生命週期適合的促銷工具也不盡相同，最明顯的就是一般新品牌上市時，要讓消費者願意首次購買或達到現有品牌轉換，適合用比較直接而明確的方式，例如直接降降價或組合價，或是預購折扣。但若品牌雖然還沒上市，但已經有很高的支持度與討論度時，並非一定要一開始做促銷。若是品牌已經在消費者心目中有一定地位，除了價格折扣外更可以將會員誘因跟體驗的工具加入善用與品牌相關的識別元素設計促銷方案也是很不錯的應用，像是「21PLUS」及「21風味館」為了迎接 2021 年，以品牌名稱來發揮設計促銷方案，點購「香脆炸雞桶」原價 275 元只要 199 元，原價 100 元的「21 香草烤雞腿」則全年享 21% 折扣，即日起至 12 月 31 日可以 79 元購入。這樣的方案都是圍繞在 21 這個關鍵字上。

　　運用促銷工具可以短時間增加銷售量，並透過提供的誘因，來增進消費者或通路合作對象增加持續購買意願。過度的利用促銷會降低消費者的忠誠度，使消費者只有在優惠時才願意購買，沒有優惠就不願意掏錢。例如當有的服飾品牌在沒有促銷時，消費者會覺得訂價過高總是很難上門，只有折扣時才上門。但是因為太常促銷導致惡性循環，最終品牌形象低落而且消費者也沒有偏好度。促銷工具在使用的時候，必須有一個很重要的前提就是必然會產生費用的支出或收入的減少，所以若產品及服務品牌希望維持一定的價格策略，就要適度的使用而不能亂用。

　　作者常常會購買一些新上市的飲料，雖然過去可能對於選購的品牌，之前沒有熟悉度或認識，但是因為品牌在新品上市時，選擇

CASE ・・・

品牌識別元素促銷方案
21PLUS、21 風味館

迎接 2021 年，「香脆炸雞桶」原價 275 元只要 199 元，「21
香草烤雞腿」全年享 21% 折扣，原價 100 元只要 79 元。

資料來源　**品牌廣告**

合適的促銷工具來吸引作者嘗試購買。例如在店頭提供小杯的樣品飲料以供試喝，或是用原有的主力產品搭售新品再提供套裝的優惠。當消費者願意首次嘗試後，若發現產品及服務部錯，就算之後沒有促銷方案也可能會回購。若是運用周期的方式設計，讓消費者習慣常態性購買後，遇到促銷方案時買更多，甚至願意推薦分享，那就是最理想的促銷方案了。

　　當然也有的時候因為產品本身的吸引力率退，購買者意願降低，因此運用促銷工具來提升購買意願，甚至在企業間交易也常看到，例如將庫存品以整筆折扣的方式切貨給特定的通路，或是在販售舊款型號機器時提出延長保固服務的方案。其實購買者在考量時，品牌價值、產品及服務的實質功能都會是變數之一，像是之前也有品牌為了促銷舊款的電玩主機而搭贈大量的遊戲，但因為不少購買者對於搭贈贈品的興趣不高，也連帶影響了促銷活動的效益。

7.2

議題掌握

議題的應用

　　當然也有不少品牌因為在特定節慶或議題上，希望能夠透過促銷帶來更多的消費人潮，不論是提高立即性購買的人數，或是消費者回購的意願與頻次增加。許多已經在市場上相當穩定的產品品牌，也會因為消費者雖然在沒有折扣時也願意購買，但是因為在通路上架後，像是量販店這種適合大量購入的品牌，也必須因應需求提供數量折扣型的優惠，甚至在特定節慶時另外付費製作擺放在現場的主題陳列架，或是限定主題包裝，來獲得消費者的青睞，也才能讓產品品牌與通路品牌間，有雙方共同獲益的機會。

　　就像是新店面開幕的時候，若是沒有規劃促銷工具提升消費者的購買意願，就很可能錯失一炮而紅的機會，而要是在一些競爭者眾多的商圈中，就更沒有吸引力了。以作者過去的經驗，若是一家手搖茶店在人潮眾多的一級商圈，開店時推出買一送一的活動，有機會提升至少同品牌一般平日時段的三成到五成的業績，甚至若推出前一百名免費贈送一杯的活動，同時搭配新會員入會，就能在很短的時間引起常逛這個商圈，而且會購買手搖茶的消費者快速的關注。另外常見的就是百貨公司在週年慶的時候，運用來店禮的方式吸引消費者到店裡兌換，同時在消費時給予可在下次購物時折抵使用的折價券。而且因為在樣重要的節慶活動上，競爭者也會提供類似的促銷誘因，若是自己的品牌沒有因應方案，很有可能會錯失機會屈居下風。

　　在年度規劃的架構下，促銷方案的時間點原則上是固定，以結合節慶活動為主，除非有臨時發生非常重大需要調整的因素，像是突然發生很新聞議題的事件、意外競爭者加入市場造成影響，或者

像是因為疫情而發生的意外。不少品牌 2020 年的業績因為受到疫情影響，依靠振興券的商機帶來幫助，對於消費者來說，同樣的金額可以使用的情況下，若是品牌能提出不但吸引人而且符合需求的優惠方案，被青睞的機會就高出許多。但若是讓消費者覺得困擾而且甚至有廣告不實的疑慮，那就得不償失。

　　作者從過去協助廠商設計行銷方案的經驗，提出五項必須小心的提醒給品牌，避免未來在設計類似方案時踩到了消費者的雷區。

一、別讓消費者覺得優惠只能看卻不能用，像前陣子發生消費者用振興券方案訂房，卻因為數量太少而引發抱怨，或是只有限量極少數的優惠卻要引導消費者購買較高額的服務。品牌若想以限量的優惠吸引消費者，就應該更明確的解釋方案設計的內容。

二、新方案不如原有優惠，部分廠商為了降低自己的行銷成本，又想在優惠券上獲得利益，因此設計比之前還差的折扣。尤其是數位環境中消費者很容易進行資料的查詢，但消費者很容易就透過比較發現品牌的小動作，這樣反而造成負面觀感。

三、過度複雜的促銷方案設計，例如同時推三個方案，有折扣、贈品及抵用金，但是彼此不能重複使用，或是太多不同的優惠方案同時在店內進行，當消費者覺得在使用上不方便甚至產生疑惑時，也會對品牌的行銷手法感到不悅。

四、朝令夕改的優惠條件，例如當政府同時有推出針對文化、農業等延伸方案時，品牌本來已經推出的促銷活動又想吸引更多商機，就在太短的時間內不斷增加或調整優惠措施，反而會讓消費者無所適從。

五、試圖模仿或攻擊競爭者的方案，當對手領先推出結合優惠券的方案時，後發品牌應該更有創意的去設計不同的作法。明顯的攻擊或抄襲的方案都會引起消費者甚至於社群媒體上產生負面聲浪。

　　通路品牌偏好結合有話題性的主題，舉辦短期的主題商品的活動，通常是一周到十天左右，短期而且明確方向的企劃來設計促銷活動。通常會與供應商品牌高度合作，例如日本周、草莓季、啤酒節，主要分為特定供應商品牌類、特定國家及地域類、名特產類、產品品類等類型。對於通路品牌來説，促銷方案所得到的利潤和營業額的提升相對不成正比，主題促銷的商品及服務可能帶來的銷售量增加，但同樣有許多支出必須先評估。像是由於必須採購比平常更多的數量的商品，導致額外增加的庫存成本與空間占用。或聘請更多的臨時人力，來滿足服務增加的消費者，也會造成成本的提升。

7.3

效益評估

效益的評估

　　也有不少促銷工具的目的，是為了建立與延伸品牌與消費者的關係，例如公益團體鼓勵消費者在購買禮盒支持身心障礙者時，若是透過網路登錄會員首次購買，可以獲得限量的會員贈品，而背後的目的則是在於可後續透過會員資料，再次行銷推薦產品或在募款時可以精準地與目標對象溝通，寄送相關資訊。

　　促銷工具的設計可以從溝通消費者層面以及對品牌的經營與績效兩個層面來說明，達成的目的與效益包含：

溝通消費者層面	品牌的經營與績效
・增加消費者對於新產品的試用率。 ・創造新使用者的使用機會。 ・提前導引之週期性的購買。 ・增強消費者的購買涉入。 ・強化消費者的重複購買習慣。 ・縮短消費者對於產品之購買時間間隔。	・提升短期銷售業績。 ・減少庫存與屆期品的壓力。 ・降低業績衰退的風險。 ・獲得更多展售空間。 ・搶佔市場佔有率。 ・對抗競爭者的促銷活動並降低影響。 ・誘使經銷商的進貨額提升。

　　至於評估執行的好壞，可從比較促銷前、促銷時和促銷後的市占率、營業額、銷售量等面向來評估。例如一家公司促銷前擁有 10% 的市場佔有率，促銷期內上升至 17%，促銷結束下跌至 12%，經過一段時間又回升至 15%。若是目標針對是市場佔有率的促銷方案，就算是有達成了效果。

　　營業額成長必須高過毛利率的減少，也是促銷方案的基本評估標準，例如過去每天的平均營業額為 50 萬元，毛利率 30% 的情況下所獲得的毛利為 15 萬元，但是因為規劃了買 3000 元送 300 元，使每日營業額提升日 70 萬元，但因為折價券的使用導致毛利率降至 25%，基本公式就為 70 萬元 ×25% － 50 萬元 ×30% ＝ 2.5 萬，也就說促銷方案能替每日帶來 2.5 萬增加的毛利。但因為還要扣除像是額外投入的廣宣費用平均每日 5000 元，等於每日因為有促銷方案的規劃，淨利增加 2 萬元。

　　有時促銷方案已經帶來的人潮，但若是因為規劃的不夠周全而再次流失，對品牌的影響及傷害更大。尤其是競爭者可能也在同時推出促銷方案時，消費者可能因為缺貨而轉向購賣其他品牌替代，或是延後購買時間直到補貨上架。但有時是服務能量不足，消費者因為排隊過久而放棄，甚至在服務過程中無法維持一致性品質而發生客訴。但若是誘因真的相當吸引消費者，超出預期範圍時則可以評估是否提升資源的投入。像是麥當勞推出套餐組合可以加購 Hello Kitty 的玩偶，就是因為第一波就引發搶購潮，甚至大排長龍然後秒殺，之後就陸續推出了好幾次，不過之後的吸引力也就逐漸遞減。

7.4

活動設計
與類型

方案的設計

促銷一般分為立即性回饋、延遲性回饋與互動型回饋，例如直接降價、現場試吃、隨貨附贈的贈品與買 A 送 B 等方式，消費行為完成後就取得回饋，這就屬於立即性回饋。而延遲性回饋則是消費者消費後，有一定時間差才會獲得，像是集點累積換贈品、抽獎、下次使用的折價券等方式，互動型回饋則是消費者必須完成某些行動後，經由品牌確認所獲得，像是拍照打卡可以換一盤肉、推薦朋友加入會員後的推薦禮。這三種回饋的概念在於，是以促銷工具當下換來的利益，還是希望拉長促銷活動的關注度，以及消費者互動參與。

因此針對品牌的角度及不同目的出發，作者將針對消費者的促銷活動類型主要分為四大類，包含提升消費者涉入、服務強化延伸、服務強化延伸，以及提升產品及服務利益，另為則是企業對企業以及企業對業務員的促銷方案，以下分別說明及舉例。

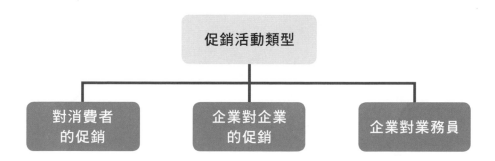

```
                        ┌──────────────┐
                        │   對消費者    │
                        │    的促銷     │
                        └──────────────┘
         ┌───────────────┬─────────┴──────────┬──────────────┐
┌──────────────┐ ┌──────────────┐ ┌──────────────┐ ┌──────────────┐
│ 提升消費者涉入 │ │  服務強化延伸  │ │  提升產品及   │ │  降低購買成本  │
│              │ │              │ │  服務利益     │ │              │
└──────────────┘ └──────────────┘ └──────────────┘ └──────────────┘
   會員卡友方案      消費者教育訓練       限定包裝          直接降價
     競賽          分期付款免利息      樣品／試用品       條件式折扣
  限時限地優惠        減免運費           贈品            多件折扣
     表演          免費檢查保養         買 A 送 B         組合價
    展示布置        服務費用補貼          贈獎           加價購買
    試用體驗       提供較長試用期                         集點優惠
                     或保固                            滿額優惠
                    免手續費                            折價券
                     免運費
```

```
        ┌──────────────┐                      ┌──────────────┐
        │   企業對企業   │                      │  企業對業務員  │
        │    的促銷     │                      │              │
        └──────────────┘                      └──────────────┘
      ┌────────┴────────┐                            │
   進貨折扣          銷售獎勵                      促銷競賽
   延後付款          業務競賽                     額外銷售獎勵
  服務交換折讓      商品知識與
                   銷售教育訓練
   現金折扣         宣傳費用補貼
   展示樣品         產品說明會
```

　　從「品牌耶誕樹」的概念來發展，品牌並不需要每個議題及節
慶活動都使用促銷方案，但是合適的方案可以在需要達成不同目的
時，給予更多誘因的輔助。同時因為不同的促銷方案有各自的功能
及效果，品牌也可以更有系統地去看待，可以怎麼去選擇不同的方
案，以及評估促銷方案的效果。再者因為品牌過去也可能運用過部
分的促銷方案，但是更全面的去認識及瞭解這些方案，再做出選擇
與修正成適合品牌的內容，就可以幫助品牌在年度規劃的發展上，
有更好的業績目標達成。

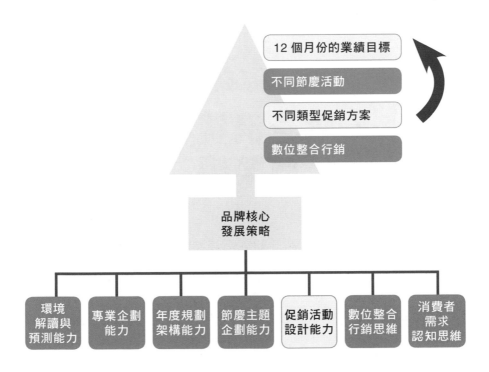

7.5

促銷活動 I

賦予消費者
尊榮感

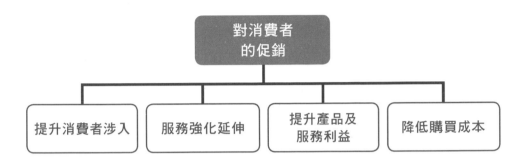

提升消費者涉入

提升消費者涉入	會員卡友方案	加入會員禮
		回店禮
		累進消費禮
		貴賓卡身分限定
	競賽	
	限時限地優惠	
	表演	
	展示布置	
	試用體驗	產品及服務體驗
		服務試用

會員卡友方案

加入會員禮

　　針對尚未成為會員的消費者提供誘因，使其同意成會員的身分。等消費者對品牌有一定信任度時，還可以透過邀請新顧客的方式，給予推薦與被推薦者獎勵，持續擴大品牌的市佔率。或是鼓勵原有會員成為品牌的新媒體支持者，例如加入 LINE 帳號。收到消費者提供的資料後，品牌可以確認所填資料是否正確，並且一定要將承諾給予的會員禮提供，以免發生糾紛爭議。

CASE 加入會員禮
家樂福

• • •

會員禮的贈與及吸引新會員加入。

1

2

資料來源　**品牌 FB 專頁**

加入會員禮
IKEA

完成加入會員程序可以獲得限時貼圖贈禮。

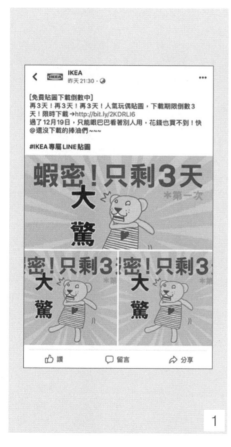

1

2

資料來源　1. 品牌 FB 專頁　2.LINE

回店禮

　　鼓勵消費者成為會員後再次來店消費，例如每年百貨公司週年慶時提供的限量禮品兌換，也可以透過消費者授權的方式，傳送合適的促銷方案訊息，方便消費者持續回購時節省時間，提醒領取身分限定的禮物同時刺激消費，例如像是生日賀禮。

　　也可以製作針對檔期活動的特刊或型錄，寄給資料庫中的有效會員，以 Email 或是實體的方式都可以，並附上兌換卷作為提醒及確認有效性的標準。

回店禮
新光三越

吸引會員回頭關注品牌並給予贈品及促銷誘因。

1

2

3

資料來源　　**品牌廣告**

CASE 回店禮　　　　　　　　　• • •
A 品牌體驗活動

活動辦法：

持會員卡並扣抵點數，即可兌換贈品。

（每人每卡活動期間內限領乙份。數量有限，送完為止）

活動時間：

- 冬拍 12/26（一）～ 1/12（四）
- 春節特賣 1/13（五）～ 1/27（五）
- 情人節 95/2/6（一）～ 95/2/12（日）

兌換地點： 1F 贈獎中心

贈品內容及預估費用：

波段	兌換門檻	贈品內容	單價	數量	費用
冬拍	扣抵點數 300 點	淘氣貓咪牙籤盒	40	3,000	120,000
春節特賣	扣抵點數 300 點	除毛球機	45	3,000	135,000
情人節	扣抵點數 500 點	娃娃書籤	60	2,000	120,000

累進消費禮

　　當消費者成為會員後，也必須持續的規劃持續互動的方案，獎勵回頭消費的顧客，提高與品牌互動的機會，也增加消費者對品牌的忠誠度。例如航空業的累積里程方案，或是會員消費金額與次數達到標準可免除隔年的會員費。

CASE **累進消費禮**
新東陽

⋯

鼓勵會員消費金額持續達標後並且可以獲得限定贈品。

資料來源　**作者自攝**

CASE

累進消費禮
會員日促銷方案

• • •

促銷目的：

- 從去年的二次會員銷售占比調查來看，會員銷售占比太低，開始只有 13%，做會員促銷活動時也只有 25%。這說明了顧客忠誠度較低。會員日是既定的會員返利時段，做好會員促銷，提高顧客的品牌忠誠度。
- 提高銷售額，較去年同期上升 5%。
- 提高顧客的忠誠度，會員銷售占比提高到 30%。

活動時間：11 月 24 日至 12 月 4 日，共 11 天

活動地點：會員 APP 登入

活動內容：

在 11 月 24 日至 12 月 4 日期間，只要登入會員並輸入消費金額與結帳代碼，每 50 元獲得一點。累積積分達到了 10 分以上，均可在會員帳戶獲得返利。以 10 分為基數，取 10 的倍數返利。不滿返利基數的部分自動轉移至下一個返利週期，返利後自動扣除相應積分。所有返利均可折抵下次線上消費。

積分與返利對照表

積分	10～19 分	20～29 分	30～39 分	以 10 分遞增
返利	5 元	10 元	15 元	以 5 元遞增

貴賓卡身分限定

　　會員制可以運用身分不同來做區分，例如個人會員、家庭會員與公司團體會員，或是以貢獻等級來區分，例如銀卡、金卡、白金卡、鑽石卡等。有的品牌為吸引消費者加入會員，會提供許多誘因方式，部分業者還會結合銀行聯名卡，增加會員在折扣、點數累積及線上付費的功能。

　　俱樂部方案則是多位會員共同參與活動的，加入俱樂部的條件可依照會員等級與付費來制訂，也可加入促銷方案提升人數與餐與活動的機會。

貴賓卡身分限定
UNIQLO

· · ·

針對會員的購物節慶活動。

資料來源　**品牌 LINE**

CASE

貴賓卡身分限定
A 品牌會員春節特賣刷卡禮

• • •

活動辦法：

當日刷會員卡（合作銀行卡友可同享本活動）消費單筆滿 2,000
元，即可兌換濃情巧克力鍋乙個（活動期間每卡限領一次，正附卡
合併計算）

活動時間： 1/13（五）～ 1/27（五）

兌換地點： 1F 贈獎中心

贈品內容：

兌換門檻	贈品內容	數量
當日刷卡滿 2,000 元	濃情巧克力鍋	1,500

CASE 貴賓卡身分限定
聖誕 VIP 客戶方案

• • •

活動目的：

12 月 25 日，是基督教徒紀念耶穌誕生的日子，稱為耶誕節。在西方國家，聖誕是一年中最盛大的節日，可以和新年相提並論。隨著各國交流日益頻繁，耶誕節的氣氛在逐漸濃烈起來，它已經成為一個全民性的節日。屬於國際性的節假日，是一年的伊始，在人們心中是非常愉悅、盛大的節日。節日期間，人們舉行大型 Party、到商場購物、親友間互送禮物等活動，各品牌競相促銷，以提高銷售業績。

活動對象： VIP 客戶

活動主題： 霓光盛彩　繽紛獻禮

活動方式：

在 12 月 24 日平安夜（Christmas Eve）前，各終端銷售人員通過發送短信或寄聖誕賀卡「可當地購買」對 VIP 顧客發送祝福，加強品牌與顧客的溝通聯繫！

聖誕祝福短信（舉例）：例 1——在聖誕樹旁靜靜的許願，希望凱撒的祝福能隨著飄絮的聖誕雪飛到你的身邊，一個因你而美好的聖誕夜！

促銷時間： 12 月 22 日～ 12 月 26 日

促銷地點： 全國各城市自營店及特許加盟店

促銷方法：

· 活動期間，全場貨品八折酬賓。

· 活動期間，VIP 顧客憑卡到原髮卡店領取精美聖誕禮物一份，
每卡僅限使用一次。（數量有限，送完即止。）

· 備註：聖誕禮物推薦：皮具、襯衣以及當地購買的禮品。

競賽

　　鼓勵消費者為獲得獎品或獎金而參與的遊戲，可以在購買當下讓消費參與，或是在一段活動期間累積後再一次性公布。例如消費者只要購買多少金額就可以獲得禮物或回饋金額，但限定數量及時間，提升消費者的競爭意願，甚至每可每日公布一次名單。另外就是設定期間內消費金額最高的前幾名，另外頒發值得紀念的禮物，但要小心消費者為了達到目標大量囤貨，先購買後再私下售出，導致市場公平性嚴重破壞。

　　若是以互動性為主的競賽，可以讓使用一些跟知識或是技巧有關的設計，來增加趣味性，例如猜燈謎活動或是參與者比較誰先喝完一罐飲料。獎勵方式的設計可以較為輕鬆，讓消費者透過參與增加對品牌的連結，若是實體活動還可以熱絡氣氛，讓其他旁觀者增加興趣。

CASE　競賽
七夕有情人相約

・・・

活動時間：

七夕 18:00 ～ 19:00

活動創意：

情侶愛情共見證的情人節浪漫之旅。參與人數可分為兩大塊：一為
嘉賓，即為報名參加配對節目的單身男女以及情侶，二為各個嘉賓
的親友團（親友團可事先自由組合，或在現場臨時分組）。

活動地點： A 品牌餐廳

活動內容：

・ 活動參加者都是情侶或夫妻，都有著相似的話題或者經歷，彼
　此都有一種默契叫做理解。

・ 為此次活動設計的遊戲都是需要情侶進行配合，更深層次地讓
　消費者瞭解和另一半的默契程度。

參加人數：

10 對情侶或夫妻（採預先報名）

活動簡介：

・「拋繡球」：提供 5 個小筐（小筐包裝的漂亮一點），50 個氣球。
　遊戲規則：兩人一組，一人背筐，一人投球。背筐者努力接住
　來自投手的球，最後以接球的多少決定最後的勝負。此遊戲主
　要考察兩人的配合能力，看誰最後滿載而歸。

・「二人手」：男女雙方各拿一個筷子，同時夾取乒乓球，在規定

時間內，夾球數量最多者為獲勝者。

- ・「夫妻雙雙把家還」：選手上臺，手手相聯，面面相對，齊心協力把夾在胸前的氣球，從起點運到終點，以用時最少者獲勝。讓我們看看誰是最默契的夫妻拍檔。

- ・「默契大考驗～説吧，説你愛我吧」：由主持人問數十個問題，比如「你 LP 最喜歡什麼顏色」「你 LG 心情不好的時候會做什麼」，然後由情侶嘉賓們在各自的題板上寫下答案。最後答案一致多者為最默契情侶。

參加獎勵：

參加者均獲得每隊 2000 元的 A 品牌餐廳禮券，前三名優勝者分別另外得到 7000 元、5000 元、3000 元 A 品牌禮。

限時限地優惠

　　把促銷活動限定在某一特定的時段或區域進行，消費者必須在某指定時間參與活動，才能享有特別的優惠。而電商上的促銷很常使用這個方式，讓消費者願意等待而產生預期心理，也因為不受地域限制而更容易實施。

　　限時限地優惠的型態包含現時搶購、開店及閉店前時段、指定時日等。另外像是因為食物類的商品有保存期限，有的品牌會在超過時間其設定限時的促銷方案，像是麵包、便當可以讓用較優惠的方式購買，又能維持原來商品平常的價值。

CASE 限時限地優惠
蝦皮

針對每個不同時段推出各自的優惠折扣商品。

資料來源　**品牌網站**

限時限地優惠
全家超商

• • •

鼓勵消費者在特定時間，以優惠價格購買快要即期但仍可食用的商品。

資料來源　**品牌 FB 專頁**

CASE 限時限地優惠
七月「夜宴」促銷活動執行方案

• • •

活動背景及目的：

・七月是家居銷售壓力最大的一個月，也是家裝賣場開始裝修的
季節，由於消費者的家居消費習慣，往往在裝修後才挑選傢俱。

・為了改變消費者的這種習慣，必須通過先進的行銷手段和方法，
對門店現有價格策略和產品組合進行有效整合，以策略性的主
題促銷活動在本區域市場進行造勢及宣傳，集中各種資源強烈
爆破，力爭在活動當天突破門店銷售歷史紀錄，提昇市場佔有
率和知名度。本次活動計畫實現銷售目標：當日銷售突破 300
萬元（含定貨）。

活動主題：「夜宴」傢俱史上最震撼的夜宴團購會

活動時間：

活動執行時間：7 月 23 日或 24（下午 7：00 至晚 11：00，4 小時）

活動內容：

・史上最為震撼的夜市團購會，100 萬讓利，全場超折扣。

・活動期間，15 大傢俱品牌總部 100 萬讓利，全場正價產品 6.5
折起，4 小時限時搶購！

・一次性購買產品 50000 以內，享受 6.5 折優惠。

・一次性購買產品 50000 元～ 99999 元，享受 6.3 折優惠。

・一次性購買產品 100000 元～ 199999 元，享受 6.1 折優惠。

・一次性購買產品 200000 元以上，享受 5.9 折優惠。

・活動中，享受折扣的產品一定要注明：除特價產品。

· 預定單，必須繳納 30% 的定金，可享受以上活動折扣。

真誠回饋、進店有禮：

· 活動期間，凡進店顧客，持邀請函到前臺可領取價值 450 元的
  精美禮品一份（邀請函僅針對精準客戶發放）！

· 對活動前繳納 1000 元定金並購買的的顧客，承諾送價值 800
  元按摩器一個。

表 演

　　將產品的功能、用途、品質等特色透過現場表演，運用互動的方式增加消費者興趣，表演中也可以邀請消費者嘗試使用，不但增加現場的促銷氣氛活絡，同時可以提升消費者對品牌更多的瞭解和認識。另外，表演的內容除了跟促銷的產品及服務有關之外，還可以加入部分的遊戲或體驗，例如像是表演現場料理後，給參與的消費者立即試吃。

　　通常表演類的舞台活動，包含拍賣、競賽、尋寶、猜迷、問答等方式，目的在於讓促銷現場增加消費者參與的機會，並且也可以將跟品牌有關的資訊置入，像是產品功能、價格、促銷活動的名稱，也有機會讓參與者獲得贈品或是優惠價格購買到產品及服務。

表演
HOLA

· · ·

邀請廚師在店內以現場表演來帶動氣氛以及增加銷售機會。

資料來源　**品牌 FB 專頁**

展示布置

　　在通路品牌的店內外包含櫥窗，都可以透過布置陳列、其他輔助製作陳列架或宣傳物，來吸引消費者關注，以及了解產品及服務的訊息，以及其他促銷方案的內容。有時製造商品牌也會另外租用外部的場地，除了避免只有單一通路品牌受惠，另外則是需求的空間合適度。

　　針對以促銷目的為主的展示布置，可以強調主題性及完整性，像有的品牌會將旗下的多個品牌一起放置在特製的陳列架區，凸顯單一組織品牌的全方位消費者滿足，以及呈現出強烈的視覺記憶點。若是有主力產品希望強調，也可以透過陳列技巧來達成，並且將放置於布置陳列區域的產品，像是標籤的對齊、顏色的秩序，都可以提升消費者的注意及記憶點。

　　若是陳列展示的空間較小，而且是以立即性購買為主的產品品牌，可以將展示位置設立於收銀機附近或入口處，另外有時也會搭配海報、吊牌、地貼等布置物，甚至在特定時段結合銷售人員與宣傳的品牌形象人偶，來活絡氣氛以及帶動銷售的熱度。

展示布置

桂格

· · ·

運用主題性的方式來吸引消費者的目光並提升購買意願。

資料來源　**作者自攝**

367

CASE

展示布置
花王

運用品牌主題展來呈現吸引消費者對品牌的認識。

1

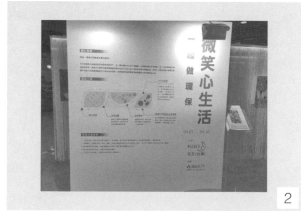

2

資料來源　**作者自攝**

試用體驗

產品及服務體驗

　　產品及服務體驗在各通路品牌常見的方式，例如現場的試吃、試飲，按摩椅試坐以及床墊及枕頭試躺。直接的體驗對於產品及服務品牌的了解程度，會比只是看到包裝外觀，更容易有說服力。另外像試吃、試飲的時候，若是能大方一點，消費者就會更有購買的意願。

　　新商品及服務剛進入市場時，直接體驗是消費者接觸品牌的實質機會，但有些產品的體驗並不那麼方便，像是衛生棉的觸感只能用手觸摸感受，洗髮精及沐浴乳通常是讓消費者試聞味道。

　　消費者在看到現場的產品或電視廣告雖然產生了興趣，並不會立即行動購買，這時候可以在定點及區域走動等方式，提供試用品讓消費者帶回家嘗試，也可以在網路上用申請的方式，由消費者提供個人資料，經品牌篩選後寄給對方。

CASE **產品及服務體驗**
OMRON

• • •

在人潮踴躍的地方設點，吸引消費者直接體驗產品。

1

2

3

資料來源　**作者自攝**

CASE **產品及服務體驗** ● ● ●
N 手機品牌暨 C 通路品牌聖誕體驗活動

專案背景：

1. 耶誕節及元旦兩大節日的消費高峰期，N 手機品牌與 C 通路品牌攜手，推廣 N 手機品牌手機產品，促進產品的終端銷售。

2. 促銷活動包括靜態展示及戶外體驗兩部分，通過繽紛的促銷活動及優惠政策提高 N 手機品牌產品的銷售額。

3. 作為專營中高端產品的家電銷售公司，C 通路品牌希望通過此次活動提高其品牌知名度。

4. N 手機品牌與 C 通路品牌作為長期的合作夥伴，希望通過此次活動加深彼此的精誠合作關係，達成雙贏。

活動目的：

1. 推動 N 手機品牌產品銷售
   ・ 加深目標消費者對 N 手機品牌產品的認知並產生購買的欲望。
   ・ 傳達促銷資訊，刺激消費者購買，提升產品銷售量。

2. 提升品牌形象
   ・ 增加品牌與消費者之間的互動，提升 N 手機品牌的品牌形象。
   ・ 借助活動提高 C 通路品牌的品牌知名度及影響力。

3. 達成雙贏
   ・ 營造歡樂、喜慶的節日氣氛，促進 N 手機品牌與 C 通路品牌的合作關係。

活動時間：

1. 體驗：12 月 24、25 日
2. 靜態展示：12 月 24 ～ 30 日

活動地點：C 通路品牌旗艦店

人員分工及職責：

1. N 手機品牌／C 通路品牌
   - 活動的整體工作指派
   - 選定活動場地
   - 活動所需物料準備及分派安排
   - 場地佈置驗收
   - 為活動如期推進提供保證
   - 活動整體效果監控

2. 執行公司
   - 安排製作物料
   - 活動現場的佈置工作
   - 音響設備租用
   - 主持人、演藝人員挑選、彩排
   - 對外聘工作人員進行培訓
   - 按照活動流程，安排活動各環節的工作
   - 活動結束，撤場工作安排

責任細目配製表：

1. 活動前期工作

項目	N 手機品牌／ C 通路品牌	執行公司
場地方面		
確定活動場地	✓	
確定活動場地費用	✓	
進行場地使用申請		✓
音響設備		✓
安排場地佈置平面圖		✓
確認物料具體擺放位置		✓
與場地相關人員確認活動流程	✓	✓
物料準備		
物資清單確認	✓	
禮品準備	✓	
布場物料確認		✓
人員方面		
聘請工作人員		
簡訓外聘工作人員（主持人、演藝人員等）		✓
布／撤場人員安排		✓

2. 活動中

項目	N 手機品牌／ C 通路品牌	執行公司
POP 維護		✓
靜態展示的維護		✓
演出流程實施、現場氣氛調動	✓ （監督）	✓ （執行）
影視、音響設備監控		✓
主持人／演藝人員工作監控		✓
獎品監控	✓	✓
餐飲時間監控		✓

3. 活動後

項目	N 手機品牌／ C 通路品牌	執行公司
物料撤場		✓
完成活動總結報告	✓	✓
活動經驗分享	✓	✓

現場區域設置：

1. 場地：C 通路品牌旗艦店 門口促銷區內。

2. 布置說明：利用 N 手機品牌各個型號的手機紙牌模型（約 600 個）裝飾佈置一棵聖誕樹，配合店內海報、宣傳單張告知消費者「N 手機品牌，數出精彩聖誕」嘉年華活動。

3. 靜態展示區

* 功能說明：
  節日氣氛佈置：手機聖誕樹
  產品樣本展示

* 物料配置：
  聖誕樹
  手機紙板模型
  聖誕裝飾
  活動宣傳單張、海報
  手機展示架

4. 人員配置：

* 促銷人員（N 手機品牌負責安排）負責靜態展示區的管理及產品介紹的工作。

* 工作目標：通過繽紛的節日氣氛佈置、數手機遊戲，吸引消費者的注意及參與，從而從而加深消費者對品牌的印象。

* 音響控制師：負責音響的監控

* 工作人員：負責協助舞臺遊戲、派發遊戲獎品

* 工作人員：負責扮演聖誕老人人偶，在舞臺區周圍派發單張；協助主持人派發遊戲獎品

* 活動主持人：負責互動，通過精彩的舞臺環節，並帶出活動的促銷資訊，吸引各大消費者的眼球注意，從而提高 N 手機品牌和 C 通路品牌的品牌認知度，推進現場的銷售量。

5. 執行公司工作人員説明：

職能崗位	人數	技能／經驗要求	工作要求／目標
專案統籌	1	協調場地關係，監控整個專案的運作。	能即時解決活動當日發生的突然問題，確保整體專案的運作順利。
項目督導	1	協助統籌監控各區域的正常開展。	確保各區域正常開展。
場區工作人員（含兼職）	2	負責各區域的開展。有體驗活動執行經驗。	協助督導管理及監控活動的順利進行。
工作人員（聖誕老人人偶）	1	有體驗活動執行經驗。吃苦耐勞。	積極主動、在各區域間來回走動，吸引消費者的注意。
主持人	1	有體驗舞臺經驗。時尚活力年輕人。	產品形象代表，必須對產品熟悉，吸引受眾。
音控師	1	有體驗活動執行經驗。	負責控制現場音樂，調動氣氛。

服務試用

消費者可以在特定環境中體驗服務的流程與內容。

服務試用
IKEA

$\cdots$

消費者在戶外的體驗車體驗,增加接觸機會。

資料來源　**品牌 FB 專頁**

CASE 服務試用
麥當勞

消費者透過擔任店員的方式來體驗服務的流程，並增加品牌好感度。

 資料來源 **品牌 FB 專頁**

服 務 強 化 延 伸

服務強化延伸	消費者教育訓練
	分期付款免利息
	減免運費
	免費檢查保養
	服務費用補貼
	提供較長試用期或保固
	免手續費
	免運費

　　許多新產品及服務不斷推出，但消費者對於使用的知識不容易
理解，也不知道去哪裡學習，像是烘焙麵包的新材料或技術，為了
能讓消費者了解並且提升購買意願，品牌可以利用教育訓練來達到
目的，並且增加成為顧客較高滿意度的機會。

　　尤其是對於一些較為特殊的產品及服務，或是身分特殊的目標
消費者，例如像是醫學及保健相關，或是菸酒等法律有另外規定限
制的產業更為適用，但須注意場地及人員資格。

消費者教育訓練

因為產品及服務屬性，透過教育消費者而達到促銷目的舉辦的課程，例如手沖咖啡教學、品牌相關的美學講座。消費者經由品牌所提供的教育訓練可以更為了解，也甚至有機會引起後續使用產品及服務的機會，另外像是高級的酒類品牌、頂級汽車品牌甚至會推出付費型的教育訓練，但收費會低於市價或用於抵扣產品及服務的消費。

CASE

消費者教育訓練
魔術靈

運用生活講座的方式增加消費者對於居家生活以及品牌的認識程度。

・・・

1

Shopping Design 新增了 1 項活動。
昨天15:08

6月《Shopping Design》與一匙靈&魔術靈合作舉辦【品生活講堂】，這次我們邀請到三個領域的專家來分享如何讓居家更自在、更有美感，從佈置設計、收納到清潔保養，將多年經驗分享給在乎生活質感的朋友們，期望能透過這場小聚，學習用各種不同的面向深入日常生活，發掘使家變得更好的方法！

免費參加，報名去！→http://bit.ly/2wTSvV4

Part1 /
居家美感：在生活轉角增添美好邂逅

講者：Wayne / Temperature 溫度物所工作室共同創辦人

Wayne畢業於EsmodParis，並曾於Rick Owens、Gareth Pugh實習。透過服裝設計、植物創作及空間陳列與影像等不同媒介、跨領域作品。擅長運用植栽與風格居家用品，使生活中呈現有溫度的氛圍。

Part2 /
小宅收納：將凌亂的生活整理再出發

講者：朱俞君 / 寬空間設計美學主持設計師 朱俞君 愛上收納

寬空間設計美學主持設計師、實踐大學建築系畢。多年來一直傳遞正確的收納觀念和做法，研究了許多易學好用美學歸納法，希望讓大家一直以來的擁擠住家、凌亂生活，得到長久持續的清爽。

2

Part3 /
夏季清潔：保持舒爽潔淨讓身心自在

講者：陳安祺 / 家事訓練講師 安祺的遊戲家事

2002年起從事家事管理訓練講師工作，曾擔任各機關單位之講師、家事顧問、專欄作者，以研究家事生活為樂，創造出許多簡化家事的方法，著有「懶人快速清潔招」「新手主婦家事快速上手」「清潔寶典」，也常受邀至電視節目與大家分享做家事的心得。

時間：2018.6.15(五) 19:30-21:00
地點：Your Space(台北市光復南路102號3樓)
報名網頁：http://bit.ly/2wTSvV4
活動洽詢 sd@shoppingdesign.com.tw (02)8773-9808#273 林小姐
主辦單位：Shopping Design
共同主辦：一匙靈&魔術靈

*主辦單位保留本活動變更之權利。若遭遇天災等不可抗力因素，將延期舉辦，日期另行通知，不便之處敬請見諒。

6月15日週五 19:30
品生活講堂——邂逅迷人的生活空間：從佈置、收

資料來源　**品牌 FB 專頁**

分 期 付 款 免 利 息

　　品牌必須負擔銀行分期付款的利率成本，期數越短利率越低，但有時高價產品需要較長的分期時間與期數，利率就會跟著提高，但對消費者來說也可能吸引力較大。

　　像是電商、電視購物、百貨公司在大型主題節慶促銷方案中，會使用無息分期付款的促銷工具，讓消費者更願意提高一次性的消費金額及購買意願。品牌必須和銀行爭取到更低、更好的利率負擔成本，避免犧牲太多毛利率，通常更理想的方式會是結合品牌長期合作的聯名信用卡公司。

減 免 運 費

· 像是電商補貼的小額免運，或是家具廠商的高額運送及搬運費用，購買促銷活動中指定產品或達到一定價格以上，所購商品免費集中送貨，範圍限定同一個送貨地址。
· 物流服務商在送貨前，由送貨人員負責聯繫消費者及售後服務相關人員，在預定具體時間時確認有人收貨，並完成搬運安裝上等服務。

減免運費

燦坤

消費達一定金額即可免除運費。

資料來源　**品牌網站**

免費檢查保養

· 針對在促銷方案期間購買的消費者，使用後一定期間內提供限定次數及內容的免費服務，而原則必須是之前要收費的服務，這時這項促銷方案才有吸引力。像是為消費者提供空調免費清洗、保養服務，保養範圍包含空調室內外機、室內機過濾網、冷凝器的清洗、檢測電壓是否正常、空調運轉試機等。

服務費用補貼

像是安裝空調時的超值免費服務，原由消費者承擔的費用，在促銷方案時施的期間由通路品牌來承擔。服務專案的範圍包含玻璃切割、防護網拆裝、吊裝設備租用、木製傢俱打孔。

提供較長試用期或保固延長

　　將原有的試用期間給予延長，像是消費者原本可能需要七天來做產品的體驗使用，延長到十四天或一個月，目的在於讓消費者在試用期間更熟悉也信任品牌，也不用擔心退貨的問題。

　　而保固期的延長則夠讓品牌的週期性更換機率降低，並且提升使用者的好感度，但因為保固本身會有維修成本的增加，以及最初產品設計的使用年限，也可以在規劃時與舊品折抵購買新品費用的方案來結合。

免手續費

　　當消費者可能因為使用信用卡刷卡結帳，或是餐廳用餐後須要支付手續費，而降低消費意願時，可以結合特定議題來規劃短期免除手續，或是針對特定會員身分來結合操作。

提升產品及服務利益

提升產品及服務利益	限定包裝
	樣品／試用品
	贈品
	買 A 送 B
	贈獎

限 定 包 裝

　　透過精美或特殊的包裝設計增加消費者衝動性購買的的機會，例如與動漫作品聯名的飲料瓶身、烏魚子禮盒的限量原木包裝。也可以品牌旗下的系列產品，針對主題製作統一的包裝設計，像是限量版漸層色、周年紀念等。

　　產品需要促銷時的包裝規劃，基本上還是要達到保護、運送、陳列等條件，並在實用性和消費者反應方面進行測試，確保達成品牌期望的目標。

CASE 限定包裝
喜年來

• • •

結合知名圖文角色作為包裝提升購買機會。

資料來源　**作者自攝**

CASE

限定包裝
可口可樂

· · ·

以不同區域的限定區別包裝增加消費者蒐集機會。

資料來源　**作者自攝**

CASE 限定包裝
台灣啤酒

運用節慶限定包裝以及組合優惠，提升消費者購買意願。

1

2

資料來源　**作者自攝**

樣品／試用品

樣品／試用品
麥當勞、高露潔

· · ·

運用消費者飲食及清潔兩項需求，提供限量的贈品適用。

資料來源　**品牌 FB 專頁**

贈 品

　　贈品贈送多半是在結帳時，由櫃台人員當場提供，以確保贈品數量是否足夠提供。另外因為有些贈品的數量限定，以及贈數時有指定條件，都必須透過櫃台的結帳系統來確認。另外若是透過電商、電視購物或型錄購物等方式所提供的贈品，則會隨商品在寄出時一併放入物流箱中。

　　贈品類型的規劃與數量控制也很重要，有獨特性的贈品容易吸引消費者的注意，但太過熱門的贈品可能導致成本暴增，只能以數量來控制。因此，同時思考贈品與促銷商品的關聯性就很重要，像是我自己就因為贈送的贈品跟購買的衣服都是鋼彈，所以非常的有購買意願。

「事業提供贈品贈獎額度辦法」的規定

而同時在區分贈品、贈獎的定義時，則依（第2條）：

一、贈品：指事業為爭取交易之機會，以附隨、無償之方式，所提供具市場價值之商品或服務。

二、贈獎：指事業為爭取交易之機會，於商品或服務之外，依抽籤或其他射倖之方式，所無償提供獎金或具市場價值之商品或服務。

下列各款情形不列入前條贈品、贈獎之適用範圍（第3條）：

一、免費試吃、試用，及其他不以交易為要件之促銷行為。

二、同類商品或服務本身之價格折扣促銷行為。

三、同類商品或服務之數量折扣行為。

四、不同商品或服務組合銷售之套餐優惠促銷行為。

事業銷售商品或服務附送贈品，其贈品價值上限如下（第4條）：

一、商品或服務價值在新臺幣一百元以上者，為商品或服務價值之二分之一。

二、商品或服務價值在新臺幣一百元以下者，為新臺幣五十元。

CASE

贈品
王品牛排

在新店開幕的時候，贈送特別的贈品來創造話題。

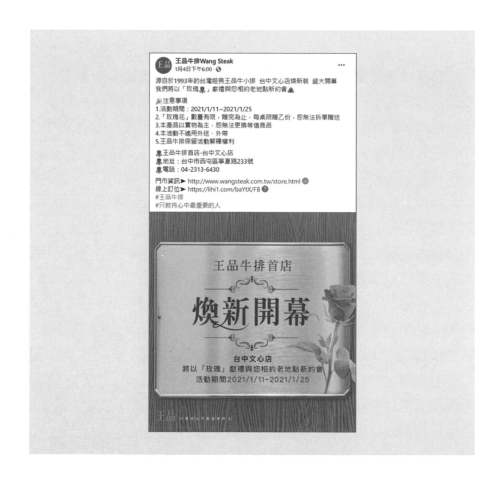

資料來源　**品牌 FB 專頁**

CASE

贈品
全聯福利中心

• • •

針對品牌主題的系列商品購買，可以獲得限量的公仔。

資料來源　**1.2. 品牌 YouTube 頻道　3.4. 作者自攝**

CASE

贈品
UNIQLO　鋼彈

• • •

就是喜歡。

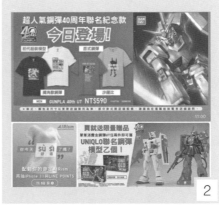

1

2

3

資料來源　1.2. 品牌 LINE　3. 作者自攝

買 A 送 B

對於產品及服務品牌來說，原來單一件的價格若是可以維持，但是在促銷工具中加上另外一件的贈送，有機會在活動結束後維持原來的品牌價值，例如原來買 1 件商品的價格，可多獲得 1 件。但其實消費者可能認為是以半價購買到了產品，所以仍然要評估方案的數量及影響層面。

通常來說若同一件商品買一送一，也較快的能達到銷售數量的提升，因此製造商品牌會準備較大數量的產品來做提供，但像是服務品牌的贈送就必須從提供服務的能力來規劃，如按摩 90 分鐘送 30 分鐘、按摩肩頸送蒸氣敷臉的服務，消費者接受度也比較高。另外有時為了不影響現有產品品牌的價值，也有品牌會設計直接在原來產品上加量，例如限量牛奶增量 30% 但不加價，也是相同的概念。

但有時就算產品及服務本身有吸引力，但對於重複性贈送的需求就不大了，例如車商推出汽車買一送一的活動，消費者根本沒地方停車，後續還有稅金的問題，這樣的促銷設計方案就必須謹慎，或許只適用在停車方便的地方，或本來就有意願購買兩台車的目標消費者。

買 A 送 B
威滅

買一件可以多獲得一件。

資料來源　**品牌廣告**

買 A 送 B
十六茶

搭配限定通路的好友日，可以買一送一，還有折扣後價格的換算。

資料來源　**作者自攝**

買 A 送 B
麥當勞

搭配代言人議題的限定時間優惠。

歡慶戴資穎亞運封后！

2018/8/31出示本貼文
大麥克買1送1 原價點

詳細玩法內容請見麥當勞FB粉絲團

▲出示FB活動頁面，8月31日購買大麥克享有買一
送一。（圖片來源：麥當勞廣告）

食尚玩家的貼文   9,378   223

查看更多 ▶

資料來源   **媒體報導**

贈獎

以對獎的程序來贈送消費者獎品或獎金，可直接提供贈與消費者，也可透過機率分配的方式。若是設計機率式贈獎活動時，要以有條件及公平性為主，例如以消費者購買的金額來決定獎項及參與抽獎的次數。例如像是贈獎型態包含直接抽獎、密閉式彩券抽獎、公開對號、刮刮樂、幸運彩球、隨機式按鈕等方式較為常見。

另外一種比較傳統但仍然有品牌實施的，則是消費者需要將拉環、瓶蓋、截角或商標標籤，寄回公司參加抽獎活動，但現在新型態的方式則是，在產品內外設計條碼序號，消費者需要上網登入後，由電腦後台來進行抽獎活動的進行，以及透過品牌自媒體來公布得獎與否的告知。

近年來則是越來越多品牌推出以福袋的方式來設計的贈獎方式，內容物包含隨機性商品及刮刮卡或對獎序號，同樣是以高額大獎吸引消費者購買。在獎勵的設計上包含現金、中高價位禮物等，目的在於吸引消費者提升購買數量與金額。

另外近年來的贈獎獎品包含像是汽車、機車及珠寶、名牌包等具有話題性的獎品，或是超過一萬元以上的獎金，也會讓消費者更對於品牌在參與過程中產生關注，甚至吸引媒體目光。

但在於獎品的金額與實施方式，也必須遵守中華民國法令「事業提供贈品贈獎額度辦法」，事業辦理贈獎，其全年贈獎總額之上限如下（第 5 條）：

一、上一會計年度之銷售金額在新臺幣三十億元以上者，為新臺幣六億元。

二、上一會計年度之銷售金額超過新臺幣七億五千萬元，未滿新臺

幣三十億元者，為銷售金額的五分之一。

三、上一會計年度之銷售金額在新臺幣七億五千萬元以下者，為新臺幣一億五千萬元。

事業辦理贈獎，其最大獎項之金額，不得超過新臺幣五百萬元（第6條）。

本辦法之商品或服務價值、贈品價值及贈獎總額認定標準如下（第7條）：

一、商品或服務價值：事業辦理贈品促銷行為時，交易相對人面臨之合理市價。

二、贈品價值，得依下列標準依序認定之：

（一）依辦理贈品促銷行為之事業所宣稱之贈品價值逕行認定。

（二）事業自製或以市場合理價格取得贈品者，該贈品價值以事業自製或取得該贈品之成本計算。

（三）事業以其他非價格交易條件取得贈品或無前目所述贈品取得成本者，其贈品價值以該項贈品之零售價格認定。

（四）其他合理認定標準。

三、贈獎總額，得依下列標準依序認定：

（一）依辦理贈獎促銷行為之事業所宣稱之贈獎總額逕行認定。

（二）事業自製或以市場合理價格取得贈獎（商品或服務）者，該贈獎總額以事業自製或取得該贈獎（商品或服務）之成本計算。

（三）事業以其他非價格交易條件取得贈獎（商品或服務）或無前目所述贈獎（商品或服務）取得成本者，其贈獎總額以該項贈獎（商品或服務）之零售價格認定。

（四）其他合理認定標準。

贈獎

雀巢、克寧

購買產品有機會抽中限量的授權動漫角色周邊。

資料來源　**作者自攝**

CASE
贈獎
STAR WARS

針對特定社群活動參與者可以獲得限量電影海報。

贈獎
桂冠

• • •

憑發票登錄可以參與抽獎，並以知名品牌電器來吸引消費者。

資料來源　**品牌 FB 專頁**

降低購買成本

降低購買成本	直接降價
	條件式折扣
	多件折扣
	組合價
	加價購買
	集點優惠
	滿額優惠
	折價券

直 接 降 價

　　降價的方式是對簡單而且直接的促銷工具，對即刻性提升業績有一定效果，但是對長期經營產品及服務品牌來說，也是最不可逆的傷害。通常因為產品及服務本身已經市場上有一定銷售時間，對消費者來說已經很難再用其他促銷方案來達到更好的刺激方式時，降價可以說是必要之惡。

　　但若考量通路品牌的差異性，例如便利商店的定價通常會比量販店商稍高，這時短期的直接降價可以讓消費者縮短猶豫時間。另外就是為了立即性的打擊競爭品牌，而透過直接降價來達到對方消費者的轉移購買效果。或是後發的品牌先故意定高過領導品牌的價格，在透過針對對手攻擊的方式用更低的折扣價格來銷售。

　　有時直接降價會將價低後的價格直接寫在折扣標籤上，或是附上降價率。例如原價 100 元限時特價 79 元，或是在 100 元的商品旁邊註明 79 折。另外透過降價的次數、降價產品及服務的銷售比例，可以透過降價的計劃來控制一年當中有幾次的促銷方案可以使用同一商品降價。

直接降價
桂格

針對新產品的部分提出直接折扣的嚐鮮價。

資料來源　**作者自攝**

直接降價
燦坤

• • •

搭配雙十一的時間直接降低原來產品售價促銷。

資料來源 **品牌網站**

CASE 直接降價
冬季特賣

・・・

檔期時間：

12/26（一）～ 1/12（四）共 18 天，含 4 個假日。

商品策略：

正逢迎接新年度的開始，為了讓顧客感受到折扣期的來臨，首波以全面 5 折為訴求，推出運動用品、少女服飾及女鞋為主之折扣商品，再搭配獨家品牌，作為冬季第一波拍賣重點。

折扣內容：

・運動用品服飾主推 5 折商品，運動休閒鞋主打單一特價商品。

・女服飾主推 5 折商品。

・女鞋主推 5 折商品。

條件式折扣

　　為了避免直接折扣或降價，消費者必須參與或配合某個條件，例如自行完成外帶服務，降低內用的人潮壓力與現場服務成本。

　　或是以舊品折換新品，消費者在購買新商品時，能把指定舊商品交給品牌，完成後取得一定的折扣優惠。回收後可折抵的優惠應該高於一般商品折舊後殘值，才具有夠高的吸引力。

CASE 條件式折扣
沐越

消費者需自行外帶才能獲得優惠。

資料來源　**作者自攝**

CASE 條件式折扣
Levi's

只要捐出不穿的舊褲就可以獲得折扣金。

多件折扣

多件折扣
舒跑

• • •

購買第二件時可以用較低的價格取得。

多件折扣
Kinder

· · ·

旗下品牌產品同類型的任選 2 件都可以獲得優惠。

資料來源　**作者自攝**

多件折扣
米其林

一次購買更換四條輪胎有優惠價格以及加扣限量贈品。

1

2

資料來源　**作者自攝**

組 合 價

　　以採取組合包裝或是在促銷活動海報上註明，將兩件相關的商品放在一起搭配銷售，並且給予價格上的優惠。在方案設計上較為常見的像是本來就會一起購買的餐點與飲料、或是牙膏、牙刷與漱口杯，或是比較特殊的保險套與潤滑凝膠。

Case 組合價
午後的紅茶

對於消費者來說因為購買金額增加，但是搭配公仔的比較有吸引力。

資料來源　**作者自攝**

加價購買

加價購買
全聯福利中心

・・・

購買合作品牌的甜點，可以加價購得同品牌的可可粉。

資料來源　**作者自攝**

CASE 加價購買
全家超商

購買飲料 / 冰品可以加購知名公仔角色授權的玩具迴力車。

資料來源 **作者自攝**

集 點 優 惠

　　集點優惠活動是消費者在購物達一定的金額時，品牌給予點數累積，在一定的期間內累計達到條件規定的點數時，可以向品牌以免費或支付優惠的價錢兌換贈品或折抵優惠。消費者必須多次性的購買一定金額或指定產品及服務，而集點所可獲得的禮品常常是具有重要關鍵，對於提升消費者重複購買頻率次數有一定的效果。

　　另外像是使用信用卡的刷卡金額，可以轉變為點數並加以累積，當點數達到一定數量時，可以向申請兌換贈品。

集點優惠
屈臣氏

• • •

消費達一定金額可以獲得點數,並用點數可以加價購獲得授權電器及居家用品。

1

2

資料來源　**作者自攝**

集點優惠
可口可樂

• • •

經由消費金額綁定品牌自有平台，可以透過集點與加價購的方式獲得限量授權品牌電器。

1

2

3

資料來源　**品牌 LINE**

CASE

集點優惠
全館千集點贈

• • •

活動辦法：

活動期間內於全館當日消費滿 1,000 元可兌換 1 點，消費滿 2,000 元可兌換 2 點，依此類推。3 點兌換 100 元商品禮券；5 點兌換 200 元商品禮券；10 點兌換 500 元商品禮券；20 點兌換 1,200 元商品禮券，點數整檔累計。（10/11/12F 主題餐廳、黃金珠寶商品除外）

活動時間：1/13 ～ 2/12 共 31 天，含 14 個假日。

兌換地點：1F 贈獎中心

兌換門檻	贈品內容	單價	預計兌換比	費用	佔業績比
滿 3 點	商品禮券	100			
5 點	商品禮券	200			
10 點	商品禮券	500			
20 點	商品禮券	1,200			
合計					
計算公式	・目標業績：　　　　　元 ・預估可參與集點佔比：80% ・預估可參與集點金額＝目標業績 × 預估可參與集點佔比 ・預估贈獎參與度：50% ・預估參與贈獎之金額＝預估可參與集點金額 × 預估贈獎參與度				

滿 額 優 惠

　　滿額優惠是消費者以有條件的方式取得優惠，例如達到 300 元、599 元或是 1000 元，通常小額的滿額優惠可以直接當筆折抵，像是居家產業常見的高額條件，像是「滿 30,000 元送 3,000 元」，而 3,000 元的優惠就必須在下次購物時才能使用抵扣。因為設定的達成金額通常會針對計算過，比消費者沒有促銷誘因時較高，但又有機會可以達成，所以常常作為提升客單價的用途。

　　電視購物或電商通常會替可折抵的優惠命名，像是購物金、回饋金，設計概念原則一致，通常實體店也會給予實體的票券作為下次消費時的證明，但因為越來越多的通路品牌進行了虛實整合，也可能就將優惠直接記錄在會員資料當中，方便消費者使用。通常滿額優惠的下次使用也可提升消費者的再回購率，但若是因為產品屬性思考是否合適。

滿額優惠
老協珍

• • •

購買滿一定金額可直接折扣。

資料來源　**品牌廣告**

CASE **滿額優惠**
全聯福利中心

· · ·

通路內特定產品購買達到一定金額給予折扣。

資料來源　**作者自攝**

427

滿額優惠
特力屋

搭配新春活動全店消費金額達標送電子折價券。

資料來源　**作者自攝**

折價券

　　折價券是商品降價或優惠的證明,消費者可以持證明向發行方購物而獲得減價或優惠,持有者在購買某特定產品時可按規定少付若干金額。有的優惠券是無條件可以取得,像是街頭派發、放置信箱、刊登在雜誌和報紙廣告及附在產品包裝上。折價券在行銷稽核時相當重要,尤其是回收後對應設計方案的促銷效果,以及因折價券而達成的提升業績差異。

折價券
漢堡王

$\cdots$

針對新年度要出示折價券就可以獲得組合價折扣。

資料來源　**品牌廣告**

7.6

促銷活動 Ⅱ

異業結盟
創雙贏

企業對企業的促銷

企業對企業的促銷	進貨折扣
	延後付款
	服務交換折讓
	現金折扣
	展示樣品
	銷售獎勵
	業務競賽
	商品知識與銷售教育訓練
	宣傳費用補貼
	產品說明會

　　對經銷商的設計的促銷工具，主要是為了獲取經銷商的支持，達成經銷商提前或批量購買，對通路商品牌也是一樣的概念，但還要延伸想到如何幫助通路商品牌達到末端消費者的溝通，加大對消費者的促銷效益。而有時通路商品牌也會反向對製造商品牌給予促銷方案的提供，以鞏固彼此之間的合作關係強化，以及維持一定的競爭優勢。

　　有的促銷方案還必須要求專櫃廠商及供應廠商折扣數降價配合。

進貨折扣

· 在特定期間內，經銷商進貨達到一定的數量之後給予價格折扣。製造商品牌為刺激經銷商持續進貨銷售，如果能在一定的期間內持續進貨，則給予一定額數的優惠。例如訂單數量 2,000 ～ 5,000 個時，依定價獲得折扣 2%，5,000 ～ 10,000 時則可獲得 5%。

· 設計方案時可評估是否給予對方累積折扣，若根據促銷期間累積購買總數量，而累積增加的折扣金額一次給予折扣，是屬於累積型的數量折扣。非累積型的數量折扣，則是根據每一次個別的訂單金額或單一訂單數量，給予一定折扣金額。

· 但進貨優惠都必須附加條件，尤其是經銷商在退貨時如何計算貨品的金額，避免造成製造商品牌更大的損失。另外有時進貨折扣是另外提供商品做為抵扣，像是進 100 盒月餅送 5 盒，也必須等比例退回。

CASE 進貨折扣

今年「農曆新年」買 A 品牌最省

• • •

活動對象： 全國 A 品牌重點扶持經銷商

活動時間和地點：

1. 前期準備期：

   1 月 10 日～1 月 24 日（本階段主要工作是促銷活動宣傳）

2. 促銷活時間：

   1 月 25 日～2 月 10 日

公司對經銷商的促銷支持：

1. 活動期間，暢銷產品將會出現供貨緊張情況，發貨順序一律以確認訂單的先後順序為準：

   · 特價產品政策（接單時間：1 月 25 日～2 月 10 日）

   · 每款產品限量 10 萬的貨，先付款先取貨；

   · 時間：1 月 25 日～1 月 10 日；

   · 付款下單後交貨期保證在 10 天內交貨。

2. 按銷售額送壁掛

   · 活動期間銷售額達到 10 萬，免費送價值 8000 元的壁掛；

   · 活動期間銷售額達到 20 萬，免費送價值 18000 元的壁掛；

   · 活動期間銷售額達到 30 萬，免費送價值 28000 元的壁掛；

   · 活動期間銷售額達到 40 萬，免費送價值 40000 元的壁掛；

   · 活動期間銷售額達到 50 萬以上，免費送價值 52000 元的壁掛。

     注：銷售額指在活動期間經銷商給公司的實際下單付款金額。

貨款預存增值：

1. 活動期間預存貨款 50 萬，提貨時抵 55 萬元；

   活動期間預存貨款 60 萬，提貨時抵 68 萬元；

   活動期間預存貨款 70 萬，提貨時抵 80 萬元；

   活動期間預存貨款 80 萬，提貨時抵 95 萬元。

2. 預存款不能提特價搶購產品。

   預存款必須在 1 月 28 號前打款。

   預存款提貨時間截止日期為 2 月 31 日前，逾期不在享受增值方
   案。

延 後 付 款

- 延後付款最常見的是全額付款在下個月的第一天算起，而不是發票日。當月 25 日以後的月底發票日，將被列在下個月的第一天起算，這樣的好處是使對方有較多資金緩衝運用的時間。
- 另外有時也有搭配允許付款起算日期延後，像是從通路商品牌的實際銷售後的日期，這樣也會提升經銷商或通路商品牌願意多進貨在店內陳列及銷售，在售貨後才需要把貨款繳給製造商品牌，降低庫存成本的壓力。

服 務 交 換 折 讓

- 製造商品牌提供給經銷商或通路商品牌折扣或優惠，用來交換經銷商或通路商一些特別的配合措施或服務，像是對新上市的產品提供較佳的貨架陳列空間與位置、或在協助現場銷售時主動推薦該品牌。
- 有的則是通路商品牌以提升訂貨數量，及提供較好的位置，換取製造商品牌另外的服務，像是找促銷小姐在現場進行消費者體驗及介紹產品。另外像是酒商提供酒促小姐在店內幫忙銷售自家產品外，也會順便幫忙店家招呼客人，用來換去店家願意多進產品的機會。

現 金 折 扣

· 經銷商或通路品牌以現金或立即匯款支付貨款，所獲得的折扣。一般來説出貨後回收貨款的時間，大致在 3～6 個月甚至還會更久，現金折扣還有一種緩衝，是指在發票日 7 天內付款，可享有一定折數的折扣，但若以現金折扣作為誘因時，通常也會限定退貨的比例。

展 示 樣 品

· 品牌推出新產品時，提供給經銷商展示的樣品，或是購買展示樣品有補助折扣。例如製造商品牌可能提供通路商品牌每家店額外 1 台冰箱展示，促銷檔期後回收統一處理或用較優惠的價格讓通路品牌賣出。有時製造商品牌因為回收許多展示樣品，必須一次處理，也會舉辦短期的福利品特賣會。

銷 售 獎 勵

· 銷售達到促銷期間的另外設定的目標，另外給予獎金或福利。

業 務 競 賽

· 針對不同業務性質像是區域、產品及通路，互相競爭後優勝者給予獎金或福利。

商品知識與銷售教育訓練

- 像原物料廠商品牌會特別舉辦如何運用新產品設計菜單的課程，針對餐廳及廚師，以強化企業除了採購之外的信任度。

宣傳費用補貼

- 像是製造商品牌在當期促銷的型錄上另外支付贊助印製費用，或是通路品牌拍攝廣告時帶到特定製造商品牌畫面，再由該製造商補貼廣告費用。也有的是爭取在較好的位置進行大面積成列，另外支付的空間使用費用。
- 一般來說製造商品牌通常會付給通路品牌的費用，包含上架費、節慶宣傳費、廣告費、促銷人員費、特別空間使用費、店慶費等，不一定都會發生，但都可作為雙方的促銷談判條件，透過短期的減免或加碼，換取更有價值的利益。

產品說明會

- 工業用品的生產廠商，舉辦產品展示說明會吸引消費者參觀，再將參觀者的資料提供給經銷商

7.7

促銷活動 III

員工
是
最大的資產

企業對業務員

企業對業務員	促銷競賽
	額外銷售獎勵

　　一般來說給予業務員的獎勵，不算促銷方案的規劃，原則上是屬於工作契約間的條件，但是若為了達成特定銷售目的而招募的推廣人員，或是針對原有業務獎勵外所提出的附加誘因，可視為促銷工具的應用。例如為了能在中秋節鼓勵消費者購買特別的烤肉禮盒，在全省聘請多位短期銷售人員，或是威士忌品牌為了推廣新品而聘請的酒促小姐，都必須在包含薪資及推廣獎金做編列，納入促銷工具的設計。或是因為淡季汽車銷售不佳，但公司必須在今年度達成一定業績才能存活，以獎勵旅遊及新科技推廣工具的輔助提供給業務員，期望他們在農曆七月創造比以往多三成的業績，同樣特定目的所編列的獎勵旅遊經費及新科技推廣工具採購費用，也必須納入促銷預算的編列。

促 銷 競 賽

· 業務員或與促銷人員，以單位或區域的分組，互相之間競賽的
　方式。

額 外 銷 售 獎 勵

· 在業務員或與促銷人員原有的業績制度之外，或是在限定期間
　開發一定數量新客戶，按特定條件支付一定報酬予以獎勵，像
　是獎金、獎品禮卷、獎勵旅行。

CASE 額外銷售獎勵
門市專櫃達成率獎勵案

· · ·

獎勵方式：

業績達成率，取前二十名者（至少需達 100%）。

1. 當店正職人員【（含早晚班營業員，建教生）為活動期間至少
   15 天在職（實際上班天數＋公假）為當店人員】可得：

   第一名 4000 元

   第二名 3000 元

   第三名 2500 元

   第四名～第十名 1500 元

   第十一名～第二十名 1000 元

   （以上獎項為當店正職人員個人可得之金額）

   · 計時人員：活動期間至少 60 小時在職，各有 600 元獎勵金。

2. 每日達成獎勵：

   達成當日的日目標，當店可得 500 元獎金。

3. 總達成獎勵：

   各門市專櫃達成週年慶所訂定之目標，當店可得 20,000 元獎
   金。

CASE

額外銷售獎勵
十週年慶獎勵活動

· · ·

活動時間：10 月 30 日（星期四）至 11 月 16 日（星期日），共 18 天（若活動延期，則獎勵案截止日以延期之最後日為主）。

營業目標：

· 十週年慶總目標 15000 萬元
· 假日目標（6 日）1140 萬元
· 平日目標（12 日）680 萬元

參加門市：門市、百貨專櫃及暢貨中心共 109 家門市

十週年慶獎勵案總預算，總獎勵預算 150 萬元：

· 達成率獎金，達成率需達 100% 以上。

達成率	獎金	預計達成率	預計家數	預計獎金
達成率 100% 以上未達 105%	每店 5,000 元			
達成率 105% 以上未達 110%	每店 7,000 元			
達成率 110% 以上未達 115%	每店 10,000 元			
達成率 115% 以上未達 120%	每店 14,000 元			
達成率 120% 以上	每店 20,000 元			
總　計				

別再說廣告及公共關係操作很花錢，
數位的整合行銷傳播可以幫助品牌一整
年都光鮮亮麗，而傳統的傳播工具也可以
適度的結合，只要懂得如何善用資源。

數位整合
行銷傳播
才是
未來的王道
+8

8.1

數 位
新時代

數位環境的影響

現在的消費者跟以往越來越不同，從小生長在數位環境當中，對於品牌的認識越來越明確，上網看網站介紹品牌的背景故事，社群上接收品牌的貼文分享，在進入到實體店之前，透過搜尋找到口碑推薦，這些都讓品牌名稱的重要性大幅度提高。而沒有品牌名稱就無法產生記憶點這雖然是最基本的概念，以往卻只有在少數消費品或零售業的大型企業品牌中存在，但是自從數位行銷被品牌廣泛接受後，越來越多中小企業、甚至微型品牌，都已經明白品牌被記住的重要性。

數位整合行銷傳播是從全方位的面向，來規劃品牌的行銷傳播的需求，以及與消費者溝通的管道，而行銷傳播工具的運用與效果，與品牌對工具的掌握與執行監控能力有密切關聯。因此當「品牌耶誕樹」的發展，在不同目的、議題及資源投入時，同步將數位整合行銷納入，貫穿在尤其像是社群媒體這樣具有動態持續性的媒介當中，才能達到品牌訊息的累積，以及整體品牌效益的提升。像是當品牌希望能在一年當中，讓消費者有規律的關注自己設計的節慶活動時，就不能亂槍打鳥，而是運用專案企劃來系統性的告知。

尤其數位時代來臨後，越來越多傳統的傳播工具不容易打動消費者的內心。像是實體的促銷傳單跟型錄實質效益持續下降，但是製作的成本卻逐年升高，畢竟更多人會用手機出示折價券而不是帶著傳單，但是若仍然有必要製作實體型錄及傳單時，至少也要在數位平台上同步曝光，達到虛實整合的效果。跟以往還有明顯不同的是，早期的電視廣告因為製作成本及媒體採購費用高，甚至還有代言人的支出，能夠使用的整合行銷傳播來進行宣傳的品牌，都是屬

於資產實力雄厚的企業。以往一個檔期的費用包含廣告、公關記者會、促銷方案及配套的行銷傳播工具，動輒 2 ～ 3000 萬起跳。但是現在的數位整合行銷傳播，主體性的工具大概就像 Facebook、YouTube、LINE、官方網站及品牌 APP 為主，比較屬於單點式的溝通方式外，在費用上也相對降低很多。

數位整合行銷
花王

以限定商品將線上商城與實體通路進行區隔，達到數位整合的目的。

1

2

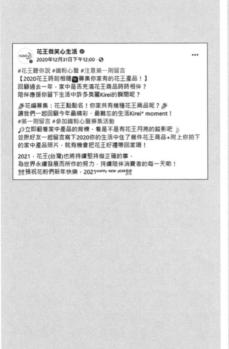

花王微笑心生活 ✓
2020年12月31日下午12:00 · 🌐

#花王聽你說 #識粉心聲 #注意第一則留言
【2020花王時刻相隨🔍募集你家有的花王產品！】
回顧過去一年，家中是否充滿花王商品時時相伴？
陪伴應援你留下生活中許多美麗Kirei的瞬間呢？

🎀花編募集：花王點點名！你家共有幾種花王商品呢？🎀
讓我們一起回顧今年最精彩、最難忘的生活Kirei* moment！
#第一則留言 #參加識粉心聲募集活動
🎵立即看看家中產品的商標，看看是不是有花王月亮的蹤影吧🔍
並揪好友一起留言寫下2020你的生活中住了幾件花王商品＋附上你拍下的家中產品照片，就有機會把花王好禮帶回家喔！

2021，花王(台灣)也將持續堅持做正確的事，
為世界永續發展而所作的努力，持續陪伴消費者的每一天喲！
🎊預祝花粉們新年快樂，2021 HAPPy NEW yEAR🎊

3

🔍發現家中每個角落都有花王的影子🔍
‼ 有 #SOFINA 在💪實現女孩無可取代的自信透亮肌
‼ 有 #Curél 在💪肌膚乾燥敏感問題不擔心
‼ 有 #Bioré 在💪全家人從頭到腳清潔家都搞定
‼ 有 花王洗髮精 在💪用簡單純淨無負擔照顧全家人
‼ 有 #PYUAN 在💪帶你玩味不同的髮香邂逅
‼ 有 #逸萱秀 在💪從根本修護打造健康秀髮
‼ 有 #莉婕 在💪輕鬆打造我型我色百變女孩
‼ 有 #Rerise瑞絲 在💪健康遮白安心無負擔
‼ 有 #Segreta仙格麗塔 在💪時時維持輕齡的自信光采
‼ 有 #魔術靈 #珂珂透 在💪居家打掃輕鬆不費力
‼ 有 一匙靈 #AttackZERO #新奇 在💪衣物潔淨煥然一新
‼ 有 #Beads #IROKA 在💪用衣物香氛喚起自信魅力
‼ 有 #微妮亞 在💪體貼阿護女孩們的那幾天
‼ 有 #妙而舒 在💪陪伴寶寶們開心舒適成長每一刻
‼ 有 #美舒律 在💪帶來溫暖放鬆身心的每一天

#花王 #微笑心生活 #花王點點名 #KireiLifeStyle
*Kirei - 日文中的「Kirei」一詞，意味潔淨以及美麗，不局限於外表，
更包含讓自己、他人甚至自然環境更美好的內在態度。

4

留言......

✐作者
花王微笑心生活 ✓
#留言標記好友
家中擁有花王產品的死忠鐵粉們快來喊聲報到吧!

👉 按讚加入 **花王微笑心生活** 粉絲團+分享此篇貼文
👉 **#數數看** 翻找家中產品背標,數數看花王產品共有幾種?
👉 **#上傳照片** 拍下家中有花王產品出現的角落or使用花王產品的時刻
👉 本篇貼文下方Tag好友,並 **#留言:**
「@好朋友,2020花王時刻相隨,我發現我家的花王產品總共有＿＿＿件!我的生活中實在不能沒有＿＿＿(填入其中一件花王產品),因為＿＿＿(自由填入需要or喜愛這件產品的原因)!」**#請勿複製貼上_小編會看喔👀**

⭐請觀者並同意以下注意事項,才符合加參加活動資格喔:
(1)上傳之圖片及文字代表同意授權於花王官方粉絲團進行後續再運用。
(2)花王產品總數請以「種類」計算。
#相同產品不同香味僅算一件 不予累計。
*例:美舒律蒸氣眼罩無香1件+玫瑰香味1件=共計1種花王產品
(3)盡力將各個角落的花王產品妝成情境網美照&寫下動人的心得文字,讓花王編注意到你吧!

⭐ 活動時間:即日起~2021/1/17 (日) 23:59止
⭐ 得獎公布贈品:2021/1/22(五),共10位,詳細說明如下
❶「**#花王資深鐵粉94你**」認證
→家中擁有5種以上花王產品,共5名
→每名可獲得【鐵粉好禮組乙份】
(一匙靈 抗菌EX 3倍濃縮科技潔淨洗衣精x1+美舒律 蒸氣眼罩 5片裝(香味隨機) x1+Biore 高彈潤沐浴慕絲(香味隨機) x1)
❷「**#花王新手粉**」認證
→家中擁有5種以下花王產品,共5名
→每名可獲得【新手入門好禮乙份】
(美舒律 蒸氣眼罩 5片裝(香味隨機) x1)

📣花編小叮嚀:所有參加者可將產品們拍下大合照,拍得越網美越Kirei越有機會中獎唷!

活動備註:https://goo.gl/hvKVeM ✓

【花王微笑心生活粉絲專頁贈獎活動】活動辦法
讚・回覆・2週・已編輯 💬 11
查看更多留言   1/243

5

6

資料來源　**品牌 FB 專頁**

消費者的外在行為模式與內在心理需求改變，更是影響了整合行銷傳播策略的方向，也導致了更多數位傳播工具的大量興起。最重要的是越來越多消費者對於媒體的使用習慣改變，針對為不同的消費者需求設計差異化的溝通策略時，數位整合行銷傳播更適合以網路為原生的年輕世代，以及受智慧型手機影響而更常花時間在社群媒體的受眾，像是退休的銀髮族。消費者的需求階段不同，數位整合行銷的流程設計必須考量到不同工具運用的階段性，以及預計達成的目標。品牌運用策略時所發展出的具體項目，包含行銷目的與績效的連結、品牌訊息及關係建立。

閱聽眾的區隔必須更加細分，使得分眾媒體的價值大幅提升。但是因為讓使用者受到引誘的原因增加，消費者對媒體的使用與接收模式，改變對傳統電視媒體的使用情況。電腦、智慧型手機以及其他數位媒介，都使廣告的效果與影響有不的評估方式。像是新聞置入的報導及部落客的分享，各有對訊息接收認同的不同閱聽眾，也影響了曝光的方式及評估。公司官網站訊息及社群自媒體的曝光也都是必須同步，甚至自有 APP 的圖示及版面也都要一併納入規劃範圍。

數位整合行銷傳播在不同階段所溝通的利益點，也因為數位環境而開始改變，最明顯的就是以往實體通路可以接觸到商品及服務，因此對於品牌來說溝通的內容在於讓消費者完成消費為主。但當大多數的消費者在都在網路上時，溝通的目的更多的是在建立社群上的公眾知曉程度與互動。例如投入 Facebook 上的資源除了導購外，讓粉絲團的互動性更高、內容更豐富也是重點。對於說服消費者的策略來說，那種依靠一次性大量內容轟炸，投入龐大資源的傳統整合行銷傳播雖然還是有一定效果，卻只能適用在資源龐大

的品牌身上。對於許多希望用節慶活動溝通議題，達到消費者連結
目的的品牌，這也是為什麼過去會望之卻步的原因。

在多數品牌擁有的資源較少的情況下，從整體預先設定的品牌
策略，只能逐步達成溝通的情況下，數位整合行銷傳播的是以較長
期間的方式，來達成品牌的溝通模式與機制。從「品牌耶誕樹」的
概念來說，數位傳播工具像是一個個獨立的耶誕飾品，幫助節慶活
動與促銷方案達成宣傳曝光的效果，也讓消費者更容易伸手觸摸，
感受到品牌的溫度。數位整合行銷傳播的規劃，必須在特定的期間
完成執行與達成效益，當與節慶活動與促銷方案結合後，訊息的運
用與行銷傳播工具的設計，都和目標消費者有更明確的連結。

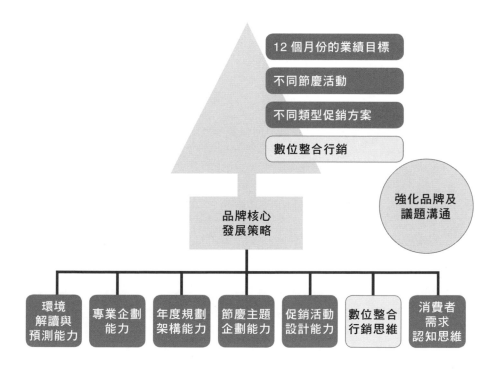

在不同的數位行銷傳播工具上，又有著相當的關連性。漫長而綿延的耶誕燈串、可以獨自發光的耶誕球燈、精彩點綴的蝴蝶結與緞帶、可以擺在樹下增添氛圍的耶誕麋鹿及天使公仔……當品牌擁有較多資源時當然可以多投入一些，讓自己閃閃發亮，但就算資源有限時也可以重點規劃，讓品牌的每個節慶活動及促銷方案，都有被消費者注意到的機會。

　　從透過年度規劃的整體策略，將各種資源與費用整合來分配，不論是因為品牌本身與節慶的結合、促銷的誘因還是數位整合行銷傳播的曝光，最終所有目的都是為了能讓品牌的成長有系統性，而且能按部就班地達成。更進一步來說，整體性的溝通能讓組織品牌、產品及服務品牌，都能在不同的面向達到成長。為使節慶活動與促銷的行銷效果更為明顯，有效的運用傳播工具來宣傳告知是成功的必要條件，這也是作者提出「品牌耶誕樹」最終希望，幫助品牌達到永續成長的目的。

8.2

有效溝通解決
消費者痛點

需求的改變

　　家居產業的發展也產生了很大的變化，早期以生產產品的銷售為主要的服務，逐漸因為消費者的需求，導入了居家布置的諮詢建議服務，現在有些品牌更進入協助規劃開店的企業型市場。傳統居家產業對年輕消費者吸引力較低，主要的營業額多倚重在地及中高齡的消費者，以及過去建立的購物習慣來支持。當消費者不具有高度的品牌偏好度時，選購有設計感的商品背後還是先考量價格。近二十年來不論是主要的生產、設計、選品，台灣大大小小居家產業的供應商越來越類似，能夠提供的產品也不容易有差異化，這時就變成了價格戰。

　　雖然也有不少台灣生產設計或製造的特殊產品，但是這類的製造商品牌，通常會選擇進入非傳統的居家通路，甚至像是誠品來進行販售與合作。消費者選歐美豪華、日式優雅、北歐簡約還是中式貴氣，其實除了產品本身是否有特色外，自己的生活風格與偏好更是重點。疫情讓更多的消費者留在家裡的時間增加，也願意投入更多的費用獲得理想的產品及服務。這時同樣是服務的提供，越完整的服務串聯就越能創造更大的商機，社會大眾接觸到品牌的機會越多，品牌的信任感也容易建立。產品加上服務、實體與數位的溝通，成了資源與競爭條件的持久戰。

　　本土居家產業的特力集團，藉由母公司特力貿易的採購成本優勢，以及曾替沃爾瑪在居家用品選品供應的經驗，讓該品牌在台灣傳統的家具市場外，有著不一樣的營運方式。消費者需求的改變也品牌面臨了再定位及數位轉型的階段，以及必須重新思考如何建立新的品牌獨特性。當品牌受限在一定的發展背景及採購模式，品牌

的理念和風格影響了所能提供的產品品項及服務，雖然持續透過行銷來吸引消費者的注意，但卻不容易改變更年輕一代消費者的主觀認知。引進了大量的居家飾品、碗盤餐具甚至按摩椅品牌時，導致本土居家品牌的通路型態與百貨公司同質性越來越相近，反而失去原有特色。

消費者在選購居家商品時，其實在購買的時候更在乎體驗與氛圍，像是大型傢俱或是高價餐盤。但是數位平台上較難呈現完整的真實感受，而且實體通路的品項種類明顯多於數位通路，消費者的線上購物意願就更難以提升。雖然部分居家品牌轉型嘗試開設小型店，並且靠電商系統的輔助來進行虛實整合，但像很多小型店因為缺乏足夠的服務體驗，或是產品吸引力不足，反而比不上原有品牌的大型店能夠滿足消費者。居家產業的主題型一站購足，在某些條件下還是容易較能滿足台灣消費者的習慣，但是在數位環境中持續溝通並建立理想形象，還是不可或缺的關鍵。

競爭者 IKEA 在全球靠著產品開發，以及數位整合行銷傳播的成功在許多地方獲得成功，近幾年在台灣持續展店的策略，也讓品牌收益穩定成長，原因在於居家用品的採購權力逐漸從長輩決策轉向年輕人自行決定。從 IKEA 仍然持續成長開新店，提供滿足消費者常態性的生活家居用品需求，以及節慶的居家布置，可見市場仍然在持續成長，只是對於品牌的偏好度及認知產生了改變，因此只要其他品牌願意透過有系統及策略的溝通，還是有機會影響消費者的決策。

台灣從過去傳統通路獨大的削價競爭，開始走入品牌偏好與忠誠的消費模式，若仍然將大雜燴式的品牌經營，不容易維持長久的市場經營模式。從營運總部的品牌的整合行銷溝通，到數位社群的

管理經營，在數位轉型的過程中，若通路本身的品牌形象不夠具體，對於消費者來說就很難建立品牌偏好與關注，只能倚靠促銷折扣來吸引消費者。在疫情的影響下，利用機會思考品牌該怎麼運用「品牌耶誕樹」來發展策略以及數位創新，找到品牌與消費者的連結點，不是只靠降價促銷來吸引顧客，還是有機會讓消費者願意支持，並且找到喜歡品牌的原因。

溝通的重點

數位平台使發佈影片或訊息的容易度大幅提升，使過去廣告成本中媒體購買、公共關係的媒體發布與關係，在數位世界中大幅降低而效益卻提升。能夠產生議題的內容在像是 YouTube 的平台上載、轉載，透過部落格、Facebook 的討論更使傳播速度迅速及時，甚至當議題成為社會關注的焦點，電視新聞的報導與專題，都將擴散的深度與廣度達到更佳的效益。創意的發想與產生，因為數位世界的特性，不只是行銷人員與協力廠商的主觀認知，消費者感興趣的事件、出其不意的驚喜，和自身連結相關的話題都更可能成為數位整合行銷規劃的重要內容。

以往品牌透過廣告和公共關係，這兩個主要的傳播工具來提升溝通效果，現在則更倚賴數位整合行銷當中像是社群行銷的自媒體經營、網路上架的微電影、搜尋引擎的關鍵字廣告等這些新型態的工具。很多時候經營者都會認為這些傳播工具主要是為了跟消費者溝通，但因為現在許多品牌的同仁都是從小就開始接觸社群媒體及認識品牌，其實內部溝通的重要性也日漸提升。數位整合行銷傳播的重點包含：

- 資源整合的規劃
- 目的的明確聚焦
- 行銷環境與消費者的掌握
- 界定評估消費者的價值
- 創造並傳達訊息與誘因
- 創意概念發展
- 數位平台組合與規劃
- 傳播工具的掌握與運用
- 數位內容規劃
- 消費者參與方式
- 評估行銷投資報酬率
- 目標設定與效益達成的平衡
- 管理、執行與監控的實踐
- 計畫執行後的分析與未來的規劃
- 及時的反應與調整

　　例如當同仁常常在社群上看到所任職的品牌，在社群媒體上有相當不錯的表現時，就有機會達到願意主動分享甚至推薦品牌舉辦的節慶活動或微電影，進而帶來內部的成員士氣提升。這些數位行銷傳播工具也同時有機會，協助改善包含業務人員、經銷商對應企業端採購時的溝通技巧，甚至達到末端業績的達成。像是以往汽車零件的大宗採購、汽機車潤滑油的銷售，相當需要業務員的拜訪及經銷商的大宗折扣，但是當品牌運用數位行銷的工具後，針對特定節慶活動及促銷方案就更容易介紹給企業端的採購知道了解，也提升了溝通效率。

品牌善加利用數位整合行銷的功能，使目標受眾引起注意和興趣，甚至能更快速的讓消費者直接行動，完成導購的目的。讓品牌運用協調一致的數位傳播策略建立達到溝通目的，並且通常比傳統的傳播方式更加快速、容易進行以及節省預算。雖然訊息的混亂造成媒體的可信度的降低，但畢竟消費者在使用這些數位媒體時，更重視跟自己有關的訊息。因此不論是針對企業端還是一般消費者，數位行銷的工具只是輔助，關鍵還是在內容本身。

　　當消費者要選擇生日的餐廳時，常常首先就是搜尋有「生日優惠方案」的品牌，因此就算是 Facebook 的廣告或是網紅的業配文，只要能幫助到消費者最決定的都是合適的訊息。媒體環境的改變使行銷人員重新思考，如何更有效地和消費者溝通，尤其是年輕世代對於傳統媒體的接觸機會大幅度降低，之前作者就詢問許多大學生，不少人回答幾乎很久沒有專注的去看一般電視的內容，但卻可能花 2～3 個小時在看都抖音或 YouTube 頻道的影片。因此設計針對消費者生日的促銷方案是內容，而品牌訊息傳遞的方式，以及怎麼達到品牌專屬性就是重點，不然消費者看了一堆促銷方案，甚至也在生日當天上門使用，最終還是不記得是哪個品牌規劃的方案，這種情況也時常發生。

　　由於從傳統大眾傳播轉變為數位整合行銷傳播溝通時，訊息的整合性及議題的就必須更有策略而且謹慎。媒介的變化與播放形式或設備，會影響消費者對內容的喜愛，消費者對所感興趣的資訊內容，雖然有龐大的需求卻更會產生明顯的好惡。就像以往品牌舉辦一個冬至的促銷方案，以往可能著重在電視廣告及新聞報導的曝光，現在還要去思考在數位當中的不同內容，怎麼引發消費者願意去分享貼文、留言按讚，還要達到消費者最後的購買行為，並且還

要小心不要因此得罪了非支持者，導致品牌形象受損。

　　數位整合行銷必須以消費者需求為中心規劃活動與訊息，才能獲得消費者的認同。數位整合行銷的三個面向：資料、分析、優化是所有步驟的基石。優化是著眼於如何幫助吸引目標的客群，而衡量及優化的流程是評估是數位整合行銷的效益指標。了解打造顧客導向的品牌是品牌成功與否的指標，強化擴大品牌對顧客的認識與了解，吸引並留住可以帶來收益的消費者。當消費者的需求與品牌的發展目標都明確，找到雙方的最大公約數並加以實踐，開發合適的產品或服務，了解並確認消費者回應的正面性。投入行銷資源與溝通必要的代價，達成消費者與品牌的連結，最後持續運作顧客關係管理的系統，使品牌與消費者獲得雙贏。

8.3

數位整合 I
—品牌訊息傳遞—
數位策展

數 位 策 展

　　對於很多中小企業來說，更多的努力才能生存下去，過去不少品牌選擇透過參加展覽來增加曝光機會，也能透過整合與資源連結讓效益極大化。但是疫情造成了許多實體活動甚至會議展覽的行銷方式都不太適用，品牌管理者、整合行銷主管及策展相關產業，都在學習如何在新媒體時代善用會展行銷，如何從實體展會到虛擬社群，未來數位策展的概念需要更符合品牌及線上消費者的需求。實體策展因為成本高，相對來說要有明確的主題和獲利模式，但若是作為議題的延伸應用，則重視品牌溝通與體驗。

　　數位策展可以是自發性、實驗性，更可以運用多元的新媒體來展示、傳遞訊息。數位策展更重視展品與展覽視覺的能見度。不論是使用哪種載體，合適的內容和讓閱聽眾著迷才是重點。品牌的策展人要不斷的管理和更新各個展示平台的內容，有時是影片的品質、有時是留言的回應。通常數位策展的品牌自媒體會擁有一定規模的訂閱戶、追隨者或好友，也有些只是淺層的追隨者或閱聽眾。當消費者較長時間在虛擬世界，會希望想將數位世界中的存在與現實生活整合，讓現實和虛擬世界融合。

　　環境中的主要元素包括人際互動、興趣娛樂，甚至品牌使用。品牌在數位環境中建立影響力及曝光度，進而造成實體的行銷手法在數位環境中複製。數位的品牌上市活動、數位活動代言甚至數位促銷活動，都成為數位整合行銷虛實整合的方式。虛擬與真實世界的連結，讓品牌將實體行銷方式運用於虛擬世界中產生話題延續性，不同的平台與內容相結盟或互動，使具有高度連慣性的數位整合行銷計畫更為重要。

品牌可以與一些非商業目的的策展人合作，他們可能擁有龐大的收藏品，作為興趣分享。運用科技分享展品，就不會被實體的保存和呈現方式所限制住。一旦數位化，即使閱聽眾只是在網路上欣賞討論分享展品的照片及影片，都能持續產生連結與互動。有時在投入大於報酬的情況下，數位策展偶爾調整更新頻次和內容是合理的。但最好能有固定的模式或主題，才能塑造出策展人的獨特形象。例如是「知識專家」、「玩具達人」……有時也可以呼應節慶與當時議題，塑造不同的交流氣氛。

　　數位策展有很的細節要處理，運用新媒體和新科技，才能使展覽脫穎而出。策展人必須要能主導展覽、控管成效與內容、行銷與溝通，有時團隊的支援能更有效率達成目的。品牌建立數位節慶主題延伸，運用視訊來連結品牌與消費者深度會面，將科技加入產品與服務展示讓消費者體驗，具有創意和科技運用的行銷活動能夠強化傳播效益，將數位科技、虛擬空間與實體環境結合，增加消費者的深度體驗。數位策展通常是場硬戰，決勝也常在細節與落實度，要長期經營、測試、建構、調整，自有內容創造和相關資源連結。要是做到虛實整合時，那更要隨時注意發展和表面危機。有時興趣群體會突然熱情，卻有有時若即若離。數位策展則是經營一個理念、想法，可以是企業、品牌，也可以是自己。

CASE 數位策展與資源連結
Zespri 奇異果

Zespri 透過大型裝置藝術，引發消費者好奇與討論聲量，再透過拍照打卡等方式，提升消費者與品牌的互動及連結。

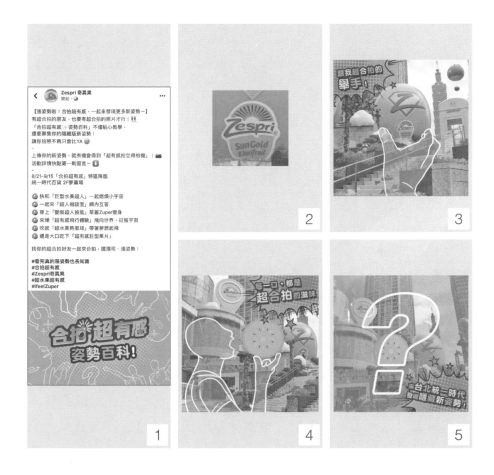

資料來源　**品牌 FB 專頁**

原本之前就因為陸客大減、遊客覺得同質性太高，以及超過130 家數量和無法約束未經評鑑，或未獲得續評通過的觀光工廠，已經讓消費者前往的意願降低，疫情來臨可以説是雪上加霜。超過六成的觀光工廠減少營業時間、甚至暫時停止營業，營業額減少與遊客恐懼上門都產生了經營的問題。觀光工廠的推動超過了十年，作者自己除了協助規劃、輔導外，也曾擔任評鑑的角色。但過去不論是規劃方向還是體驗設計，均是以現場實體為設計主體，縱然有一項「良好的觀光服務網站建置」卻多半也都是在企業官網的概念下製作，很少能針對觀光工廠的特色及主題，透過虛實整合的方式來增加消費者的認識。

　　疫情的影響其實或許是讓觀光工廠品牌轉型及數位再造的機會，尤其是當初因為傳統產業轉型的業者，在品牌定位與發展方向也跟過去有相當差異時，若是不利用這次的空窗來釐清問題，之後就算景氣復甦，也仍然會有相當的發展困境，作者認為積極佈建有體驗感及互動性的網站，讓國際觀光客及國內的消費者，能在網路上就先了解觀光工廠的品牌特性與形象，並善用沈浸式體驗的工具，包含 AR、VR 等工具，強化消費者的參與意願。

　　回歸品牌核心價值，重新設計體驗及導覽服務，之前大量陸客的時代基本上不可能再回來，必須用更精緻的氛圍與體驗活動，讓未來有意願參觀的消費者，能深度而且建立品牌的信任。或許曾經在數量上，觀光工廠的規模有相當亮眼的成績，但品質的差異、品牌投入程度甚至是退場機制都一直是問題。利用這個機會讓業者重新思考，如何去結合節慶活動的議題，或是以觀光工廠為主的延伸商品開拓新市場的可能，以及運用數位溝通增加消費者對品牌理念與願景的認識，才能讓台灣的觀光工廠品牌有更長遠的發展空間。

8.4

數位整合 II
─消費者互動─
數位行銷

新模式的建立

　　以往製造產業當中，將原物料製成產品後進入通路銷售，加上整合行銷傳播達到曝光的一條龍模式，比較成熟的多半也是外商品牌。從製造生產的過程、包裝設計、代言人甚至品牌故事，在廣告公關公司的推波助瀾下，許多製造商品牌成為了台灣消費市場中的主力。洗潔沐浴的領域有寶僑、聯合利華，碳酸飲料領域有可口可樂、百事可樂，汽車與機車領域更是多半為國際品牌。像之前作者輔導的製造業品牌，對於新產品從設計規劃到上市的行銷方案，都是依循學習國際成功品牌的腳步。像是洗髮精可以對標 P&G 集團的產品品牌、保健食品可以學習白蘭氏公司的整體操作模式。

　　台灣多數的製造業經營者對於有了產品之後要建立品牌的認知，雖然還有些模糊，但至少知道要放在貨架上時，不同的品牌名稱與包裝是最基本被消費者識別的方法。但是越來越多的消費者，不在只是滿足於單純產品的使用，有時連買了洗髮精都還是希望能有人幫忙服務按摩洗頭。在製造業服務化的產業發展的趨勢下，品牌必須更有策略地讓消費者信任產品品質後，進而信任服務品質，這必須靠商業模式的重新思考，從產品核心改變為提供產品與服務共存。就像臺北市公共自行車租賃系統，由臺北市政府交通局以 BOT 模式，委託自行車製造商品牌巨大機械建置和營運，並以 YouBike 微笑單車（通稱 YouBike 或 UBike）作為對外的服務品牌名稱，消費者對於同一企業的產品品牌捷安特相當熟悉而且有一定信任度，這時新服務的出現才能讓品牌更快速順利的獲得機會。

　　疫情導致了國際的時尚產業遭逢巨變，甚至到近幾年崛起的快時尚，都受到相當程度的影響。台灣跟時尚產業有著相當的關連

性，也同樣的受到波及。從作者輔導的廠商中，幾個專門訂製西服的品牌來說，詢問人潮相對冷清不少，消費者對於非必需品或是較高金額的消費，有些縮手而不像以往大方。以往 3～5 萬的西裝品牌，在老師傅經營了數十年後由二代三代接班後，有的也因為環境改變，開始接受代工大量 1 萬以內的公司行號制服。更多的業者轉型運用機器設備或是改良套裝西服的缺點，大幅降低價格甚至加快製作時間，為了就是能跟國際的快時尚平價品牌抗衡。

　　雖然過去不論是中央還是地方，對於台灣傳統的手工時尚業，一直有輔導轉型或是透過商圈合作的振興計畫，但疫情的影響對於總體的時尚產業發展、消費者購買習慣都已經產生了劇烈的衝擊，讓一些品牌已經面臨生死關頭。過去像是男性西裝被賦予的時尚以及地位的特殊意義，但消費者對於時尚產業的認知產生逐漸改變，許多精品越來越親民，除了價格調整外更將溝通的方式簡化，不再一直強調做工、布料甚至是材質，而是讓消費者能感受到與自己的風格與關聯。部分堅持傳統工藝的品牌因為對於行銷及數位環境的改變較為抗拒，不論是銷售話術、店面陳設以及自媒體的運用，都稍微離消費者的真實世界越來越遠。

　　消費者從求學過程當中，接觸美學或是時尚的機會有限，甚至出了社會有購買需求時，這方面的資訊仍然不足時，就更容易因為便利及大眾媒體的影響而進行購買決策。當品牌願意在形象與溝通方式上有所改變，社會大眾更為理解認同後，就成了消費者願意支持的品牌。疫情並不一定就會讓消費者放棄購買一些可以增加自信，或是運用在社交需求時的時尚商品，只是會更願意選擇有跟自己花時間溝通的品牌。不論是改變原有製程或是調整價格，還是堅持傳統工藝守住中高價位，台灣的本土時尚品牌或許可以利機會，

運用年度規劃的方式來幫助品牌階段性的轉型及數位再造。其實消費者不是不願意接受高價產品及服務，那些具有高超手工工藝的品牌還是讓人嚮往，只是跟上數位環境的變化以及合適的溝通，才能讓品牌想傳遞的理念和願景持續下去。

　　現在的數位大眾媒體已經可以掌握到使用者瀏覽搜尋的習慣，使用者可以參與並且讓有興趣的觀看者自行選擇，之後才連結到影片。參與者可以期待與自己相關的廣告內容，並分享給朋友，使自己也成為了廣告的媒介。因為網路上的社群行為更偏向分享炫耀，參與品牌活動的使用者對於客製化的媒體內容，使用需求也越來越高。使用者希望隨時取得資訊、選擇資訊，並且創意發揮建立自己的內容，傳播的方式、時間也都由使用者來決定和安排。至於在數位環境中，就像出版社品牌更倚賴社群意見領袖來接觸讀者，以及透過自媒體的方式來直接與消費者互動，找尋品牌的接觸機會。

　　善用網路的互動能力，品牌成為更具參與度的媒介，透過節慶活動、促銷工具及其他品牌識別元素，提供創作資源的角色，使用者可以把這些素材變成適合自己風格的形式，甚至成為創作者與傳播者的合體，讓其他閱聽眾藉由連結網路的設備觀看，並且進行留言分享，形成「品牌—使用者—其他閱聽眾」的傳播模式。在數位媒體的溝通時代，品牌傳播的主體更為多元化和複雜化，消費者變成了品牌傳播的自媒體元素，享受的是與更多自己的好友進行交流和分享的過程。

CASE 網路社群使用者互動
奇異果、麥克雞塊

品牌透過活動方式邀請消費者呼朋引伴，一起完成挑戰或參與活動，關鍵不在於得獎，而是消費者與朋友之間的分享與交流，進而達到品牌宣傳的效果。

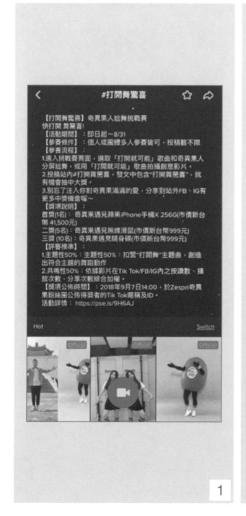

1

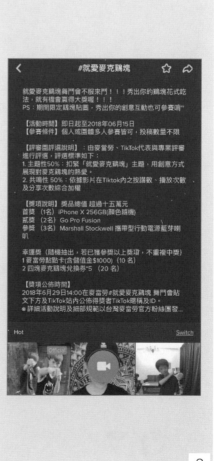

2

資料來源　**品牌 FB 專頁**

　　消費者的數位習慣更影響了許多促銷方案的設計，例如傳統的紙本折價券越來越少見，而是透過會員 APP、LINE 官方帳號或是直接公告在 Facebook 上。電子折價券的擴散在網路上相對容易，尤其是社群媒體的特性，也同樣的降低了精準溝通的效果。數位習慣也無法完全取代過去的習慣，所以當有新的店面開幕時，在商圈發放折價券或是請人投遞在附近居民的信箱，還是方便而且有一定效果的方法。**（案例請參見下頁。）**

　　消費者在接觸品牌或傳播媒體時，除了個人的需求之外，能具備的社交功能與價值也是考量。從實體到虛擬的溝通，都影響了消費者的選擇意願，較便利的溝通模式與較低的時間成本，自然能創造品牌傳播的優勢，但唯有引發消費者的討論熱情，甚至凝聚社群的互動，更能將品牌與消費者緊密結合。人們使用數位科技的需求不斷成長，倚賴網路所帶來的便利性，對接收資訊的數量與來源需求持續提升。虛擬社群建立了新的社交圈，也造成了另一種網路身分的與社交空間。這時從年度規劃的角度來說，從虛擬社群到會員關係管理的達成，也必須有策略性地去落實。

　　數位的消費模式不但是趨勢，更是未來市場的發展與個人身分的延伸。社會網路上的連結使消費者更在乎品牌所提供的資訊，以及網路環境對品牌的評價。對於品牌來說，數位環境也是身分的延伸、對話與服務管道以及傳播工具運用的場所。數位整合行銷的效益與價值，隨著使用者的數目與所使用的平台連結有正向的關係。品牌與平台間的合作，使消費者的目光與接觸品牌資訊的機會提升。

　　數位整合行銷需要運用創造力來規劃內容與工具，主動了解消費者在網路上對品牌的認知與習慣。像是品牌透過數位溝通方式，

CASE

電子折價券
成真咖啡

• • •

品牌透過網路平台發送電子折價券，省去距離與人力的限制，
讓擴散變得更加容易。

1

2

3

4

資料來源　**品牌 FB 專頁**

針對不同的主題節慶加入適當的消費者參與誘因，包含上傳貼文、參與活動證明、心得分享甚至購買合照等。數位整合行銷在規劃時必須考慮品牌與消費者間的關聯，在不同的平台使用考量下，消費者參與的使用便利性，與擴散的連結都是達成效益的考量因素。消費者可以創造內容，任何人都可以連上 Youtube 上傳影片，透過網路自由流通延伸。

讓消費者一起替品牌創造內容，開放消費者所創造的內容，讓消費者透過競爭來增加意願與參與程度。在數位環境中的網站，數位整合行銷可以將消費者創造內容延續到品牌、消費者社群和其他消費者網站中。監測消費者創造內容，運用並回答消費者的意見，品牌必須注意討論的內容以及友善程度。像是不少品牌的節慶活動，包含了百店慶、品牌周年或是喬遷之喜，都較以往更積極的邀請社群領袖、網紅以及忠誠消費者參與，不但降低了品牌與消費者的距離，在社群上更創造的參與者自發性的品牌聲量。

消費者在數位環境中擁有主導權，數位整合行銷必須讓消費者感到真誠與能提升顧客經驗。消費者有能力取得更廣泛的內容，並決定使用的方式，當數位整合行銷結合消費者感興趣的豐富資料與個人化設定，會創造出更多消費者喜愛、有效率的購物經驗。消費者透過數位環境搜尋資訊與消費，能快速的獲得所需要資訊，改變工作、學習與生活方式，因此規劃數位整合行銷必須具有多元性與即時性的特質。數位整合行銷的高度互動性，可以增加消費者的參與，也讓品牌藉此收集消費者的資訊。

掌握新媒體的應用以及在地化商機，品牌能讓消費者看見就有被肯定的機會，運用自媒體強化數位形象延伸，讓既有消費者及社群上的使用者，對品牌產生更多興趣而且願意以實際行動支持，清

楚的傳達對品牌特色和對於消費者的意義。數位整合行銷讓品牌與
消費者有更多的接觸機會，有助於品牌知名度及形象的建立，也便
於消費者推薦喜歡的品牌與行銷活動給社群同伴，做購買決策。運
用數位整合行銷達成品牌與消費者的溝通，發展合適的議題創造人
氣，產生討論的熱潮，也讓使用者能達成需求的滿足、主動的資訊
分享、產生社群的社會互動網絡議題。

　　數位的工具也整合會員關係的資訊管理，運用客製化達到精準
的資訊提供，刺激消費費的可能性。網路造成行銷人員與消費者的
接觸方式增加，也必須隨消費者所關注的接觸點來規劃數位的行銷
工具。在虛擬空間與消費者接觸，官方網站的建立、社群網頁的運
用、數位整合行銷活動的規劃，甚至虛擬與實體的結合都是數位整
合行銷規劃的考量。數位整合行銷較其他實體行銷活動的成本支出
較低，並且即時且易於更新，能提供給消費者的訊息較為詳細，也
比較容易客製的使消費者參與行銷活動。

人際的互動

　　數位整合行銷的另一項特質就是消費者對品牌，或消費者間的互動行為大幅提升。實體行銷的行銷訊息是由品牌主導且單向行，但是在數位整合行銷的傳播媒介與平台，消費者可以發表意見、主動分享或反映，甚至當負面的反應產生時，擴散的情況迅速且不易控制。消費者對於感興趣的內容，與分享的歷程希望保留。數位整合行銷的互動功能提供消費者，與訊息內容直接與即時溝通的方式。運用互動工具與平台使消費者可以在使用的過程，留下使用過的內容脈絡，不必擔心資訊無法再次使用。結合現有互動功能的平台，可使提供內容訊息的品牌達成相似的互動行銷目的。即時性的品牌體驗與行銷通路延伸，也可以經由互動行銷的工具達到消費者使用的效益。

粉絲互動行銷
Marvel

· · ·

品牌透過粉絲才懂的「梗」進行節慶活動，不僅讓粉絲具有尊榮感，更能提升粉絲與品牌的互動與黏著度。

資料來源　**品牌 FB 專頁**

對品牌來說了解消費者的數位內容使用，以及與其他消費者或品牌間的互動脈絡，是建立互動行銷的知識基礎。互動行銷也希望消費者能將自身的或分享的體驗反映，轉化成品牌供延伸資訊的參考依據。提供消費者資 檢索有助於再次使用互動行銷時，設計推薦的內容以引導消費者在接收行銷訊息的可能性。消費者對品牌與互動行銷工具的使用反應，也是互動行銷效益評估的指標，可供行銷人員與協力廠商修正互動行銷的內容與操作方式。

　　網路社群是人際關係的延伸，也是溝通的平台。部落格、Facebook、Twitter 以及其他專業的社群論壇，都增加了雙向溝通的可能與回應的即時性。品牌與組織擁有自己的媒體平台，塑造形象、觀點、業務溝通及消費族群的群聚場所。擁有眾多熱門部落格的入口網站和像是 Facebook 可以立粉絲團的平台，所產生的群聚影響力是獨立的官方網站上千倍以上的擴散效益。社交行銷的關鍵在於消費者的傳播達成的效益，人們參與社群的原因包含興趣的延伸、關係的建立、幻想的滿足和資源交換的機會。擁有個人平台都有可能成為社群領袖，或擴散訊息的中心。有相近興趣或關聯的網路成員，將訊息貼在品牌、組織和社群領袖的網頁，改變品牌擁有者與忠誠消費者者之間的傳播結構，以及與互動群眾的連結方式。

　　社群成員的產生連結時有因素，包含同質性和興趣導向。許多品牌支持者運用社群成為直接溝通的工具，社群互動可達成品牌的訊息傳播與消費關鍵。訊息發布的回應性，可以利用迴響來評估。迴響代表發表者投入相當的努力引人注目，利用在某一領域的優勢，做為在另一領域的助力。社交網路透過數位傳播媒體而增加的連結的即時性與便利性，Facebook、Twitter 和其他類似平台，不

只可以分享深度的內容，平凡的生活訊息也有被分享的機會。這些訊息會引起社群成員的興趣與親切感，有助於製造分享的感覺，幫助社群成員增加存在感。

　　社群人脈的塑造與被關注的能力有關，合適的議題與資訊能提升被關注的機會，並產生持續的關係連結。社群領袖會與喜歡自己所建立網路的個體互動，也知道如何主動接觸對方，甚至會設法將團體中的不同個體彼此聯繫。社群領袖會運用分享資訊、傳遞理念、幫助或建議解決成員的需求，來建立網路社群關係，進而產生實體的社群利益。社群領袖與志同道合者建立關係，也會透露私人資訊，喜歡從人性層面主動接觸人，透過主動接觸人群，利用網路上的開放式互動功能發出回應，建立雙向關係和對話。對長期名聲和品牌而言，分享有用資訊的效果影響銷售，會比強勢推銷要有效得多。社群領袖不只是私人的信任。量身打造代表專業，訴諸文字表示其他人也會看到與認識，建立可靠度與信任。

　　數位環境讓社交行為產生變化，網路所提供管道，讓擁有相同特質的人跨過實體的限制而產生互動。網路社群的好友可能是在數位世界中認識，也可能現實中早已建立關係。跟網路上建立良好關係的好友，進一步建立實體的關係，有可能得到特殊的人際互動，而品牌也可針對這樣的互動設計行銷活動，凝聚品牌的消費人氣與忠誠度建立。具有影響力的傳播中心，包含與很多人連結的意見領袖以及會散播訊息出去的人脈中心。藉著隨時保持連結，並以獨特方式和多層集合的朋友建立良好關係。網路上的人脈聚集會形成社群成員關注的焦點，集結認識的人並透過傳播的資訊達成連結，可以聯想得外在地位的效應，以及和可能因彼此關係而獲益的人產生持續的互動。

人脈中心的經營就是人際關係，運用其人際關係達到影響力的行銷，讓社群成員彼此合作、連結、建立關係，不以立即性好處或酬勞作為效益的評估。多點觸控是很重要的，在部落格或社群中發表網誌或迴響，透過主動接觸和維持良好關係，影響力會持續擴散，預期的行銷效果也會被持續保留延續。建立人脈資料庫是關鍵行銷的重要資產，通常資料庫仍在人脈中心所掌控，但品牌可以間接結合其他整合行銷活動，如體驗行銷或會員加入誘因，轉化成品牌的行銷資產。

　　建立名聲與權威性是人脈資料庫的保存關鍵，社群成員信任並願意接受人脈中心的訊息。不只要建立聆聽的互動方式，提供的資訊必須是成員有興趣、需要，甚至對成員有價值。受人信任的權威性會讓社群成員了解資訊提供來源，才能決定是否重視接收到的訊息。口碑由個人傳遞給個人的產品資訊，遠比廣告更具有威力。當消費者不熟悉某類產品時，口碑作用尤其顯著，許多因素會引發與商品相關的討論。一個人可能與某類產品或活動關係密切，很感興趣，一個人可能具備對某種商品的豐富知識，一個人可能會出自對他人的關心而開啟這樣的討論。

　　加速擴散的口碑，傳統口碑行銷，口碑是從一個人傳到另一個人，但若口碑來源是品牌或名人，則能運用他們的名氣將口碑從一個人散播至很多人。透過數位管道，消費者擁有了一個可以廣泛接觸人群的平台，每一位使用者的聲音在網路上都有可能被擴大、傳播出去。人際影響力的本質與顯著性，相對於商業行銷推廣活動與廣告，人際口碑傳播對消費者購買決策的影響力更甚，消費者視口碑為可靠、值得信賴的資訊，有助於達成較佳的購買決策。相較於大眾媒體，人際親身接觸可以提供較佳的社會支持，並為採購

決定的推薦，人際溝通的資訊背後常附帶有社會團體的壓力。消費者可能運用各種社交工具，可以從遠距確認人際互動的狀態。

包含 Facebook 的留言、部落格訊息、以及儲存線上互動歷程資訊的地方，都能決定互動的時間與強度。大部分實體世界認識的朋友，反而經由網路的互動更加認識了解，甚至連特定社群的人際網絡，比實體更廣也更有價值。透過留言、交談與互動，加深對社群成員的了解，即使只是部份的真實自我。在網路空間，多數人對於訊息都是位於潛在的觀看者，在閱讀資訊時不發表迴響與數位足跡，直到與自身產生相關聯或具有價值的時候。

數位廣告的應用則可以提醒消費者購買的時間和購買地點，也能在有利時間和有效空間位置上，為宣傳品牌、吸引及引導消費者了解節慶或促銷活動內容，誘導消費者產生參與動機及購買慾望。媒體報導中的節慶活動與促銷方案有時甚至比實際發生的事更具影響力，所以媒體與活動之間的緊密關係不但不會消失，反而因為數位化後更具有影響力，但差別在於不在只是傳統媒體受惠，新媒體上的原生媒體反而更受閱聽眾喜愛。社群行銷應該配合各種節慶的行銷活動，讓品牌更貼近消費者生活，同步將相關主題應用於對實體通路的布置視覺中。一般通路品牌的店內廣告類型包括海報、懸掛布置物、展示架、活動標籤、展示卡、促銷價格牌、櫥窗展示品等，屬於完成銷售引導的最後一個環節。

CASE

母親節關鍵字效益
傘俱品牌

● ● ●

關鍵字效益：

　　關鍵字之刊登效益最明顯在於瀏覽量，但短期瀏覽量的提升無法馬上反應在業績上，此現象可以從本期營業額、前期營業額，以及去年同期來做對比，依照數據並無明顯的對比成長變化，來說明關鍵字廣告對於業績有立即性的幫助。根據對門市問卷，關鍵字廣告也沒有明顯提升來客率，這一方面是門市無法每位來客逐一詢問，另一方面有可能是本次關鍵字廣告是以商品類別關鍵字做宣傳，但是由於市場競增對手眾多，品牌、商品或促銷折扣未符合多數的網路消費者期待。因而反應出來的是點選率較低，門市來客率也未能普遍增加。

檢討 & 建議：

・ 由於傘俱並非經常性消費商品，因此無法預估消費週期，所以需要長期性曝光，才會讓消費者需要購買時有所記憶，也對於品牌有所選擇。未來如要採用長期曝光，建議不需執意刊登在搜尋結果的第一頁，像「傘俱」、「床」可以刊登在第二頁，因為刊登的出價較便宜。另外、問卷及銷售顯示，多數熟悉網路的消費者會運用網路來做資料蒐集及比價，因此如果公司可以提出價格吸引人的獨賣市場品牌商品，搭配關鍵字來做促銷，那會對於像特定地區的業績有所提升。

・ 休閒椅雖然曝光數與點選數最低，但休閒椅的點選率最高，意味著品牌在休閒椅項目較具備知名度。公司可以加強休閒椅的

個別行銷。沙發床則是另一個在網路上值得注意的類別項目，其曝光量超越沙發，同時點選數是沙發點選數的 77％。代表沙發床是網路族群的熱門商品，公司可以考慮針對這族群的需求開發商品。

一整年還是很漫長，而對於消費者來說為什麼節慶吸引人、促消費讓人剁手，從生理行為到心裡誘因，或許從來都不是品牌厲害，只是消費者更順從自己慾望。

如何洞悉
消費者的
內心戲
並善於利用
+9

9.1

活動設計的
誤區
與
盲點

把戲的失靈

　　甚至當過去設計節慶活動，希望消費者透過參與過程來提升與品牌的連結，卻沒有將節慶的意義溝通清楚。有時候像是到底品牌的百店慶值得慶祝的原因是什麼，希望透過節慶傳遞什麼樣的訊息，甚至應該特別拍一支影片讓消費者及其他利害關係人了解，品牌在這百店的努力、消費者的支持、合作廠商及工作夥伴的付出，以及品牌未來繼續努力的願景跟理念。這些才是重點品牌規劃節慶活動的重點，而不只是飲料買一送一、套餐半價這些促銷工具，因為這些對消費者及社會公眾來說，並不存在品牌真正有價值的溝通元素。

　　那是否就代表節慶活動的無法吸引到真正喜歡的消費者，或是促銷方案沒有精準的設計到消費者會主動關注呢？答案多半不是，而原因則是本來消費者想要的，從來就不一定是具體的項目，而是一種感覺的認知。就像我們常常調查消費者喜歡的動漫角色，可能是海賊王、鬼滅之刃或是獵人，但就算超商集點可換購或贈送這些動漫的周邊，就一定會吸引這群消費者購買嗎？答案也不一定。但我們也很少看到，市場調查時消費者立即回答：母親節一定會帶媽媽或長輩家庭聚餐，卻可能在過節時仍然餐廳爆滿。

　　品牌轉換的風險其實對消費者來說，比一般品牌想像中大，尤其是過去很多經營者認為，所謂低涉入度的產品及服務品牌，對消費者來說更容易轉換。涉入度指的是跟消費者切身相關，而且會花時間去了解相關資訊，現在越來越少消費者真的會單純的一無所知，對於那些可能真的不認識，只因為有促銷就購買的產品及服務。不知名的一折商品、家門口新開的一杯 10 元優惠咖啡，最基

本至少網路上的口碑評價也還是消費者參考的基礎。就算是知名品牌，消費者因為促銷方案，而增加購買數量的機會雖然還是存在，但是越來越多的家庭型態及消費習慣改變，有時多買的產品根本沒用到就過期了，或是購買的折扣餐券吃太多次膩了，導致更多的促銷方案的效益遠不如從前。

品牌仍然在嘗試尋找及設計，更可打動消費者的節慶活動與促銷方案。持續舉辦消費者感興趣的節慶活動，就算效益可能的遞減但總不能把機會讓給競爭對手，就像只要年節推出福袋還是能讓自己的業績維持。從實際購物行為來分析，消費者對於打折優惠、買千送百的反應差異，再加上更多屬於情感層面的數位行銷工具，例如 Facebook 會員專屬活動、YouTube 的幽默節慶影片，品牌持續的投入才能獲得更長久的收益與發展。因為消費者常常真的不知道自己喜歡什麼，但會感覺到不喜歡什麼。就像電腦品牌在父親節推出，買筆電送平板的活動，乍看好像很優惠，但其實只要分析消費者家庭裡的電腦與通訊設備的數量及偏好品牌，多半是沒有必要的消費，但是一部感人的品牌節慶微電影，卻可能喚起消費者的孝心，以及用行動來支持品牌。

另外像是規劃促銷方案時，原本希望消費者在購買主要產品之後，還順帶購買其他相關非促銷的產品及服務，但其實多數時候除了因為促銷而賣掉的產品，若沒有建立消費者真正的品牌偏好，或是非促銷產品及服務真得很有價值，不然「順帶」這件事情的發生機率並不高。數位資訊如此發達的時代，消費者只要花點時間，就很容易戳破品牌的把戲，合情合理的促銷方案設計時，消費者可能自己也是願者上鉤，反正有優惠折扣也不錯。最糟糕的就是因為設計不當的促銷方案，導致消費者起了反感，只要看看那些每次都說

自己最後一次特價，但下次又打折的品牌，消費者的印象其實越來越差。

　　而消費者真的對於品牌推出這麼多的節慶活動、促銷方案不會感到厭煩，或是不願意參與嗎？當然會！像之前作者在出差時就遇到，飯店詢問是否有哪些信用卡可以升等打折、房間加價升等折扣、早餐加價服務，大概三四個問題後我就明確的表達，自己都不需要這些促銷方案。品牌會如此鍥而不捨的希望推薦這些促銷方案，原因大多出於因為疫情導致住房率下降，因此先用較優惠的房價吸引消費者，但又希望能從消費者身上獲取其他利益。最終過度促銷的結果反而只是造成了體驗失誤，雖然該品牌也可能早知道會如此，但還是硬要這麼做，只為了榨取消費者的最後利益。

　　還有像是非營利組織可能會在節慶時結合議題，推廣自己的品牌理念，但卻理所當然認為消費者應該認同，或是在不夠了解消費者真實的認知程度時，就用強制或負面的方式來批評對議題不認同的消費者。之前就有環保品牌硬是要在國際型的社會議題節慶，指責有些消費者的飲食習慣讓地球變得不好，尤其是針對習慣食用肉類的人，但卻忽視了可能很多條件下基於健康或是文化背景，並非不願意接受而只是需要更多的溝通。另外有些節慶設立的目的，因為被不認同的人刻意扭曲，有時也導致節慶的活動引起社會大眾的反感。其實很多時候，本來節慶活動就是來自於特定消費者文化背景、宗信信仰，其他人並不一定了解這些議題，品牌希望運用節慶活動達成溝通的效果時，也必須嘗試更有創意的做法，以及尊重立場不相同的利害關係人。

失誤的方案

　　很多時候品牌設計的促銷方案，看起來是為了幫助消費者克服購買時的心理障礙，但沒有前後一致規劃時，常會發生當消費者提早購買後，卻發現隔兩天價格更優惠，或是升級購買一項更昂貴的產品及服務品牌後，結果覺得自己吃了虧。像台灣很流行吃到飽餐廳，有次作者去一家店用餐時，原價 900 元的價格是一般方案，但店員說只要再加 100 元就可以升級新方案，而這個促銷方案原價是加 150 元，並且是限時的優惠。然而作者等到用餐結束卻在該品牌的官網發現，網路上本來就有販售合購後 1000 元的升級方案餐券，馬上打臉只因受到促銷話術的影響而做的決定，其實新方案也沒這麼優惠更沒有限時，這樣就會讓消費者心裏感到不舒服。

　　對於消費者來說，品牌想要塑造更好的顧客經驗與服務流程當然是好事，更重要的是在消費者覺得滿意之前，品牌自己就要先找出環境中可能會讓消費者不滿意的原因。常常發生像是品牌認為自己設計了不錯的消費者生日優惠方案，原本是希望消費者能夠因為在獲得生日禮時，感到品牌的關心並產生連結；但因為促銷方案的設計必須消費者在生日前 30 天，先加入會員才能獲得，並且需要在生日前 7 天領券，不然無法使用優惠。這時候雖然出發點是為了內部流程控制，但卻可能造成消費者因為流程及時間限制的問題而放棄。

　　雖然我們可以說，這樣的設計背後包含，先加入會員是為了確認消費者不是只為了贈品加入，而是因為真的對品牌有興趣；提前領券則是為了讓品牌方便控管生日禮的數量。但這時就應該更進一步為消費者著想，提前寄發會員訊息提醒消費者，或是從年度規劃

的角度總體性的準備足量的生日禮，然後簡化消費者領取的流程，這些做法都可以避免在前置的溝通過程中，就發生了品牌體驗落差的問題。從消費者的角度來說，品牌傳達體驗服務的過程中，環境場域不只是侷限在店內購物、APP 介面或是等到真正使用產品及服務，品牌的每個接觸點都可能是消費者會在意的地方，而體驗的內容範圍更包含了每次的溝通及使用與服務。

　　或是像是情人節的時候，品牌把餐廳裡面布置得很浪漫，但是畢竟有些人是一個人前往用餐，還有餐廳還推出一人用餐時，對面的座位就放一隻大布偶陪伴，但這到底是貼心還是讓人尷尬就很難說了。因此提前的資訊告知就變得非常重要。越多的資訊與提示，能夠幫助消費者事先了解可能會發生的情況，或是更快的融入場景當中。品牌在服務傳遞前，預先告知消費者怎麼融入體驗場景時，消費者才會了解自己要扮演的角色，以及如何配合，當消費者能適當表現出來時，就會達成品牌預設的結果。

　　有的餐廳平常生意也不錯，但是在節慶活動上就是沒有推出讓消費者驚艷而且可以炫耀的特殊體驗主題，這時能吸引到的消費者，除非是只考慮好不好吃的對象，而比較不重視生活分享的人。不然就算只一起聚餐時，現代受數位環境影響的消費者，更多人則是除了內在的品質，外在的服務、品牌價值，以及能夠讓消費者可以打卡分享、外顯性炫耀的條件，也是消費者做為選擇品牌時的重點。也越來越多餐廳明白畢竟好吃是基本要件，品牌獲得米其林加持、上菜時擺盤漂亮、餐廳設計及服務流程有特殊性，為的不只是自己而更多的是滿足現在這個世代的消費者。

　　當消費者好不容易接受了嘗試參與品牌設計的節慶活動，或是完成促銷方案的條件時，卻因為在過程中產生服務疏失，以及無法

清楚辨識的各種訊息，就會讓消費者覺得困惑及生氣，而且有可能因此失望及對品牌產生厭惡。就像有次作者去某品牌用餐，從點餐就出現了問題，先到的客人沒有先被點餐，上菜時晚到的客人卻被優先，出餐後發現餐點內容跟菜單照片不符。剛好店家有設計Facebook 打卡送贈品的促銷方案，但是打卡過程時店家的相關資訊在 Facebook 上根本沒設定好，所以花了很長時間才完成，最後說好的贈品也因為缺貨而被更換。整個如同災難式的用餐體驗及促銷方案設計，不但沒有達成原先的目的，更讓消費者對品牌就只有充滿負評。

　　當服務令人不滿意時，就必須設計補救策略來克服已經產生的負面影響。消費者對品牌的體驗經驗感到失望時，他們可能會把不滿意的原因歸咎在品牌身上的機會遠大於自己。明明品牌希望消費者能透過折價券的使用，再次回店消費並給予不錯的折抵金額，但是當消費者弄丟了折價券或是折價券過期時，很多時候不會責怪自己，而是認為品牌沒有為自己著想。因此當已經預設可能會發生這樣的問題時，或許品牌就可以更完整的去思考消費者的服務完整過程，可能在會員機制中將折價券存在網路當中，或是在即將截止前用訊息提醒消費者使用。

9.2

多面向消費者的
分眾趨勢

心 態 的 改 變

　　跟過去比起來，品牌經營上要面對的公共問題比以往複雜的多，不論是消費者、支持者、反對者、旁觀者。從實體到網路都有更多的人憑著自己獲得的單一資訊，就對品牌做出要求與評斷，而大多數的對立都是因為品牌溝通問題，以及彼此價值觀不同而造成。社會公眾、利害關係人、企業採購、消費者……有許多的名詞在描述著那些跟品牌息息相關的對象，有的願意付錢去支持品牌，有的關注品牌的發展及議題，有的甚至會故意找品牌麻煩。然而跟以往相比，因為消費者也比以往更容易接收品牌的善意，只要能找到對的議題而且持續溝通，反而更有機會建立口碑與品牌聲量。

　　現代的行銷議題當中，最困難的就是分析利害關係人的影響，原因是當品牌資源有限時，利害關係人的範圍既多又廣，而且跟過去差異最大的就是，許多的品牌危機都來自於未被掌握的利害關係人。一般來說就算有購買或使用產品及服務，也不一定會喜歡背後的組織品牌　，當行銷人員決定要持續投入多少資源時，必須針對有價值的對象優先溝通。運用行為數據與心理數據的資料，以及實際觀察真實消費者的樣貌來判斷區隔。

　　從消費者的角度來說，所謂消費行為都是在當下，並不代表今天去了 A 量販店就不能等下去 B 超市，但卻有可能因為討厭 C 量販店而不願意消費，甚至當 C 量販店在社群上貼文分享時，會提出質疑或是負面訊息，甚至進而影響了其他消費者。這時盡可能的建立與公眾對話的機會，並且從議題中找尋自己的支持者，例如願意在粉絲專頁下留言互動，或是在品牌經營的社團中願意主動參與品牌發起活動的人。

　　因此當我們從「品牌耶誕樹」的整體概念來說，雖然要面對的利害關係人可能很多且複雜，但從年度規劃的角度來說，當年度透過不同節慶活動主題來溝通對品牌最重要的利害關係人，再利用促銷方案來滿足消費者的需求，透過不同層面的溝通來達成效益。而最有趣的是因為越來越多的消費者進入品牌成為員工，也有許多曾為員工的消費者在評論著前公司，品牌文化的溝通不再只是讓員工了解必須認同的品牌使命及價值觀，更是做為社會公眾檢視品牌高度的依據。而那些能夠經得起利害關係人檢驗，具有值得被尊重的品牌，通常被視為具有較強的競爭優勢。

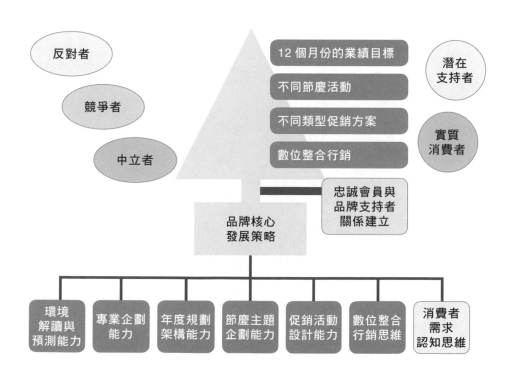

CASE 粉絲專屬福利
喜憨兒基金會

- 喜憨兒基金會透過獎勵機制，鼓勵獲得 Facebook 上對品牌互動性高的「頭號粉絲」，給予獎勵禮物。
- 並且也透過步驟的說明，讓潛在支持者能起取的認證，不但增加互動的效果，也讓更多其他消費者看見。

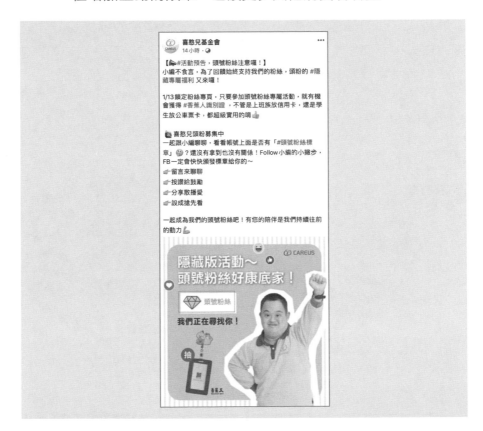

資料來源　**品牌 FB 專頁**

　　若品牌只聚焦在「最終消費者」身上，就會忘記其實大多數的人都不在這個範圍，就算是全球知名的飲料廠商或是食品製造商，今天消費者買完可樂隔天可能就換個品牌，就算喜歡可口可樂也不代表討厭黑松沙士。我們從自己也身為消費者的角度來思考，從認識品牌、理解訊息、選擇購買、使用產品及服務到離開或產生認同，到底有哪些原因真正吸引我們，是讓人感動的微電影、節慶活動的宣傳照片，還是促銷方案的贈品本身？而原因常常只有一個，就是消費者自己的喜好。

　　或許每件事情都影響品牌支持與否，也造成了品牌可以嘗試用不同的方式來溝通，但這就代表無法只用單一的行銷傳播工具，就像過去一樣達成訊息傳遞的效果。這樣結果的其實除了品牌在設計方案時的策略必須更全面性，更重要的就是對於消費者的需求，真實了解的程度與洞察。消費者的情緒狀態，會因為自身的情感以及外在的環境影響，而產生不同階段、不同原因的改變，透過「品牌耶誕樹」的整體性思考，品牌可以有步驟性的來達成溝通目的，而且能夠從消費者的內在需求出發，同時扣連品牌自身價值的發展，為品牌帶來更好的成長效益，以及消費者出自內心的認同與連結。

更 多 的 選 擇

　　有的消費者都已經購買產品品牌一段時間，並且也有持續的回購，但卻始終只是在因為通路有買一送一的誘因前提，其實他根本更喜歡另一個較貴的品牌，只是始終沒有促銷方案所以下不了手。這時兩邊的品牌都有自己做出決策的原因，但對於這個消費者而言，喜歡品牌與實際購買是兩回事，但兩個品牌都沒有真正的滿足

消費者想要的結果。甚至有可能因為直到他認識了第三個品牌，在品牌偏好上及促銷誘因上都滿足了消費者，這時很有可能就快速的建立的品牌忠誠度，也捨棄了購買前兩個品牌的念頭。

另外像是製造商品牌的策略差異，A 產品品牌常常做促銷，但除此之外就沒有其他的服務提供給消費者，而 B 品牌則是偶而做促銷，但是每次都會針對特定節慶來結合，而且一年當中至少有一次是會配合社會公益型的節慶，來服務社會大眾。雖然我們並不能說 B 品牌就比較高尚，但是當市場競爭激烈時，B 品牌的形象會帶來較高的品牌價值，但 A 品牌卻會因為一直做促銷，導致品牌價值無法提升。直到消費者因為自己對於 A、B 兩個品牌的主觀中，心裡已經比較欣賞或喜歡 B 品牌時，就長期發展來說 B 品牌已經比 A 品牌具備了更好的競爭優勢。

再從年度規劃的角度來看，消費者真的會理解並記得一個品牌，一整年的不同節慶主題及促銷方案嗎？絕大多數的情況下是不可能。例如作者每周在便利性的情況下，多半會在外選擇便利商店的現煮咖啡，除非店員有特別提醒當下有促銷方案，不然就算沒有促銷時，仍然會購買單杯咖啡。但是若星巴克有買一送一的時侯，又剛好在隔壁而且有明顯的告示提醒，就有可能刻意為了促銷而去消費。

所以難道我們要說便利商店一整年，做 10 幾檔 20 檔的促銷方案就是沒有意義的嗎？或許剛好反過來，消費者對於當下雖然不太在乎，甚至可能會被更高端的品牌促銷方案影響，但當常常被品牌提醒時，若下次有兩家競爭品牌的便利商店在附近時，在品牌偏好差異不大、價格也相近的情況下，而且附近沒有更吸引消費者的其他品牌時，有的消費者就會主動選擇促銷較為規律，而且印象中

較有創意的品牌。

同樣的，當在母親節的時候，都是按摩椅的品牌可能也都有針對節慶設計的價格折扣，但可能一個品牌是後發品牌，消費者認識的時間不長，另一個則是老品牌。但從節慶內容的設計上，新品牌增加了消費者的體驗活動、母親免費加入會員送紀念禮，再到電視上有不錯的代言人宣傳廣告，縱然消費者仍然得到的資訊有限，卻對於新品牌的好感度有可能增加。最後在消費者趕在要送禮物的前幾天，在 Facebook 上看到了新品牌的感人文案廣告貼文以及導購連結，最後加上了免運及 14 天不滿意免費退貨的促銷方案，這時消費者幾乎被説服了。

許多時候消費者也都是在有限的訊息中必須做出決定，畢竟既然是消費者就有付錢這件事要完成，不論是立即性的飲料購買、餐廳選擇，還是高價的精品皮包、收藏玩具，甚至是送禮的禮物，有的時候則是因為時間壓力而必須盡快完成消費行為。品牌要不斷地替自己創造機會，可以是新產品及服務、傳播媒體的曝光甚至實體通路的體驗與促銷。因為消費者就算再喜歡一個品牌，都有可能下次選擇別人的機會。只是有年度規劃而且明確結合節慶策略的品牌，比起亂搶打鳥或是只在乎促銷達成銷售業績的品牌，多了更多無形的記憶點，以及消費者建立好感度的機會。

很多時候企業對企業之間的消費行為，也會發生許多內心的小世界。例如明明知道原物料的供應商品質普通，但是因為合作多年卻不好意思開口更換，其實明明有其他可以採購的對象，品質更好、品牌形象也更佳時，難免會陷入掙扎。同樣的，很多企業端的品牌，因為沒有看透需求對象的內心，總覺得就是價格問題，卻忽略了品牌的形象溝通，對企業端一樣有效。

有次作者到一家生產文具的公司輔導，發現他們製作筆芯的原料，更換成向一家新的知名牌進貨，這時作者問了原因時發現，新的供應商包含品質與價格都優於原來的供應商，但真正的關鍵是這個供應商能夠在每次節慶活動前，就會特別建議該品牌可以開發什麼產品並給予協助，並且供應商自己也會設計節慶的廣告來強化消費者的認知。許多專門製作原物料的品牌，或是生產機械設備的廠商，甚至製造鋼材的上市公司，都已經從原有的企業端市場，更深入的洞察了末端消費者的需求。雖然它們自己仍然沒有跨足一般消費者市場，卻能幫助合作的對象創造更大的價值。

新 的 分 類 方 式

「御宅族」、「Z世代」、「文青」、「眷村子弟」等族群，是社會多元文化演變與發展的結果，不同類型的消費者型態反映了價值觀、文化認同和行為模式的差異，而且隨著時代的變化，有更多的次文化出現也就影響了更多的消費者類型。越來越多的消費者擁有多個分類的符合條件，像是25歲到30歲的剛進社會上班族，同時可能也是動漫愛好者，家中也可能是具有客家及閩南文化的背景，因此傳統的是目標市場定位其實早已不完全適用，而必須更進一步找到消費者的真實面貌並洞察他們的內心及行為。當消費者向品牌傳達符合自己的品味、偏好的訊息後，品牌如何滿足消費者，或給予更好的才是重點。讓消費者清楚明白品牌所發出的訊息內容，甚至是想要溝通的社會公眾。行銷活動必須符合社會文化的潮流，順應消費者的需求，才能更有效的達成溝通。

市場當中的主要消費者，是由實際購買者和尚未購買者組成，

消費者購買行為發生，必然是對產品及服務有興趣、有錢、又能買得到，或是由他人購買後給予才能獲得。若是對產品及服務有興趣，但由於沒有預算或者是覺得目前價格太高而不願意購買，也可能是該地區買不到，例如國外的米其林餐廳，因為現在無法出國去享用。但當條件一但符合就有機會完成消費，甚至是本來因為很想要的精品手錶，在生日時當作生日禮物而獲得。

成為購買者也不一定會持續或只使用一個品牌，例如作者自己一天要喝三杯咖啡，就算早上喝了星巴克下午也有可能就改喝路易莎，然而一天就算喝一杯路易莎的人，也不代表他們就是品牌忠誠者。因此用以往單純的消費者生活型態，區分支持者是沒有太大意義的事情。甚至就算成為了會員，也不代表就是唯一品牌忠誠，作者的母親光是生機飲食的通路品牌會員就多達 4～5 家，而且都有持續消費，這時只能說消費者對品牌支持，但不具備排他性。

分眾的生活型態，也影響了本土與國際品牌的發展差異及策略，本土連鎖品牌的設計以及服務，過去因為發展較慢，花了蠻長時間才建立了許多具備國際競爭力的品牌。仍然有多中小企業仍然需要持續的積極提升，才讓年輕消費者願意花費更高的代價購買。例如同樣是中高價位的男性服飾配件，台灣消費者願意購買國際精品品牌的意願，就較高於國內品牌多一點。

但是當疫情造成普遍消費者苦悶，和需要得到療癒的心態下，國際連鎖精品品牌的購買意願，與國內的品牌應該都有機會獲得再次成長機會。男性消費市場在手錶、皮鞋、甚至個性化飾品的配戴上也較以往更具接受度，因此國內品牌若是能掌握消費者的需求，可以針對更有質感的產品來開發，就有滿足國內男性市場的需求。

若是從更長期來看，每個消費者都會長大，小的時候不一定就

會購買這個品牌，或者還不需要自己決定，就像小孩跟家長一起去看房子，決策者基本上不會是這小孩，但是小孩的反應卻可能影響到家長。因此房仲品牌在特定節慶像是兒童節上下功夫，或許當下並不會就產生購買的轉化率，但少能增加消費者在評估上的選擇可能性。而或許當這個房仲品牌能夠一直維持，夠長時間的品牌正面形象時，那時跟的看房的小孩也會長大，成為有經濟能力的大人，説不定兒時的美好回憶，以及居住過程的經驗，以及當時房仲準備的小禮物，就成了該品牌下一次的主力消費者。

　　這時就有一個很有趣的問題，那同樣的品牌溝通方式，對於專門服務企業端品牌，這麼做有意義嗎？花這麼多的時間資源，真的也能替品牌帶來幫助嗎？作者自己輔導過一家股票上市的鋼鐵公司東和鋼鐵，就是很早理解了消費者的內心，畢竟不會有消費者去購買一根根的 H 型大型鋼材，而是建設公司在蓋房子的時候才會採購。但當末端消費者對於品牌已經建立的認識甚至偏好時，當他們在選購房屋時，會詢問房仲業者或建設公司的代銷人員，是否有使用這個品牌當作建材時，就會再一層的去驅使建設公司的負責人及採購人員，在採購時考量該品牌的影響力，而作為新成屋時的供應商對象。

　　再以另外一個也是相當特別的產業，就是塑膠產品生產時，會用到的大型機器製造商，這樣的製造商品牌更是基本上與末端消費者毫無關係。但是仍有不少品牌願意投入資源與公眾溝通，例如贊助學校的機械相關科系學生與老師研究經費與獎學金，或是針對國際大型展會時，在一些交通運輸的樞紐做戶外廣告，讓社會大眾也能看到。這些純企業端品牌同樣的是考量到，接收訊息的這些人，雖然當下不會去購買這些設備，但當品牌的訊息不斷的累積在這群

學生與老師的腦海中，以及可能跟這個產業相關，上下游的品牌經營者與高階主管的記憶裡。有一天當需要採購設備時，或是學生進入職場選擇品牌時，這些有長期累績經營訊息的品牌，就比競爭者多了一分機會。

消費者的多面向

　　消費者的角色也很多元，包含了提出建議的「倡議者」、決定是否完成交易的「決策者」、實際付出費用的「購買者」、對於決策與購買行為擁有影響權力的「影響者」，以及真正在使用產品及服務的「使用者」。不同情況下的消費者，內心的情況與期待也會有所不同，像是兒子母親節買按摩椅孝順媽媽，但「購買者」兒子期望的是母親用的開心而且獲得健康，而「使用者」媽媽卻可能希望不要太貴而且好用即可。

　　另外像是全家中秋節去餐廳吃烤肉，「影響者」小女兒因為怕身上會有異味所以建議換別種餐廳，但是「決策者」及「購買者」爸爸因為喜歡吃肉，還是決定去吃所以就完成了消費。這時就算餐點很好吃、全家人很開心，但小女兒因為沒有達到影響的結果，下次她生日的時候，可能會提前找不會有異味的餐廳，並成為「倡議者」及「影響者」，達到更換使用品牌的目的。因此品牌並不一定有失誤，但是不同的消費者角色對於需求的面向自然也有所不同，也不可能刻意去討好所有的消費者。

　　品牌其實可以扮演重要的資訊提供者，在消費者購買過程時，幫助他們問題的提醒與解決。所以當前述餐廳品牌想要吸引消費者上門時，除了結合中秋節設計節慶活動時，更可以提早洞察消費者

的需要，例如在網路上提前下廣告，讓消費者知道該品牌的用餐環境較沒有異味，或是推出用餐送除味劑的促銷方案。但什麼方案最有效、影響了誰，還是要更進一步去了解目標消費者的需要，畢竟若是擁有「決策者」及「購買者」的爸爸，對於味道或女兒的意見都不在意，而只是因為他自己就是喜歡餐廳的烤肉香，那設計的方案與溝通的方式就又不同了。

因為飲食文化多元的緣故，不少人從小就能在許多餐飲類別中逐漸找到自己喜歡的食物，其中一種就是火鍋型態。但不論是何種季節，台灣人對於火鍋的喜愛向來只增不減，甚至在 2018 台灣連鎖店年鑑中曾指出，台灣連鎖產業有將近 4 成為火鍋店。像是作者自己小時候因為長輩來自東北，所以對於酸菜白肉火鍋有著特別的印象，尤其是每逢家族團圓的時刻，上館子來一個燒著炭的大銅鍋，高高的煙囪冒著煙，炭燒的香氣和道地的酸菜白肉的組成，就是冬天的回憶，也是許多眷村家庭的共同味道。而比較在地傳統的火鍋類型，也包含了像是羊肉爐、薑母鴨、麻油雞等以特定肉食為主的湯底。

大家聚在一起吃著熱呼呼的火鍋、聊著家常事，也成為台灣特有的火鍋文化，雖然也不少人享受自己的獨食時光。隨著餐飲環境的更加多元，以及消費族群的改變，像是從夜市起家能一人獨食的臭臭鍋、家庭聚餐的高湯鍋、甘蔗鍋，到多人共食而且不限量的麻辣鍋吃到飽，更加凸顯了台灣在火鍋多元的面貌。

火鍋市場大致分為「平價小火鍋」、「吃到飽火鍋」以及「單點式火鍋」，並選出幾家有全國知名度及話題性的品牌。以平價小火鍋而言，消費者已經不再重視吃飽就好這種單純性的伙食選擇，店內裝潢以及菜色種類等等，也會成為是否踏入店門的基準點，像

是老先覺、王品集團旗下的石二鍋就是這種類型。

　　作者歸納了台灣的火鍋類型品牌及消費者習慣後，將其分為六種不同的火鍋消費者族群，因為心理層面及實質層面產生差異，接下來分別描述如下：

1. **預算控制者**：這類的消費者常態性在用餐上的費用不會太多，一餐正常不超過預算金額的原則下，平價小火鍋可以當作一天的大餐。重視 CP 值，也比較不會暴飲暴食，對品牌較沒有忠誠度。

2. **心靈孤獨者**：對於用餐的方式，雖然難免大家一起吃飯，但其實只想好好享用自己鍋中的食物。可以接受單價較高的火鍋品牌，但也很重視一人一鍋的專屬性及整體用餐環境。

3. **計劃享受者**：雖然預算有限但口袋較為寬裕，對於好一點的食材及吃到飽的金額可以接受。不會常常吃火鍋，但會在值得慶祝的時候挑選有相當口碑的品牌來消費。

4. **團聚溫馨者**：對於吃飯，就是要大家在一起，不論同學、同事都最好能一邊聊天一邊用餐，大家共享一鍋就是最好的選擇，不但能增進感情還能滿足心理的空虛寂寞。

5. **肉食主義者**：對於火鍋的選擇就是追求肉，大量的肉類食材才能滿足自己的口腹之慾。尤其是吃到飽無上限的點餐方式，搭上較為濃郁的湯頭，彷彿置身在肉的天堂才感到開心。

6. **品味生活者**：高級的場地及空間，價格不菲的海產、肉品，讓吃鍋成為一種偶而為之但卻有生活品質的用餐方式。在經濟及收入上也更為寬裕，因此重視品牌的口碑及整體形象。

　　如今一頓看似簡單的火鍋，內容也蘊藏著店家為留住消費者而

打造出的各種行銷鍋料，從店面裝潢、品牌理念、菜色種類、優惠活動等宣傳手法上，都能夠看出店家的用心，但如何針對不同族群消費者的需求來更進一步滿足，成了品牌長期發展的重要關鍵。

　　現今的新型態小火鍋店更重視「個人體驗」，一人一鍋、小型調料吧台、經營者的個人風格，如今吃火鍋已經不再是聚餐唯一的選擇，一個人也可以獨自享受暖呼呼的熱食。吃到飽以及單點式的火鍋類型，則是需要對準消費者對於價格、ＣＰ值等內心需求，像極鮮火鍋打著豪華自助吧、巧克力噴泉、港式點心等等字眼讓消費者心甘情願掏出錢來享受一場大餐，馬辣則是祭出直送海鮮等當季食材，讓消費者能夠滿足的大快朵頤。單點型態的火鍋，像是海底撈最著名的肉麻式服務以及現場表演，則是能夠讓消費者有賓至如歸的實質感受。或是太和殿、高價的橘色餐飲集團的火鍋店從用料及裝潢就進階不少，都是將火鍋昇華成高級料理的一種呈現方式。

　　當品牌想要針對自己的特色，以及不同的消費者類型溝通時，差異化的節慶運用與促銷方案的設計，就有了相當的幫助。喜歡一人單身吃鍋的消費者，可能對於自身的生活品質更為重視，所以強調節慶當中的自我實現，更甚於群體相距的訴求。而促銷方案也可以針對單人來提供贈禮或是會員機制，而不是只能多人消費才能獲得，這時喜歡自己一個人享受的消費者，就能從品牌身上找到專屬的溫暖。

9.3

與消費者的連結
提升品牌忠誠度

需要和想要

　　常常消費者對於製造商品牌的情感連結，除了基於形象廣告外很難實現，原因是來自於通常沒有服務的延伸。例如今天買了一罐 20 元的綠茶，難道隔兩天品牌會打電話關心一下，喝的口感如何嗎？但越來越多的品牌，在長期發展的過程中，從製造業更進一步加入服務化的元素，因此品牌不再只是販售產品給消費者，也可以直接如同服務業一般，提供服務給消費者，甚至可以收費。例如今天可能是購買製造商品牌雀巢的咖啡機，搭配自己在家磨的咖啡豆，但是當製造商品牌服務化時，可以用訂閱制的方式每周將產品寄給消費者，或是由每一區合作的業務人員來送達。

　　這時製造業品牌的服務化，開始改變了消費者的習慣，例如以往汽車的製造商可能希望將汽車一次性銷售，但開始結合租賃的服務時，可以直接將自己家的產品轉變為消費者依照需求來租用，而不需要自己擁有。也可以跨足到共享經濟，透過平台建置讓願意的消費者將自己不用車的時間空出來，以收費的方式分享給臨時需要用車的其他消費者。甚至製造商品牌直接與計程司機合作，將車子轉作計程車使用，而且司機及消費者都不需要擁有車，只要靠商業模式的付費機制完成服務及交易。

　　疫情讓消費者的習慣當中，「使用」與「持有」的認知需求也產生了變化，不少品牌選擇嘗試運用製造業品牌服務化，或是服務品牌共享化來找回一些生機。前幾年明明一堆租賃經濟模式，但為了搭上風潮硬要套上共享的糖衣，然而像是短期日租、出租車司機都因為法規的限制，以及原有產業競爭者的抵制，最終也讓所謂「個人閒置資源」，必須轉成為「專業服務提供者」。但是對於品

牌長期發展來說，新型態的產品及服務提供需要更多機會被消費者
嘗試，數位整合行銷的資訊傳遞結合強而有力的促銷方案，還是達
成被接受機會的重要方式。

　　共享經濟是平台概念，將多餘的資源和需要者串連，為雙方提
供媒合、交易的服務。像是將個人房東和有住宿需求的旅行者、私
家車主和乘客，甚至是閒置個人車位及停車者，因此平台的品牌形
象、提供資源與消費者的信任度建立就相當重要。租賃經濟是主
體概念，品牌業者擁有龐大的基礎建設及商品資源，透過使用權的
出租，賺取租金和押金的利息。像是擁有龐大車隊的出租機車或汽
車、大量地產的出租辦公室。就資源的投入來說，年度規劃的重點
在於會員的經營，以及重複消費的意願提升。

　　消費者因為疫情影響尤其是心理因素，對產品及服務的使用習
慣產生相對的改變。過去共享經濟平台只是作為連接需求與供給
時，雖然降低了提供者的門檻及需求者付出的代價，但在沒有辦法
更嚴格的把關，甚至是像這次在消毒、防疫等等的限制條件時，都
可能讓未來的平台必須要有更深的涉入管理。但是在當消費者因為
工作量減少，或是購買了非必要性產品希望能與他人交換，這時經
營的品牌就可以設計更多的立即性促銷誘因，來提升消費者對品牌
的使用習慣。

　　相對於共享經濟弱化物體的擁有權，強化服務的使用權，租賃
經濟的主導性較強，而且對於商品及服務都擁有相當掌控的權力。
原本因為要經營租賃經濟的品牌，初期投入的資產成本相當高，而
之後的運營、維護及人事管銷的成本也還是很驚人。但是透過有
主體品牌的把關及管理，以及當有發生意外時有主責單位可以負責
時，也較能讓消費者產生信任。當消費者對於租賃服務的品牌產生

高度的信任與需求時，不論像是年假出遊的租車、或是高價精品的特殊節慶短期租用，品牌都可以做為年度規劃中，更有創意而起提升消費者主動購買的意願，像是畢業季的套裝與精品包的節慶租用方案。

關 係 的 維 繫

對於消費者來說，成為品牌的會員到底具有什麼意義，以及獲得什麼好處，才是成為會員最重要的原因。當品牌一直想強調與消費者的關係管理時，首先就是要能持續提出誘因，當消費者在過程中感受到品牌所能給予的產品及服務，因為會員身分而有所提升時，才會願意建立更長期的關係。透過持續的努力進行關係行銷，讓品牌能夠維繫及強化消費者的認同度，設計能夠得到雙贏互惠的服務體驗機制，品牌必須做出長期承諾以品質、服務、及創新來維持這些關係。

消費者對於多數品牌所經營的顧客關係管理服務其實是無感的，雖然品牌試圖透過顧客需求及顧客對公司的價值來提出不同方案，但只有極少消費者真的會對於自己被分類感到開心，只有那些感覺自己真的被重視的一群。品牌的銀卡會員看到金卡會員的來店禮贈品更好，就一定會願意消費更多金額，來獲得身分的提升嗎？或許要看贈品的誘因與對品牌的認同，但也可能因為是因為消費者自身的經濟條件無法達到品牌要求，反而可能覺得自己矮人一等。

另外很多時候消費者的行為是群體行為，今天是同學聚餐一群人一起消費，下次卻可能是自己一人，但是每次會員卡都必須群體消費才有優惠時，必然造成部分消費者的流失。當我們想要加強個

別顧客的互動並建立深一層的關係時，提供客製化的產品服務，前提就是滿足消費者之前重複消費後的推論，若只是根據大數據的結果就判斷消費者的需求，卻可能是另外一種多此一舉。

　　很多品牌都希望能提升消費者關係的品質，以及帶來品牌營收的成長，甚至認為放棄低價值的消費者，而專注在經營高價值的消費者是理所當然。但是現在的世代多數人都不可能只在一個地方消費、只購買一種品牌，甚至更是喜新厭舊，那當我們一旦停止溝通時，就連可能再次被消費者青睞的機會就更低了。作者曾經多年前因為出差到過某家飯店，其實印象不錯但並非是經常前往的城市，所以回住機會本來不大。但有次突然收到對方的 Email，通知因為太久沒有回住而會在期限內喪失會員身分，這對我來說就算下次就算要前往那個城市，就可能反而不願意到那家飯店了。

　　透過更多的會員機制設計，推薦新型態的產品及服務讓消費者接受，這時促銷方案的設計就不只是為了銷售，例如會員加入的禮物、生日優惠、折價券，都是為了讓消費者習慣並願意學習，嘗試接受品牌提供的新營運模式，也達成了品牌長期發展的目標。而消費者在獲得促銷方案帶來的利益同時，也受到了一定程度影響，像是外送品牌初期一直補貼每趟的運送費，吸引消費者訂購外送，等到習慣養成後就算沒有促銷方案，消費者還是會繼續付費使用該品牌所提供的服務項目。

　　因此對消費者更好的溝通方式，不是去逼使消費者做決定要不要繼續升等會員，或讓消費者害怕失去身分而強制付出，或許更好的作法是找出消費者離開的原因，透過節慶活動來增加消費者的連結度，結合促銷方案的誘因提升再次上門消費的機會。而多數時候不論是潛在顧客、未回購消費者甚至已經變心的消費者，都可以

利用不同溝通的角度去思考，各自給予合適的關係建立與維繫的方法，甚至間接運用會員去降低，討厭品牌公眾的負面認知。畢竟品牌自己的特色越明顯，特殊性越高時，支持的消費者與公眾也會呈現出一定的面貌，相對地就會有不喜歡甚至討厭的公眾，只是別讓負面的影響造成危機，也是年度規劃的關鍵。

　　對品牌忠誠者來說，除了在消費上支持品牌外，有些也會在社群上替品牌發聲，當品牌推出活動時給予支持，當品牌受到攻擊時甚至也會挺身而出。當然有些支持者較為理性，就是用分享與鼓勵的方式來支持品牌，像是在 Facebook 上很多非官方成立的品牌社團，當中的管理者有可能只是一般素人。另外也有些人喜歡跟品牌的粉絲專頁互動，主動按讚分享或是留言，只因為他們喜歡這個品牌，而甚至有些特殊的現象是，在社群上的真實支持者可能從來沒買過品牌，但因為品牌理念與品牌形象的好感度，而持續維繫著關係。

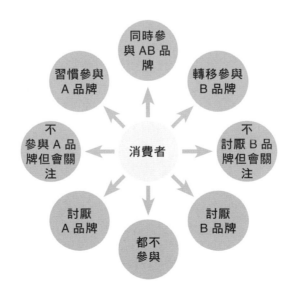

體 驗 的 重 要

　　當消費者願意參與了品牌設計的節慶活動，完成了促銷方案的購買或嘗試後，這才完成服務體驗的一半，因為在體驗過程中或使用產品及服務過後，又發生認知落差的問題時，之前的溝通都算白費了。另外從「品牌耶誕樹」的整體概念來看，消費者是跟著品牌一起成長，當然也包含的競爭品牌。雖然從單一節慶或促銷來看，自己的方案並沒有不好，例如針對春節過後的開工日，提供買一送一的方案，而且消費者前幾年也都買單，但是當幾次過後競爭品牌也有一樣的方案，而且消費者也去嘗試之後獲得了認同，我們自己就必須思考要再如何提升進化。因為體驗容易被模仿、遺忘，而當品牌洋洋得意的認為消費者滿意就會繼續支持時，競爭者已經推出更好的體驗，以及讓品牌更具有競爭力的話語權。

　　這時可以相對思考一下，同樣是春節過後的開工方案，偏好度第一名的 A 品牌的咖啡是買一送一， 店數最多的 B 品牌的則是第二杯半價但是加起來價格跟 A 品牌差不多，C 品牌因為是後發品牌所以結合社群活動，出示手機貼文就免費送一杯。對消費者來說，有沒有品牌偏好度或忠誠度當然重要，但是因為 C 品牌可能設計的方案比較有趣而且是免費體驗，所以獲得新客群的機會可能較高。A 品牌的價格因為原本的較高，所以常態性消費客群本來也願意付出較高的代價，此時的方案更容易滿足熟客。

　　店數最多的 B 品牌則因為店數多，所以相對容易吸引消費者完成促銷方案，但至於消費後真的會提升忠誠度或是新客嘗試嗎？或許就不一定了，但若把方案調整成買一送一，卻可能造成毛利率的更加折損，也不見得換到更多附加價值，所以若是將同樣第二杯

半價的優惠方案改成加價購限量授權可愛公仔,而且是上班族喜歡的角色品牌,反而能創造更好的價值。原因來自於春節過後消費者喝咖啡是為了提升自己重回職場時,因為失落感而需要的儀式行為,因此關鍵不在只是幾杯咖啡或咖啡價格,而是增加消費者的愉快感,以及刺激消費者和品牌的個人連結。

消費者常常也在五感上受到體驗的影響,就像我們聞到隔壁鄰居滷豬腳很香,自己就會流口水,而可能晚上就叫外送的豬腳飯。品牌常在節慶活動上想要增加消費者的好感度與情感連結,但除了打折促銷方案外,卻不願意多花一點資源來溝通。還記得作者之前曾經在設計居家產業的情人節活動時,除了設計情人可以到實體門市參加體驗及促銷方案的誘因外,還特別設計了在門市放置香氛來營造美好的感覺,同時針對只要是情侶或夫妻詢問產品及服務時,只要是會員就贈送一支玫瑰花,既可達到會員禮的促銷效益,提升會員的偏好度外,更讓品牌內部同仁的自身參與度增加,帶動節慶對品牌正面效益。

擁有實體場域的通路品牌,消費者真的就會比較喜歡有事沒事去逛逛嗎?當一個場域沒有新的主題、節慶活動或是促銷方案時,就算是品牌偏好者也會覺得無聊。所以品牌必須要有策略、有主題的滿足消費者,同時也達到自己的目的,透過年度規劃確認品牌的發展方向,同時設計既適合自己的節慶活動,從門店的空間與功能來運用。餐廳或是手搖茶的節慶特別服務、節慶氛圍的布置,或是賣場的節慶與促銷陳列、折扣優惠的宣傳物,以及現場的體驗活動,都讓消費者在不同的主題時候去都會感到驚喜。

很多時候對品牌的評價來自於體驗之後,這些評價將是影響其他尚未接受服務的消費者,決定是否會上門光顧的關鍵之一,也是

原來的消費者是否願意再回來繼續使用該品牌的產品及服務的原因。透過節慶活動的設計，創造出讓消費者難忘與正面的服務經驗，例如節慶主題的品牌限定包裝，或是在店內布置相關氛圍的擺飾，甚至由店員穿上節慶服裝化身節慶的角色，這些都讓整個品牌呈現出如同表演及劇場的氛圍，也讓消費者更願意主動為品牌留下正面評價。但是在設計時，更要思考到消費者的差異化需求，以及避免因為設計的失誤反而造成消費者的負面印象。

　　尤其是服務業品牌，大多數的平日服務接觸模式是固定的，因此常態之外的節慶儀式感，才能達到刺激消費者正向反應的機會。就像之前有餐廳設計，在耶誕節當天會在特定時刻，由全體同仁唱耶誕歌曲給消費者聽，這時消費者的內心多半是驚喜而感動，或是之前在百貨品牌有同仁運用快閃穿著節慶服飾，表演一齣驚喜短劇，都是能讓消費者得到獨特節慶體驗的方式。但有時也要注意，設計服務時的關鍵因素確認，就曾發生過某飯店因為有消費者的結婚紀念方案，所以當消費者入住時會特別在房間準備禮物，但卻因為打錯妻子的名字，差點就從驚喜變成驚嚇。

　　在品牌設計節慶活動與促銷方案時，尤其是製造業品牌會思考，我們沒有自己的門店，受限於別人的通路或是都在線上銷售時，是不是就無法設計出理想的體驗服務場景？其實只要從消費者自身的角度出發來說，最首先的就是製造商品牌的自媒體溝通，再來就是運用公關的新聞報導。但真正要開始讓消費者感受到節慶連結的，像是自行租用公開場地舉辦體驗活動、將產品結合服務送到消費者的指定地點來進行，以及邀請消費者到自家品牌或限定場地來體驗。

到府品酩會

蘇格登

···

在疫情期間，因為消費者前往集體品酒的意願降低，酒商品牌就設計了將服務體驗轉化場域，到消費者家中來完成品酒的體驗活動。

1

2

3

資料來源　**品牌 FB 專頁**

溝通的關鍵

消費者對於品牌在營造的環境中，如果是正面而且願意參與其中時，通常能夠有一定程度的情感轉化。品牌可以將這樣的互動行為，重新運用實體現場環境強化，以及社群分享當作一個整體的設計體驗主體，當現場參與過節慶活動或是促銷方案的消費者，依舊對品牌保持好感度時，就可以邀請他們再次到線上來互動分享，營造完整的品牌體驗環境。例如參與品牌規劃的實體周年活動後，再將活動的過程上傳到自己的 Facebook 並且打卡。運用品牌傳播的儀式感，建立包含傳遞品牌資訊，以及與消費者有關的資訊，增加其他消費者對資訊內符號的解讀的機會，同時建構出和自身有關的文化意義。例如牛年時 LEGO 樂高舉辦實體活動，邀請消費者現場參與，再將參與的照片上傳，以及跟華人牛年有關的品牌元素結合，達到品牌訊息傳遞、消費者線上線下參與，以及華人農曆新年的符號連結。

另外有保險套品牌，從消費者的體驗情境思考來出發，針對世界愛滋病日的時候，運用創意廣告及有趣的社群互動，提醒消費者安全性行為的重要性。不但在節慶的關聯上增加，趣味廣告及社群互動也帶來很高的討論度，甚至因為品牌的產品是屬於跟性愛有關的，銷售量還因此大增。只是畢竟多數品牌不一定都能有如此適合的機會跟創意能發揮，但至少可以讓消費者從過去的體驗經驗裡，感受一些有創意及差異的方案設計。

在角色定位上，傳統行銷傳播的資訊傳遞雙方，原本品牌是發送者，消費者是接受者，傳播重點是將品牌資訊單方面的傳送出去，是為了更快、更明確的資訊擴散、評估標準上在於資訊傳遞的

精確性。而儀式感建立下的雙方是表演者和觀展者，傳播重點是推動雙方參與到儀式中，是為了使互動雙方能夠共用信仰，側重經驗和價值觀的交流和分享。在內容的價值上，儀式感將內容的分享和雙方的互動與參與，塑造成消費者與品牌雙方共同的建構的內容。

行銷人員想要維持一個特殊或提升顯性程度的消費者行為，行銷傳播工具被設計來影響及刺激消費者的情感、認知和行為。儀式感影響了品牌傳播觀念和傳播模式的轉變，強調在資訊傳播在塑造情感凝聚、喚醒品牌文化認同等精神層面所產生的重要作用，對品牌與消費者之間互動關係的定義產生了不同於單向傳播的改變。品牌必須思考如何從品牌理念、品牌文化等層面增強與消費者之間的交流和溝通，進而提升消費者對品牌的情感認同，願意共同塑造相關聯的價值觀念和儀式行為。

CASE 品牌 100 周年實體展覽活動
可爾必思 ···

品牌 100 周年的實體展覽活動，結合消費者參與互動、星空隧道體驗以及網美塗鴉牆拍照，並且在線上與現下同步結合，提升消費者在線上分享的意願。

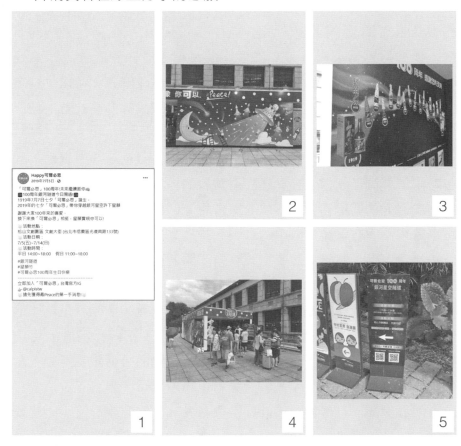

資料來源 **品牌 FB 專頁**

品牌常常會認為越好的服務能賣掉越多產品，但消費者卻常常認為有好的服務是理所當然。像是有些設計師會認為自己選用了什麼工法、採用了什麼品牌的衛浴設備，甚至是選擇了什麼品牌的家具讓客廳更有質感，透過增加解決需求的方案，來增加服務的價值。但是消費者卻通常只是記得，這些衛浴設備品牌、家具品牌真的很貴很有質感，但不一定記得設計師的付出或是獨特工法的難度。溝通服務價值這件事或許很重要，但是誰該跟社會大眾溝通呢？這時若是針對設計師的相關節慶活動來操作議題，可以是特定的設計公司，可以是設計師的公協會，也可以設計師在社群上自己的溝通機會。

　　而總是想著只要有節慶活動結合的促銷方案就應該有賣點，卻忽略了節慶真正的價值在於建立消費者的情感連結，就算今天只是拍一支感人的聖誕節微電影或是懷舊兒時回憶的品牌形象廣告，都可以帶來品牌在消費者心中的意義。雖然有搭配的促銷方案更能提升銷售量，但一整年的計畫總該有些不同的內容，才能達到整體品牌的發展策略。

　　節慶活動及促銷方案的參與者通常不會感覺，活動就是為了他們而舉辦，例如可能因為去買飲料時才發現，正好是品牌的百店慶，或是到了超商後才看到，正好有角落生物的公仔集點活動。當然有時候確實優惠蠻吸引人，消費者也願意買單，但真正讓消費者出自內心認同而且覺得自己就是目標對象的，其實少之又少。又或者城市節慶活動設計了放煙火、節目表演，到了活動當天現場參與的社會大眾雖然可能是被媒體報導的內容吸引，也是只會站在中立的角色去感受活動的用心或是缺失。

　　品牌發展的產品、服務及溝通方式，必須使消費者感動並且認

同。從消費者行為及調查研究分析中觀察，真正的消費者輪廓、消費者對品牌的認知，以及期望的體驗經驗。透過年度計畫有策略地同時爭取新的消費者接觸或了解品牌，也維繫原有消費者的關係，讓消費者成為品牌的忠誠者，並且提高他們所能帶來的銷售量或利潤。消費者在購買節慶商品及服務時，常常在決策時的考慮越來越屬於外顯性的因素，例如結婚紀念日選餐廳時，要考慮打卡時的好友反映、過年送禮物客戶時是否有品牌知名度及代表性。

同樣的節慶時間，許多品牌集中在一起推出眼花撩亂的方案，也就產生了消費者在選擇上的掙扎，能帶來情感層面的溝通像是好的廣告、文案，多少能提升被注意的機會。而是否一定要做促銷工具的應用，才能吸引消費者的購買，這就要對比品牌在他們心目中的地位。作者幾次在耶誕聚餐時，選擇有特別套餐及促銷方案的品牌後，其實之後節慶也不一定會再光顧。但像是家人每年固定要幫彼此慶生，卻常常選擇沒有特別設計促銷方案，但品牌值得信任也有一定認同度的餐廳，甚至平常也會再前往光顧，可見品牌的長期經營更是重要。

由於銀髮族有更多的時間和金錢，他們是旅遊餐飲、家用娛樂產品、休閒商品與服務、金融服務、生活與健康護理服務的理想市場。作為持續成長的龐大市場，其實多數的銀髮消費者覺得自己比看來更年輕、更有活力，就像作者的父母親，不但是高科技產品的愛用者，每天持續運動讓健康更好外，也常常去不錯的餐廳品嘗美食。這時若品牌用一些老舊而無趣的行銷方式，沒有太多的吸引力，反而對他們來說每年的不同節慶家人聚餐活動，以及耶誕及新年的品牌戶外布置，更具有特色。

因此品牌作為創造訊息的主體，考慮到消費者會使用哪些品牌

接觸點，並且運用當中的重要元素，才能將期望服務正確而且合適的傳遞給消費者。同時，在運用接觸點時，更要將消費者現在的使用習慣作為優先考量，再加入其他引導的誘因與做法。例如希望消費者知道品牌有推出中秋節的烤肉活動，想透過 Facebook 的訊息來告知，但是消費者通常不一定會注意到粉絲專頁的貼文，這時就必須思考，是否應該結合部落客的推薦文方式，以及 Facebook 可以舉辦活動的提醒通知，甚至是在美食社團用置入的方式來增加活動曝光的機會。

有時對於消費者來說，品牌就算透過一整年的溝通、節慶活動及促銷，再怎麼努力都不一定能達到品牌轉換的機會。原因其實不是消費者有多品牌忠誠，常常是因為害怕變換品牌後產生更大的失落，以及增加不必要的成本付出，像是買了一雙品牌皮鞋，雖然不是很好穿但很好看，雖然消費者心中也想買知名品牌但是買不起、想買更好穿一點的品牌但是可能設計不夠好看，最終他穿了這雙皮鞋一年後因為磨損所以想更換，但是在抉擇條件跟一年前一樣時，再次購買的原因並不是真的喜歡，而是沒有更合適的選擇。

因此若能找出某些因素讓消費者的購買行為發生變動，甚至產生品牌轉換的機會時，若能預先發覺這些因素，就能找出影響市場的機會，擬定更好的產品及服務開發、通路的設計以及行銷傳播的策略。就像當文化環境的改變，讓消費者願意更重視品牌、品質與品味時，知名品牌雖然價格高但是條件適合，只要預先在年度規劃中去潛移默化的跟消費者連結，因為環境已經造成了有利條件。

將「個性化服務」、「差異化服務」等消費者切身感受體驗的元素，運用數位整合行銷方式導入到日常經營中。針對會員提供特殊服務也可以提高消費者的忠誠度。例如根據消費者的詳細資料在

節慶或生日時送上短信祝福。對於消費者建立檔案，並對不同的消費需求設計合適的折扣，提升消費者的回購率，並達到進一步提升品牌的口碑。對有檔案資料中消費者的個性化、差異化設計節慶活動，甚至跟隨消費者成長，從消費者學生時期到出了社會都有對應的節慶活動，讓消費者感覺到自己受到重視，預見消費者的願望和需求，長久性的會員機制更利於建立穩定的品牌意識。

　　當品牌以使用者為中心時，「品牌耶誕樹」發展及應用就更能與消費者之產生同理心的關係，不再只是偏頗於為什麼有了新聞媒體的曝光，卻沒有立即轉化成業績、不會在設計節慶活動時總是忽略參與者過程內心的認同感建立，更不會只是做了一堆看似跟品牌溝通有關的行銷專案，最後卻沒帶來理想中的營收成長，更重要的是品牌每一年的規劃與發展，都能跟目標消費者之間，有策略的建立了多一些好的接觸機會。每個節慶、每個促銷工具甚至每個數位行銷傳播方案，都替品牌與消費者間找到了一次次的甜蜜接觸時刻，就像是耶誕舞會時兩人的第一支舞，或許只是一剎那的接觸甚至可能被拒絕，但至少有機會帶來更理想更長遠的長期關係。

【渠成文化】Brand Art 004

節慶行銷力
最具未來性的品牌營收加值策略

作　　　者	王福闓
圖書策劃	匠心文創
發 行 人	陳錦德
出版總監	柯延婷
執行編輯	楊孟臻
編審校對	蔡青容、李亞庭
封面協力	L.MIU Design
內頁編排	邱惠儀
E-mail	cxwc0801@gmail.com
網　　　址	https://www.facebook.com/CXWC0801
總 代 理	旭昇圖書有限公司
地　　　址	新北市中和區中山路二段 352 號 2 樓
電　　　話	02-2245-1480（代表號）
印　　　製	上鎰數位科技印刷
定　　　價	新台幣 480 元
初版一刷	2021 年 7 月

ISBN 978-986-06084-3-4

國家圖書館出版品預行編目（CIP）資料

節慶行銷力：最具未來性的品牌營收加值策略 /
王福闓著. -- 初版. -- 臺北市：匠心文化創意行銷,
2021.07
　　面；　公分. --（Brand Art ; 004）
ISBN 978-986-06084-3-4（平裝）

1.行銷學

496　　　　　　　　　　　　　　　110005590